Mordsherz

Von

Ulrike Busch

Das Buch

Wie ein Orkan fegt die Nachricht durch St. Peter-Ording: Buchhändlerin Magdalene Paulsen sitzt auf der Aussichtsdüne Maleens Knoll – tot, in der Hand ein zerbrochenes Lebkuchenherz.

Kürzlich erst hatte die Endfünfzigerin im Lotto gewonnen. Nun suchte sie auch privat das späte große Glück. Hat Magdalene zu viel gewollt? Ist es ein Zufall, dass sie auf der sagenumwobenen Düne starb? Der Aussichtspunkt ist nach einer Namensvetterin benannt, die dort einst vergeblich auf ihren Liebsten wartete.

Tammo Anders und Fenna Stern sind sicher: Der Mord hat mit Geld oder Liebe zu tun. Die Suche im engsten Umfeld der Toten erweist sich als schwierig. Doch dann stellen die Ermittler dem Täter eine Falle.

Die Autorin

Drei Herzenswünsche hat die gute Fee der gebürtigen Ruhrpottpflanze Ulrike Busch erfüllt: Erstens, in Norddeutschland zu leben, und zweitens, als Autorin von Büchern tätig zu sein, die drittens an Nord- und Ostsee spielen.

Seit 1986 wohnt die ehemalige selbstständige Texterin in Hamburg. „Dreimal hinfallen, und ich bin an meinen Sehnsuchtsorten: Amrum, Sylt, St. Peter-Ording, Travemünde, Niendorf, Timmendorfer Strand. Überall da, wo es viel Meer, Wind und Wetter und eine salzige Brise gibt."

Bereits ihr erster Krimi, der 2015 erschienene Bestseller „Der Pfauenfedernmord", etablierte sich als Longseller. Seitdem arbeitet die hauptberufliche Autorin ständig an neuen Bänden ihrer erfolgreichen Cosy-Krimi-Reihen „Ein Fall für die Kripo Wattenmeer", „Anders und Stern ermitteln" und „Ein Fall für Molly Bleck".

Mordsherz

Von

Ulrike Busch

Umschlaggestaltung:
Jan Klaas Mahler
Mahler Kommunikationsdesign
www.mahler-design.de

Umschlagmotiv:
iStock # 854583530
© PPAMPicture
iStock #993959156
© joebelanger

Herstellung und Verlag:
BoD – Books on Demand, Norderstedt

ISBN: 978-3-75-269126-9

Das Stammpersonal

Tammo Anders
Kriminalhauptkommissar. Gebürtiger Ostfriese.
Gemeinsam mit Fenna Stern und den Familien Anders
und Stern in Band 1 dieser Reihe, ›Mordsrevanche‹, von
Ostfriesland nach Nordfriesland umgezogen.

Fenna Stern
Kriminalhauptkommissarin. Gebürtige Ostfriesin.
Zunächst Kollegin von Tammo Anders.
Seit ›Mordsrevanche‹ in zweiter Ehe mit ihm verheiratet.

Frido Anders
Onkel von Tammo Anders.

Magda Anders
Mutter von Fenna Stern.
In zweiter Ehe mit Frido Anders verheiratet.

Fee und Fiona
Töchter von Fenna Stern aus erster Ehe.

Buddy
Schnauzermischling von Frido und Tammo Anders.

Dr. Gerhild Linnenbrügger
Rechtsmedizinerin

Eike Hoböken
Chef der Kriminaltechniker

Merle Bloom
Polizeikommissarin in Sankt Peter-Ording

Timo Derichsen
Kriminalrat in Husum

1

Weit hinten glitzerte das Meer in der Abendsonne. Magdalene blieb vor der Seebrücke stehen. Sie zwängte die Fingerspitzen in die Taschen ihrer Jeans, die nach dem üppigen Mahl heute Mittag in der Taille zwackten. Wohlig zog sie die Schultern hoch und sog die Luft ein.

So duftete Freiheit. Frisch. Nach Salz und Meer, nach großer weiter Welt. Nach Unendlichkeit.

War sie undankbar, wenn sie fragte, warum ihr dieses Glück nicht schon viel eher beschieden worden war? Wenn sie zusammenrechnete, wie viel sie ausgegeben hatte, um das große Ziel zu erreichen ... Machte die Summe, die sie gewonnen hatte, die Investition wett?

Natürlich machte sie das. Um ein Tausendfaches sogar. Magdalene lachte über ihre eigene Kleinlichkeit.

›Du musst investieren, um zu gewinnen‹, hatte ihre Mutter ihr früher oft gesagt. ›Du musst das Glück herausfordern, sonst findet es den Weg nicht zu dir.‹

»Magdalene!«

Wie ein herabsausendes Schwert zerteilte der Ruf in ihrem Rücken die beschauliche Stille und riss sie aus dem Wohlgefühl heraus. Ihre Schultern versteiften sich. Langsam, als spürte sie einen Revolver zwischen den Schulterblättern, drehte sie sich um.

Drei Schritte von ihr entfernt stand Birte Wolfson. Ihre Nachbarin. Thilos Frau.

»Ja?« Magdalene machte eine Miene, so unschuldig wie ein Kind, das weiß, was es verbrochen hat.

»Mein Mann ist *mein* Mann. Er ist es, und er bleibt es. Glaube nicht, dass du ihn mir abkaufen kannst, jetzt, wo du reich bist. Er gibt nichts um dein Geld.«

»Sicher?« Magdalene hob das Kinn.

»Ich hab Augen im Kopf«, erwiderte Birte. Ihre Stimme zitterte. »Ich warne dich, fordere mich nicht heraus.«

»Pfff«, machte Magdalene. Sie lächelte Birte kühl an und spürte mit einem Mal diese Gelassenheit, nach der sie sich so viele Jahre gesehnt hatte. Dieses Gefühl, das aus der Gewissheit erwuchs, dass die eigene Existenz von nun an bis zum letzten Atemzug gesichert war.

Ihrer verächtlichen Reaktion hatte Birte nichts entgegenzusetzen. Sie wandte ihren stechenden Blick von Magdalene ab und stakte über den Seebrückenvorplatz zurück ins Zentrum von Sankt Peter-Bad.

Magdalene wartete, bis ihre Nachbarin in die Straße eingebogen war, in der die hübschen Geschäfte lagen und die netten Cafés, aus denen es immer so verführerisch nach frischen Waffeln mit Kirschen und Vanillesahne duftete. Dann schlenderte sie in dieselbe Richtung. Bevor sie nach Hause ging, würde sie wegen des Termins morgen früh noch bei Insa vorbeischauen.

Gelassen schritt sie über den Seebrückenvorplatz und genoss die Blicke all der Leute, die sie seit einer Ewigkeit kannten und nun so unverhohlen anstarrten.

Die Kellnerin auf der Terrasse des Fischrestaurants zur Linken. Der Bühnentechniker vom Dünen-Hus, der eine Veranstaltung vorbereitete. Die Mitarbeiterin des Hotels schräg gegenüber, die die gläsernen Eingangstüren mit einem Tuch blank polierte. Sie alle hielten in dem, was sie gerade taten, inne und sahen zu ihr hinüber. Oder bildete sie sich das nur ein? Litt sie schon an Verfolgungswahn?

Der Glücksüberbringer der Lottogesellschaft hatte sie gewarnt. »Erzählen Sie niemandem von Ihrem Gewinn«, hatte er gesagt. »Behalten Sie die Nachricht für sich. Reden Sie nicht einmal mit Ihrer besten Freundin darüber. Sonst wissen es bald alle, und dann sehen Sie nur noch bettelnde Hände, die sich Ihnen entgegenstrecken.«

Der Mann hatte gut reden. Wie hätte sie ihren Freundinnen die Wandlung in ihrem Leben verheimlichen sollen? Sie waren ein eingeschworenes Team – Rosie, Insa, Hanne und sie. Das Kleeblatt von Sankt Peter-Ording. Als das große Glück amtlich geworden war, hatte sie alle drei zu sich nach Hause eingeladen und eingeweiht.

Sie hätten es sowieso gemerkt. Weil Magdalene mit einem Schlag nicht mehr rechnen musste. Weil sie sich auf einmal den lang ersehnten weißgoldenen Ring mit den drei eingearbeiteten Halbkarätern leisten konnte. Weil sie ein Wochenende nach Hamburg gefahren war und sich neu eingekleidet hatte. Weil sie ihre Buchhandlung am Abend pünktlich schließen und den letzten Kunden hinauskomplimentieren konnte, bevor er sich für einen Schmöker entschied. Auf die paar Euro war sie nicht mehr angewiesen.

In dem Bewusstsein, bestaunt und beneidet zu werden, verließ sie den Platz und spazierte in den Ortskern.

Der kleine Friseursalon, in dem Insa angestellt war, lag ein wenig versteckt zwischen einem Souvenirladen und einer Boutique.

Die arme Insa! Zehn Jahre hatte sie noch bis zur Rente. Bis dahin musste sie fünf Tage die Woche von morgens bis abends am Frisierstuhl stehen. Ob sie das durchhielt mit dem kaputten Knie? Und ob die Rente dann zum Leben reichte, stand in den Sternen.

Magdalene betrat den Laden. Die Türglocke vollführte einen wahren akustischen Regenbogen.

Insa stand neben einem Frisierstuhl. In der einen Hand hielt sie die Schere, mit der anderen zog sie eine Haarsträhne ihrer Kundin in die Höhe. Beim Ertönen der Türglocke verharrte sie in dieser Haltung.

Sie lächelte Magdalene süßsäuerlich an.

»Mein Termin morgen früh«, rief Magdalene ihr zu und trat näher an Insa heran. »Ich würde gern ein bisschen eher kommen. Es dürfte länger dauern als geplant.«

»Wieso?« Insa ließ Schere und Haarsträhne sinken, entschuldigte sich für einen Moment bei der Kundin und ging auf Magdalene zu. »Waschen, schneiden, föhnen, hattest du gesagt. Kommt noch was dazu?« Sie steckte die Schere in die Tasche ihres Kittels.

»Strähnchen.« Verspielt fuhr Magdalene mit den Fingern durch ihr dünnes Haar. »Die machen mehr Volumen. Optisch zumindest«, fügte sie mit einem wissenden Lächeln hinzu, bevor Insa den Atem hatte, die Aussage zu kommentieren. Denn angeheizt von Freddy, ihrem Maulhelden und Dauerfreund, konnte die sonst so scheue Insa an schlechten Tagen auf ihre freundlichsanfte Weise richtig bösartig werden.

»Das wird aber teuer«, rutschte es Insa heraus.

»Sie kann es sich ja leisten – jetzt«, schleuderte die Dame auf dem Frisierstuhl durch den Salon.

Natürlich hatte Insa geplaudert. Alles andere wäre undenkbar gewesen. Wer in Sankt Peter-Ording eine Neuigkeit unter die Leute bringen wollte, musste sie nur Insa erzählen, ganz im Vertrauen.

Magdalene streifte die Kundin kurz mit einem gönnerhaften Blick. »Also, Insa, überleg dir was Hübsches für mich. Ich denke an ein ganz helles Blond.«

Insa kniff die Augen zusammen und musterte sie. »Ganz hell, okay. Ich hab da schon eine Idee.«

»Wann darf ich also hier sein?«

Insa ging zum Tresen. Neben der Kasse lag der Terminkalender. Sie tippte mit dem Finger auf die Spalte des morgigen Tages. »Eine Stunde früher als geplant. Um sieben. Schaffst du das?«, fragte sie mit diesem überfreundlichen Lächeln.

Magdalene schüttelte ihr halblanges flusiges, vom Sommerwind zerzaustes Haar. »Und du?«

Insas Augen blitzten. »Bis morgen um sieben.«

»Ciao, bis dahin.«

Magdalene verließ den Salon. Sie spürte die Blicke ihrer Freundin und die der Kundin im Rücken.

Arme Insa, wirklich. Um diese Uhrzeit hatte sie normalerweise Feierabend, aber ihrer Chefin zuliebe musste sie wieder einmal Überstunden machen. Wie fast jeden Abend. Und zu Hause saß ihr Freddy und wütete.

Draußen vor der Tür blieb Magdalene stehen. Sie warf einen Blick die Straße hinab, atmete noch einmal den Duft der Freiheit ein, beglückwünschte sich still und machte sich auf den Weg nach Hause.

Es war ihr ganz recht, dass Insa die Klappe nicht halten konnte. Sollten die Leute ruhig wissen, dass ihr das vollkommen Unwahrscheinliche widerfahren war.

Seitdem sie das Kleeblatt informiert hatte, hielt sie selbst sich strikt an das, was der Lottomann ihr geraten hatte. Sie lächelte und schwieg. Für die Verbreitung der Glücksnachricht hatte sie ihre Freundinnen. Und die erfüllten ihre Aufgabe ganz hervorragend.

Magdalene war noch keinen Tag lang Lottomillionärin gewesen, da rief ihre Jugendliebe Falk bei ihr an. Es blieb nicht bei einem Anruf, und fast hätte sie seinem Wunsch nach einem Treffen nachgegeben.

Doch völlig überraschend zeigte plötzlich auch Thilo von nebenan ein gewisses Interesse.

Das Gefühl, umworben zu werden, prickelte wie eisgekühlter Champagner in einer Sommernacht. Es hatte sie auf köstliche Ideen gebracht.

Thilo, Falk – alte Hüte. Das Leben fing jetzt erst richtig an, und der Reiz des Neuen war unwiderstehlich.

Magdalene schritt durch den Wald, der vor langer Zeit in der Dünenlandschaft hinter dem Ortskern angepflanzt worden war. Der Wind rauschte über die Wipfel der Kiefern, die ihren harzigen Duft verströmten. Sie liebte den einsamen Weg, diesen Spaziergang, bei dem sie vom Arbeitstag abschalten konnte.

Zu Hause angekommen, blickte sie auf die Küchenuhr. Bis zu ihrer Verabredung auf Maleens Knoll blieben ihr noch zwei Stunden. Die Zeit würde sie nutzen, um weiter an ihrem Glück zu feilen.

Magdalene wärmte sich ein Sandwich in der Mikrowelle auf. Im Kühlschrank stand ein Krug mit selbst gemachter Limonade. Sie schenkte sich davon ein.

Das Glas an den Lippen, wandte sie sich dem Fenster zu. Gedankenverloren ließ sie den Blick über die Blumenbeete schweifen und weiter bis zum Küchenfenster des benachbarten Hauses.

Hinter dessen Scheiben bewegte sich etwas.

Birte stand mit dem Rücken zu ihr. Mit hektischen Bewegungen öffnete sie Schränke, nahm dies und das heraus und stellte es auf der Arbeitsplatte ab.

Als hätte sie Magdalenes Blicke gespürt, drehte sie sich abrupt um und spähte über die halbhohe Buchenhecke, die die beiden Grundstücke voneinander trennte. Die Augen starr auf ihre Nachbarin gerichtet, tastete Birte nach dem Rührmixer und schaltete ihn ein.

Magdalene schmunzelte. Wenn Birte wütend war, backte sie.

Über der Küche lag Thilos Arbeitszimmer, und auch Thilo stand am Fenster.

Hatte er sie nach Hause kommen sehen? Hatte er bewusst nach ihr Ausschau gehalten?

Als Magdalene ihm zublinzelte, warf er ihr einen Handkuss zu.

Birte war anscheinend nicht verborgen geblieben, dass Magdalene hinaufgeschaut und gelächelt hatte. Entschlossen legte sie den Mixer zur Seite und hastete aus der Küche.

Magdalene verlor ihre Nachbarin aus den Augen.

Kurz darauf wandte Thilo sich erschrocken vom Fenster ab. Birte tauchte hinter ihm auf.

Mit dem Glas Limonade in der Hand ging Magdalene ins Wohnzimmer. Der Briefblock aus blütenweißem Büttenpapier lag auf dem Esstisch und wartete auf sie.

Und mit jedem Brief, den sie schrieb, wartete ein neues Abenteuer.

2

Merle Bloom, Polizeikommissarin auf der Wache von Sankt Peter-Ording, riss die Tür zum Büro von Tammo Anders und Fenna Stern auf. Der Schwung, mit dem sie in den Raum schoss, ließ ebenso wenig Zweifel zu wie der Ausdruck ihres rotwangigen Gesichts: Es war etwas geschehen, das nach kriminalpolizeilichem Einsatz rief.

»Eine Tote auf Maleens Knoll. Todesumstände unbekannt.«

»Maleens Knoll?« Den Namen hatte Fenna schon mal gehört. »Wo liegt das noch mal?«

»Kommt mit zum Wagen. Ich fahre euch hin.« Merle drehte sich auf dem Absatz um und rannte hinaus.

Die Ermittler folgten der taffen jungen Frau, deren geflochtener weizenblonder Zopf bei jedem ihrer kraftvollen Schritte über den Rücken wippte.

Tammo überließ Fenna den Beifahrersitz und warf sich auf die Rückbank. Sie hatten die Wagentüren noch nicht ganz geschlossen, da gab Merle Gas, und die Reifen quietschten.

Während der Fahrt sah Fenna das Gesicht von Kriminalrat Timo Derichsen vor sich. Vor drei Wochen hatte er Tammo und ihr mitgeteilt, dass das Husumer Kommissariat eine Außenstelle in Sankt Peter-Ording einrichten würde und dass man darüber nachdachte, sie beide dorthin zu beordern. Keine Sekunde hatten sie gebraucht, um über dieses Angebot zu entscheiden. Die Wache lag nur wenige Gehminuten von ihrem neuen Wohnhaus entfernt, das sie am vergangenen Wochenende bezogen hatten. ›Ihr werdet keine Langeweile haben‹, hatte Timo gemeint. Er schien recht zu behalten.

Merle hatte ihnen zur Begrüßung an ihrem heutigen ersten Arbeitstag am neuen Einsatzort einen großen Blumenstrauß und eine Flasche Prosecco auf den Besprechungstisch gestellt. Unverhohlen hatte sie sich darüber gefreut, dass mit Fenna Stern weibliche Verstärkung Einzug in die Polizeiwache hielt. Jetzt düste sie mit Blaulicht durch die Straßen in Richtung Norden.

»Gemeldet wurde die Leiche von einem Jogger«, berichtete sie den neuen Kollegen. »Er sagt, er läuft fast jeden Tag da lang, spurtet die Treppen hoch, genießt für einen Moment den Ausblick und joggt wieder zurück.«

»Hat er sofort erkannt, dass die Frau tot war?«, fragte Fenna.

»Als er sie auf der Bank sitzen sah, dachte er zuerst, sie wäre tief in Gedanken versunken. Aber die Gesichtsfarbe kam ihm verdächtig vor und die Farbe der Hände. Und die Augen. Er sagt, die Dame stiert unentwegt aufs Meer und rührt sich nicht. Sie zwinkert nicht mal, wenn ihr eine Fliege übers Auge läuft.«

»Danke, das genügt«, rief Tammo aus dem Off. »Ich glaube auch ohne weitere Erläuterungen, dass sie tot ist. Im Übrigen werden wir uns gleich selbst überzeugen.«

Fenna deutete mit dem Daumen über die Schulter nach hinten. »Mein Mann ist ein bisschen empfindlich.«

Merle nickte. »Wie Kerle so sind.«

»Maleens Knoll«, lenkte Tammo das Gespräch in eine andere Richtung. »Gehört habe ich schon mal davon. Aber im Moment weiß ich nicht mehr, wohin ich es stecken soll.«

»Maleens Knoll«, erklärte Merle im Tonfall einer Reiseleiterin, »ist mit einer Erhebung von mehr als 16 Metern die höchste Düne von Sankt Peter-Ording. Oben auf dem Gipfel ...« Sie betonte das letzte Wort und warf Fenna schmunzelnd einen Seitenblick zu, wohl wissend, dass man bei der Vorstellung eines Gipfels unwillkürlich an einen Zweitausender in den Alpen dachte. »Auf dem Gipfel wurde eine große Aussichtsplattform errichtet, die erst vor wenigen Jahren erneuert wurde. Von da aus hat man einen faszinierenden Blick über die Dünenlandschaft und den Wald und nach Westen bis zur See.«

»Und warum heißt dieser Aussichtspunkt Maleens Knoll?«, fragte Fenna. »Er ist wohl nach einer bestimmten Person benannt?«

Merle nickte. »Das erzähl ich euch nachher.«

Sie lenkte den Wagen auf einen Parkplatz am Ortsrand, bremste scharf und stellte den Motor aus.

»Näher ran geht's nicht. Die restlichen zweihundert Meter müssen wir laufen.«

Dicht gefolgt von Tammo und Fenna sprintete die junge Polizistin über den schmalen, sandigen Weg.

Vor der Treppe, die zur Plattform führte, lief der Jogger, ein Mann in den Vierzigern, auf und ab. Er hatte die Arme um den Oberkörper geschlungen und schlotterte.

»Ihnen ist kalt«, stellte Fenna fest.

»Nur innerlich. Das war vielleicht ein Schreck.«

»Wir sind gleich wieder bei Ihnen. Können Sie es noch einen Moment hier aushalten?«

»Klar.« Er nickte und fing an, auf der Stelle zu laufen.

Angespannt sprangen die Beamten die hölzernen Treppen hinauf zur unteren und weiter zur oberen Aussichtsplattform.

Oben angekommen, blieben alle drei abrupt stehen.

Die Tote saß auf einer Bank und schien aufs Meer zu schauen. Der Kopf war gegen einen Pfeiler gelehnt.

Fenna sah hinauf. Auf der Spitze des Pfahls drehte sich eine metallene Frauenfigur mit dem Wind. Ein Abbild der Namensstifterin Maleen, wie sie vermutete.

Der Wind kam aus Nordwest. – Als ob das nun eine Rolle spielte ...

Vorsichtig näherte die Kommissarin sich der Leiche bis auf ein paar Schritte.

Tammo pfiff sie zurück. »Denk an die Spuren.« Er wandte sich Merle zu. »Die KTU ist informiert?«

»Die KTU und die Rechtsmedizin.« Merle zeigte dahin, wo der Parkplatz lag. »Ich glaube, sie kommen gerade. Ich höre das Geräusch von Automotoren.«

»Das Lebkuchenherz ...« Fenna deutete auf die Tote. Die Hände der Frau lagen im Schoß. Sie hielten ein großes Lebkuchenherz, das in zwei Teile zerbrochen war. Mit Liebesperlen waren Wörter in den Teig gedrückt.

Fenna hielt sich mit beiden Händen an der hölzernen Brüstung fest, beugte sich, soweit es ging, zu der Toten vor, ohne die Füße weiter auf die Aussichtsplattform zu setzen, und versuchte, die Buchstaben zu lesen.

»*Dein Seemann* steht da.« Verwundert sah sie Merle an. »Gibt es so was in den Bäckereien im Ort zu kaufen?«

Merle wurde nachdenklich. »In den Bäckereien sicher nicht. Das muss jemand selbst gebacken haben. Es erinnert mich an die Sage um Maleens Knoll.«

Sie lehnte sich gegen die Brüstung und verschränkte die Arme. »Maleen, so hieß eine junge Einheimische, die vor langer, langer Zeit ihrer großen Liebe versprochen wurde. Der Mann wollte aber noch nicht heiraten, er wollte erst die Welt erkunden, sein Glück in der Ferne versuchen. Also fuhr er zur See. Maleen beschloss, auf ihn zu warten. Der Sage nach ist sie Abend für Abend auf diese Düne gestiegen, um ihn gleich zu entdecken, wenn er zurückkehrte. Damit ihr das Warten nicht zu lang wurde, hat sie ihr Spinnrad mitgenommen und Wolle gesponnen. Abends, wenn es dunkel wurde, hat sie ein Licht angezündet, das die Einwohner von Weitem sehen konnten. Aber eines Abends brannte kein Licht. Da haben die Leute sich Sorgen gemacht, sie sind hierher gekommen und haben Maleen tot auf der Düne gefunden.« Merle zögerte, bevor sie weitersprach. »Das Tragische an der Geschichte war, dass wenige Wochen nach ihrem Tod ein Seefahrer an den Strand gespült wurde. Er trug den gleichen Ring wie Maleen.«

Fenna hatte Merle aufmerksam zugehört. Die Geschichte um Maleen berührte sie, auch wenn es nur eine Sage war und niemand verbürgen konnte, dass die Dinge sich wirklich so zugetragen hatten.

Doch Merle war noch nicht fertig mit dem, was sie zu berichten hatte. »Ich kenne die Dame. Es ist Magdalene Paulsen, eine Geschäftsfrau aus unserem Ort.«

»Magdalene?«, fragte Fenna. »Hm, und Maleen ist die Kurzform von Magdalene, soweit ich weiß.«

Merle nickte stumm.

Die Kommissarin, die immer noch an der Brüstung stand, hielt sich die Hand über die Stirn, um ihre Augen zu beschatten. Da unten auf dem Weg sah sie Eike Hoböken mit seinem Team und Gerhild Linnenbrügger. Gerhild hatte sie ebenfalls entdeckt und winkte ihr zu.

Langsam drehte Fenna sich um die eigene Achse.

»Du hattest recht, Merle«, sagte sie. »Von hier oben hat man eine Wahnsinnsaussicht.«

»Wovon unsere Kundin da vorne auf der Bank aber nichts mehr hat«, bemerkte Tammo schroff.

»Tsss«, machte Fenna und wandte sich kopfschüttelnd von ihm ab. Sie stützte sich auf die Brüstung.

Maleen ging ihr nicht aus dem Kopf.

Weit hinten glitzerte das Meer in der Sonne.

Magdalene Paulsen hatte das Gesicht der See zugewandt. So, wie einst ihre Namensvetterin, die auf dieser Düne Tag für Tag auf ihren Liebsten gewartet hatte. Bis sie starb.

Woran war Maleen gestorben? Etwa an gebrochenem Herzen?

Fenna drehte sich wieder zu der Toten um.

Woran war Magdalene Paulsen gestorben?

Eine Fliege kroch über die Stirn der Frau. Sie krabbelte zur Nasenwurzel, wanderte weiter zu einem Augenlid und machte kehrt. Über die Augenbraue kletterte sie auf die Stirn zurück, um am Haaransatz Rast zu machen.

Magdalene Paulsen störte sich nicht an dem Insekt. Die Augen weit aufgerissen und das Gesicht wie im Schmerz verzerrt, hielt sie unverdrossen das in zwei Hälften zerbrochene Lebkuchenherz auf dem Schoß.

Fenna fiel es schwer, zwischen dem Tod von Magdalene und dem von Maleen zu trennen.

Der Fundort mit seiner ungewöhnlichen Geschichte. Die Namensgleichheit der beiden Frauen. Das Lebkuchenherz mit dem Gruß darauf, mit Liebesperlen geschrieben.

Was hatte das alles zu bedeuten?

3

Die Begrüßung mit Doktor Gerhild Linnenbrügger und mit Kriminaltechniker Eike Hoböken und seinen Leuten fiel so nüchtern aus, wie die Umstände es vorgaben.

»Ich gehe nach unten«, erklärte Fenna, »und spreche mit dem Mann, der die Leiche gefunden hat.«

Gerhild nickte der Kommissarin zu. »Okay. Bis nachher. Ich rufe dich, wenn wir hier fertig sind.«

Tammo ließ sich von Merle den Autoschlüssel geben.

»Wozu das?«, fragte Fenna.

»Um für den Jogger eine Decke aus dem Wagen zu holen«, sagte Tammo und zwickte ihr in die Wange. »Wo ist deine Fürsorglichkeit geblieben, Madame?«

»Verdammt, du hast recht. Daran hab ich überhaupt nicht gedacht. Ich bin in Gedanken ständig bei ...« Sie schluckte das Ende des Satzes hinunter.

»Bei Fee?«

Hilflos hob Fenna die Achseln und blickte zu Boden. Der Stichtag für die Geburt des ersten Kindes von Fee, ihrer jüngsten Tochter, war gestern verstrichen. Ohne Alarm. Seitdem hatte Fenna, die sich für die Rolle der werdenden Oma noch immer zu jung fühlte, das Gefühl, die Wehen müssten jeden Augenblick einsetzen – und zwar zuallererst bei ihr selbst.

Tammo lächelte ihr ermutigend zu. »Deine Jüngste schafft das mit dem Babykriegen auch ohne mütterlichen Beistand. Gib ihr eine Chance, es zu beweisen.« Er hüpfte die Stufen hinab, sodass er schneller unten ankam als Fenna. Im Vorbeihuschen gab er dem Jogger einen Klaps auf die Schulter. »Ich hol Ihnen eine Decke aus dem Wagen«, rief er ihm zu.

Der Mann hörte auf, mit hektischen Trippelschritten auf der Stelle zu traben, als er Fenna die Treppe hinunterkommen sah. »Sie ist wirklich tot, oder?« Er wies mit dem Kinn nach oben.

Fenna hielt es für überflüssig, auf die Frage zu antworten. Wer der Frau ins Gesicht gesehen hatte, konnte keinen Zweifel daran haben, dass sie nicht mehr lebte.

»Kriminalhauptkommissarin Fenna Stern«, sagte sie. »Entschuldigung, mein Kollege und ich haben uns Ihnen noch gar nicht vorgestellt. Wie ist denn Ihr Name?«

»Dethlefsen. Manno Dethlefsen. Ich wohne hier. Also nicht hier auf Maleens Knoll, sondern hier in Sankt Peter, dicht am Deich in einem hübschen, kleinen ...«

»Danke«, stoppte Fenna ihn. Sie befürchtete, er würde ihr sonst im Detail erzählen, seit wann und mit wem er in einem hübschen, kleinen Einfamilienhaus mit gepflegtem Garten und mit Sauna und Whirlpool im Keller lebte. So genau wollte sie das nicht wissen. Es würde sie nur an ihr eigenes Dreieinhalb-Generationen-Haus erinnern und an Fee und das Baby. Unwillkürlich verzog sie das Gesicht und legte die Hand auf den Bauch.

Manno Dethlefsen sah sie fragend an. »Ist was?« Er fasste sie am Ellenbogen und sah sich um, als suchte er eine Sitzgelegenheit für sie.

»Nein, schon gut. Mir war nur gerade ein wenig ...«

»Nicht gefrühstückt, was?« Dethlefsen grinste.

»So ungefähr.« Fenna riss sich zusammen.

»Wie lange sitzt sie denn schon da?«, fragte der Mann weiter. Erneut deutete er mit dem Kopf nach oben.

In ihrer Umhängetasche kramte Fenna nach Kugelschreiber und Notizblock. »Das wird sie unserer Rechtsmedizinerin im stillen Kämmerchen verraten.«

»Läuft der Mörder noch hier in der Gegend herum?«
Übertrieben ängstlich zog der Jogger den Kopf zwischen die Schultern und krallte sich an der Brüstung der Treppe fest, die zur unteren Plattform hinaufführte.

»Welcher Mörder?«, fragte Fenna gespielt irritiert.

»Na, der von der Dame da oben. Oder ist sie gar nicht ermordet worden? Ist sie etwa einfach so ...?«

»Auch das wird die Tote unserer Kollegin unter vier Augen offenbaren.« Fenna bemühte sich redlich, nicht allzu genervt zu klingen.

Der Jogger wollte sich auf die Treppenstufen setzen.

Mit einem knappen Hinweis auf etwaige Spuren, die er zerstören könnte, hinderte Fenna ihn daran. Sie lenkte ihn einige Schritte von der Konstruktion weg, damit er nicht noch einmal in Versuchung kam, sich spontan dort niederzulassen.

»Kann es denn sein, dass sie gar nicht ermordet worden ist? Das wäre ja wirklich tragisch, wenn sie aus heiterem Himmel gestorben wäre, gerade jetzt, wo sie ...« Er biss sich auf die Lippe.

»Wo sie was?«

»Na, die Tote ist doch die Magdalene Paulsen. Sie hat kürzlich erst im Lotto gewonnen. Aber mal nicht bloß 'nen Dreier wie unsereins ab und zu. Sechs Richtige mit Zusatzzahl, erzählt man sich.«

»Oh, interessant.« Fenna machte sich eine Notiz. »Ist das nur ein Gerücht, oder ist es wirklich so?«

»Es wird darüber geredet. Aber so, wie sie sich zuletzt zeigte, stimmt es wohl. Also, wäre echt der Hammer ... Was meinen Sie, ist sie einfach so gestorben?«

»Zu den Todesumständen«, erwiderte die Kommissarin, »können wir derzeit nichts sagen.«

Dieser Mann nervte. Ja, er hatte heute Morgen völlig unerwartet eine gruselige Entdeckung gemacht. Und ja, er war verschwitzt und fror. Vielleicht hatte er sich sogar eine Erkältung geholt, als er auf das Eintreffen der Polizei gewartet hatte. Dennoch hielt Fennas Mitgefühl sich in Grenzen. Der Typ stellte einfach zu viele Fragen.

Sie suchte einen Weg, ihre Gereiztheit in den Griff zu bekommen. Wie schon oben auf der Aussichtsplattform drehte sie sich nun hier unten einmal um die eigene Achse und taxierte die Umgebung.

Dünenlandschaft, bewachsen mit Gräsern, mittendrin vereinzelte Kiefern, drum herum ganze Wälder. Schmale, teils kurvige Wege, behelfsmäßig mit Drahtzäunen eingefasst, um die Dünen davor zu schützen, von Spaziergängern zertrampelt zu werden. Egal, in welche Richtung man sah, die Sicht war wegen der Hügel und des Bewuchses eingeschränkt. Wo immer man stand, von hier unten aus konnte man die Umgebung nicht weit überblicken.

Manno Dethlefsen musterte die Kommissarin skeptisch aus dem Augenwinkel. Dann wurde er von etwas abgelenkt.

Fenna wandte sich um.

Tammo kam angetrabt, eine Decke in der Hand, die er dem Jogger reichte. »Nicht, dass Sie sich noch eine Lungenentzündung holen.«

Dankend nahm der Mann die Decke entgegen und warf sie sich über die Schultern, sodass sie über den Rücken und die Beine bis auf den Boden hing. Mit den Händen griff er zwei Zipfel und schlug sie vor der Brust übereinander.

Er hatte was von Batman, wie er so vor Fenna stand.

»Es sind gar nicht mal die Temperaturen, die mich frieren lassen«, sagte er feixend zu Tammo. »Als ich losgelaufen bin, hatte das Thermometer schon sechzehn Grad. Ich denke, das Eisige hier ist Ihre Kollegin.«

»Ich rede nachher ein Wörtchen mit ihr«, sagte Tammo schmunzelnd. »Aber jetzt geh ich erst mal zu den Kollegen nach oben.« Er winkte Fenna und dem Jogger zu und stieg wieder zur Aussichtsplattform hinauf.

Fenna ging souverän über die Spitze hinweg, auch wenn sie sich jetzt Merle Bloom an ihrer Seite wünschte. »Kommen wir zu Ihrem unerfreulichen Fund heute Morgen zurück«, nahm sie das Gespräch wieder auf. »Um wie viel Uhr haben Sie die Leiche entdeckt?«

»Das war ziemlich genau um acht. Ich bin oft zu der Zeit hier, fast täglich. Von da oben gucke ich einmal in jede Himmelsrichtung, und dann laufe ich dieselbe Strecke, die ich gekommen bin, wieder zurück.«

»Ist es hier immer so einsam wie jetzt? So früh sind wohl noch keine Urlauber in dieser Gegend unterwegs.«

»Um sieben oder acht herum ist es hier ziemlich einsam. Es passiert nur selten, dass ich zu der Zeit mal jemanden antreffe. Und wenn, dann ist es meist ein Einheimischer. Die Urlauber zieht es so früh eher auf die Promenade oder an den Strand. Nur wenn es stark windig ist, kommen die Leute hierher.«

»Sie wohnen im Ort, sagten Sie. Ist Frau Paulsen Ihnen persönlich bekannt?«

»Sie leben noch nicht lange hier«, stellte Dethlefsen fest.

»Bitte beantworten Sie doch einfach meine Frage.« Vor Ungeduld bohrte Fenna einen Absatz in den Sand.

»Ich will Ihnen nicht zu nahe treten«, sagte Manno.

Das fällt dir zu spät ein. Fenna lächelte kühl.

»Also, wenn Sie hier zu Hause wären, wüssten Sie, warum so ziemlich jeder Einwohner von Sankt Peter Frau Paulsen kennt. Sie lesen doch bestimmt, oder?«

»Wieso fragen Sie, ob ich lese?« Fenna verscheuchte eine Fliege, die auf ihrer Nase tanzte. Sie erinnerte sich an das Gesicht der Toten, an die Fliege, die über deren Stirn gekrochen war, und erschauderte. Mit einem Papiertaschentuch tupfte sie sich die Nase sorgfältig ab.

»Weil Magdalene Paulsen eine Buchhandlung im Ort gehört«, platzte Manno Dethlefsen heraus. »Deshalb frage ich.« Er guckte spöttisch, als ginge es um die Lösung eines Rätsels, die er ihr gerade präsentierte und auf die sie dreimal selbst hätte kommen können. »Jeder in Sankt Peter-Ording, der gerne liest, kennt Magdalene Paulsen. Es sei denn, man liest nur digital.«

Dethlefsen guckte von oben auf die Kommissarin herab. Die Kompetenzen waren verteilt. Er war der Wissenskönig und sie die kleine ignorante Maus.

So unauffällig wie möglich hob Fenna sich auf die Zehenspitzen, um physisch annähernd Augenhöhe mit diesem Mann zu erreichen, der ihre Sympathien längst verscherzt hatte. *Immer sachlich bleiben*, redete sie sich zu. »Die Sage um Maleen kennen Sie natürlich.«

Der Jogger umfasste die Zipfel der Decke mit einer Hand, vergrub die andere in der Tasche seiner altmodischen Jogginghose und knickte in den Knien ein wenig ein. »Sie etwa auch?«

Fenna schenkte Dethlefsen ein versonnenes Lächeln. »So fremd, wie Sie glauben mögen, bin ich in Sankt Peter-Ording nicht«, flunkerte sie. »Aber wie gut ich mich mit dem Ort und seinen Geschichten auskenne, das tut jetzt nichts zur Sache.« Sie machte eine kleine Kunstpause, um eine gewisse Spannung zu erzeugen.

Er stierte sie an, als hielte er ihre provokanten Blicke für einen Flirtversuch.

»Maleen und Magdalene, fällt Ihnen zu der Namensverwandtschaft der beiden Personen etwas ein?«

Manno nahm die Zipfel der Decke wieder in beide Hände und zog sie sich enger um die Schultern. »Parallelen sehe ich da nicht.« Er schüttelte den Kopf und lachte schnaubend. »Nee, also echt nicht. Bis auf, na ja, vielleicht ... Also, geredet wird viel. Aber ich möchte auf keinen Fall irgendwelche unbewiesenen Geschichten verbreiten. Nachher bleibt was an mir hängen.«

Fenna verstand. Der Mann wusste oder ahnte etwas, das mit Magdalene Paulsens Tod zu tun haben könnte, schwieg aber lieber. Sie musste sich ihm aus einer anderen Richtung nähern, um mehr zu erfahren.

»Sie waren Kunde bei Magdalene Paulsen«, folgerte sie aus Dethlefsens vorherigen Erläuterungen.

»Natürlich. Ich unterstütze die örtliche Wirtschaft, wo immer es möglich und notwendig ist. Und mal ganz unter uns: So doll lief der Laden unserer verehrten Frau Buchhändlerin in den vergangenen Jahren nicht mehr.«

Fenna merkte auf. »Aha.«

Dethlefsen ließ ihren Ausruf verpuffen. Fenna fühlte sich gezwungen, nachzuhaken. »Hatte Frau Paulsen vor dem Lottogewinn Schwierigkeiten wirtschaftlicher Art?«

Manno Dethlefsens Lider zuckten. »Was Umsatz, Gewinn und ihre finanzielle Situation betrifft, dazu müssten Sie bitte Frau Paulsens Steuerberater befragen«, antwortete er. »Wie gesagt, ich will nicht irgendwelche Gerüchte verbreiten und am Ende der Dumme sein.«

»Den Steuerberater kontaktieren wir später«, erwiderte Fenna. Das würden sie allerdings nur dann tun, fügte sie für sich selbst im Stillen hinzu, wenn es sich tatsächlich um einen Fall von Mord oder Totschlag handeln sollte. Auf den ersten Blick hatte sie keine äußere Verletzung bei der Toten erkennen können. Was Gerhild und Eike wohl nachher sagen würden?

»Wenn Magdalene Paulsen Ihnen so gut bekannt war und wenn Sie Stammkunde bei ihr waren, wissen Sie sicher auch etwas über ihr privates Umfeld.«

»Nein«, posaunte Dethlefsen aus, kaum dass die Kommissarin den Satz beendet hatte.

»Sind Sie sicher?« Fenna lächelte sanft. Mit Genugtuung registrierte sie, dass sie wieder Oberwasser bekam.

Dethlefsen bekam rote Ohren.

»Wenn es sich um ein Verbrechen handeln sollte und Sie uns etwas verschweigen ...« Fenna neigte den Kopf zur Seite. »Lebte Frau Paulsen in einer Beziehung?«

»Ich weiß es nicht.« Dethlefsen wurde unruhig. »Na gut, sie war nicht verheiratet, aber sie wäre es wohl gerne gewesen. Es gab da eine große, unvergessene Liebe.«

Fenna fuhr sich mit der Zunge über die Zähne. »Den Namen dieses Herrn wissen Sie nicht zufällig?«

»Nein. Leider nicht.«

Dethlefsen hielt den Kopf stur geradeaus, doch er sah sein Gegenüber nicht an. Seine Augäpfel bewegten sich hektisch nach rechts und links.

»Erwarten Sie jemanden?«

»Erstaunt es Sie«, näselte Dethlefsen, »dass ich mich ein wenig nach einem Mörder umschaue, der vielleicht hinter den Kiefern kauert und darauf wartet, dass ich nach Hause laufe?«

»Ja.« Fennas Blicke fixierten Dethlefsen kühl. »Sie beharren so sehr darauf, dass Frau Paulsen ermordet wurde. Wissen Sie mehr als wir?«

Der Mann schien zu begreifen, dass er mit der Kommissarin zu sehr auf Konfrontation gegangen war.

»Hören Sie ...« Er zog die Decke noch etwas fester um die Schultern, als wollte er sich hineinkuscheln. »Es tut mir leid, ich bin wohl ein bisschen schroff geworden. Mir knurrt der Magen, und mein Kopf ist leer. Ich hab noch nicht richtig gefrühstückt, nur ein halbes Brötchen gegessen und eine Tasse Kaffee getrunken. Und dann diese Entdeckung ... Ich bin echt fertig. Über Magdalene Paulsens Leben weiß ich nichts, und ich glaube auch nicht, dass ich Ihnen noch einen Millimeter weiterhelfen kann. Also, wenn Sie nichts dagegen haben, würde ich jetzt gerne nach Hause gehen.«

Während er sprach, war Tammo leise und von Manno Dethlefsen unbemerkt die Treppe hinuntergestiegen. Die letzten Worte des Joggers hatte er mitbekommen. Er legte ihm von hinten die Hand auf die Schulter.

Dethlefsen fuhr herum. »Ach, Sie sind das. Meine Güte, haben Sie mich erschreckt.«

»Das tut mir leid«, sagte Tammo zerknirscht.

Zu allem Unglück zog er ein Gesicht, wie es der Königin von England gebühren mochte, wenn man sie aus der Mittagsruhe hochgeschreckt hatte, aber nicht einem Manno Dethlefsen vom Nordseedeich.

»Haben wir Ihre Adresse schon?«, fragte Tammo.

»Nein«, antwortete Fenna anstelle von Dethlefsen, »die haben wir noch nicht.« Demonstrativ hielt sie ihren Stift zum Schreiben bereit. »Manno Dethlefsen ist Ihr Name, sagten Sie?«

»Richtig. Das heißt, eigentlich Manfred Dethlefsen. So steht es im Personalausweis.«

»Und Sie wohnen?«

Dethlefsen nannte ihr die Adresse und ratterte ohne weitere Nachfrage seine diversen Telefonnummern herunter. »Falls Sie wider Erwarten noch Fragen haben.«

Tammo tätschelte dem Jogger, der immer noch in die die Decke eingewickelt war, den Rücken. »Ich rufe eine Kollegin, die Sie nach Hause fahren wird.«

Fenna beobachtete die Szene, als gehörte sie nicht dazu. Es kam ihr vor, als hätten ihr Mann und sie heute die Rollen getauscht. Der sonst so spröde Tammo entpuppte sich als allumsorgendes Wesen, während sie selbst ...

Fee! Wie mochte es ihr in diesem Moment gehen? Ihre Tochter hatte ihr versprochen, sie anzurufen, wenn die Wehen einsetzten. Doch in manchen Augenblicken befürchtete Fenna, dass der neue Erdenbürger sich so plötzlich herauswagen würde, dass Fee keine Gelegenheit mehr zu einem Telefonat mit der werdenden Oma blieb.

Zum Glück hatte Fiona sich ein paar Tage freigenommen, um ihrer Schwester beizustehen. Und Magda, die zukünftige Urgroßmutter, war auch noch da. Wie sich das anhörte: Urgroßmutter ... Glücklicherweise war sie selbst davon noch ein gutes Stück entfernt.

Wie durch Nebel bekam Fenna mit, dass Merle Bloom die Treppe herunterstieg, um den Jogger zum Wagen zu geleiten und heimzufahren. Erstaunt nahm sie ihre eigene Hand wahr, die Dethlefsens Abschiedsgeste mechanisch imitierte. Im Gegensatz zu seinen Lippen lächelten ihre jedoch nicht.

Schulter an Schulter beobachteten die Ermittler, wie der Mann, der die Tote entdeckt hatte, an Merles Seite aus ihrem Sichtfeld verschwand.

»Mit dem Typ stimmt was nicht«, raunte Fenna Tammo zu.

»Woraus folgerst du das?«

»Er macht klare Andeutungen, dass es sich um einen Mord handeln muss, aber auf Nachfragen weiß er angeblich nichts. Und als ich ihn auf die Namensgleichheit zwischen Maleen und Magdalene angesprochen habe, ist er ein bisschen nervös geworden. Ich vermute, er kennt Magdalene Paulsen und die Hintergründe ihres Todes besser, als er zugeben will.«

Tammo reckte sich, um Merle und Dethlefsen zu erspähen, die auf einer Wegbiegung zwischen den Dünen wieder in seinen Blickwinkel geraten waren. »Du meinst, es war kein Zufall, dass ausgerechnet er sie gefunden hat?«

Fenna lehnte ihren Kopf an seine Schulter. »Das hast du gesagt.«

4

Vor den Augen ihrer Chefin wählte Insa zum unzähligsten Mal die Telefonnummer von Magdalene. Ausgerechnet heute war Uta Harms, die Inhaberin des Friseursalons, bereits um acht Uhr aufgetaucht, um den Bestand an Shampoos, Färbemitteln und sonstigen Produkten aufzunehmen und neue Ware zu bestellen.

Alle naselang rauschte sie aus dem kleinen Büro im hinteren Teil des Ladenlokals in den Salon und zählte nach, was auf den Ablagen vor den Frisierstühlen und in dem großen Regal hinter dem Tresen vorhanden war.

Insa glaubte, dass die Chefin nur deshalb dauernd nach vorne kam, weil sie wissen wollte, ob ihre Mitarbeiterin nun endlich das tat, wofür sie bezahlt wurde: die angemeldete Kundin Magdalene Paulsen frisieren.

Dabei war Insa deutlich vor Beginn ihrer Arbeitszeit angetanzt, die offiziell erst um neun begann. Wenn es nicht ihre Freundin Magdalene gewesen wäre, die um diesen Extratermin gebeten hatte, hätte sie sich vermutlich geweigert, um sieben Uhr schon parat zu stehen.

Vermutlich. Vielleicht aber auch nicht. Überstunden brachten Geld, und Geld war das, womit Insa immer einen Hauch zu knapp gesegnet war.

Sie hoffte inständig darauf, dass sich das bald ändern würde. Warum sonst hatte Magdalene im Lotto gewonnen? Sie allein würde das viele Geld niemals ausgeben können, und Erben gab es keine. Aber wie hatte Freddy so schön gemeint? ›Wozu hatte man beste Freundinnen wie Insa, Hanne und Rosie, wenn nicht zum Teilen?‹

Insa legte auf. Magdalene würde sich nicht melden, egal, wie viele Male ihr Telefon noch klingelte.

»Warum kommt sie denn nicht, die Frau Paulsen?«, rief Uta Harms ihr zum fünften Mal an diesem Morgen zu. »Hat sie etwa verschlafen?«

Ich weiß es doch nicht, Himmel noch mal, wollte Insa erwidern. Sie biss sich auf die Zunge. Der Ton, in dem der Satz ihr herausrutschen wollte, gehörte sich einer Chefin gegenüber nicht.

Noch während sie die Worte zerkaute und hinunterwürgte, betrat ihre Neun-Uhr-Kundin den Salon.

Insa verzerrte den Schmollmund zu einem halbherzigen Lächeln. »Guten Morgen.« Sie half der Dame aus der Jacke. Diensteifrig führte sie sie zu einem Frisierstuhl, besprach mit ihr, wie die Haare geschnitten werden sollten, und fragte nach dem Getränkewunsch.

»Wie immer. Kaffee, nur mit Milch, ohne Zucker.«

»Gerne.«

Insa verschwand in der kleinen Küche, schenkte eine Tasse ein und gab Milch dazu. Sie kannte die Kundin lange genug, um zu wissen, dass sie zwei Portionen fettarme Kaffeesahne bevorzugte. Innerlich immer noch aufgewühlt, balancierte sie das Getränk zum Frisierstuhl. Die Tasse klapperte laut auf der Untertasse.

»Sie zittern ja«, sagte die Kundin, die sie mit leichtem Misstrauen beobachtete. »Wie soll denn das gleich mit dem Haareschneiden funktionieren?«

»Ich zittere nicht. Die Tasse steht nicht richtig auf dem Teller.« Mit angehaltenem Atem schaffte Insa es, den Kaffee abzustellen, ohne dass etwas überschwappte. »Ist noch heiß. Wenn Sie dann bitte mit zum Waschbecken kommen würden?«

Die Kundin folgte ihr und ließ sich auf der bequemen Liege vorm Waschtisch nieder. Sie legte das Haupt nach

hinten und entspannte sich in Erwartung der hinge-
bungsvollen Kopfmassage, für die Insa bekannt war.

Insa wartete, bis das Wasser die richtige Temperatur
hatte. Vorsichtig ließ sie es über die Mähne der Kundin
fließen, immer darauf bedacht, dass kein Tropfen in die
Stirn lief oder auf die Wangen spritzte.

»Sie wissen ja, bei der zweiten Wäsche das Shampoo
mit der Kokosmilch«, verkündete die Dame.

»Ich weiß.«

In Gedanken noch immer bei Magdalene, griff Insa
nach einer Shampoo-Flasche, nahm einen Spritzer davon, verteilte ihn mit beiden Händen über den Schädel
der Kundin und begann, ihr sanft die Kopfhaut zu mas-
sieren.

Mit einem Mal stürzte Rosie in den Salon.

»Sie haben aber doch heute gar keinen Termin«, rief
die Chefin ihr verwundert zu.

Rosie beachtete sie nicht. Sie blieb vor Insas Kundin
stehen, deren Kopf unbeeindruckt von dem Überfall
über dem Waschbecken hing wie der einer Schlafenden.

Mit einem Gesichtsausdruck, den Insa von ihr nicht
kannte und den sie nicht zu interpretieren verstand, rang
Rosie die Hände. »Hast du von Magdalene gehört?«

Insa streifte die Freundin mit einem kurzen, giftigen
Blick. »Die hat mich versetzt. Sie kann mir heute gestohlen bleiben.« Ungeachtet Rosies offensichtlicher Erre-
gung beendete sie die Kopfmassage gewissenhaft, drehte das Wasser auf, hielt die hohle Hand an die Schläfe
der Kundin und spülte das Shampoo aus.

»Magdalene ist tot«, brüllte Rosie. »Sie ist tot.«

Wie vom Schlag getroffen ließ Insa den ausgezoge-
nen Wasserhahn ins Waschbecken fallen.

Das Wasser spritzte der Kundin über den Kopf. Die Dame stieß einen Schrei aus, fuhr mit dem Oberkörper hoch. Verärgert riss sie sich das Handtuch vom Hals, das Insa ihr umgelegt hatte, und tupfte sich damit ab.

»Magdalene sitzt tot auf Maleens Knoll«, presste Rosie hervor, dem Weinen nah. »Tot. Kannst du dir das vorstellen? Tot auf Maleens Knoll.« Sie schluchzte.

Uta Harms eilte der Kundin zu Hilfe. »Mein Gott, das ganze Make-up ist verrutscht.«

In Windeseile sackte das Blut in Insas Körper ab, Zentimeter für Zentimeter. Es fühlte sich an, als hätte jemand Stöpsel aus ihren Fußsohlen gezogen wie aus einer Badewanne. Es flimmerte vor ihren Augen.

Zwei Hände fingen sie auf, während sie kippte. Sie griffen ihr unter die Achseln und zogen sie fort, ihre Fersen schleiften ein Stück weit über den Boden. Die unsichtbaren Hände hievten sie auf einen Stuhl, der ebenso wie der Boden unter ihren Füßen schwankte.

Insa fühlte sich wie auf einem Schiff auf hoher See bei Windstärke 8. Die Übelkeit überwältigte sie.

Die Chefin hielt ihr einen Eimer vor die Brust, gerade noch rechtzeitig, bevor sie sich erbrach.

Rosie drückte ihr ein feuchtes Tuch in die Hand.

Zitternd wischte Insa sich Gesicht und Mund ab und versuchte, ruhig und tief bis in den Bauch zu atmen.

Rosie reichte ihr ein Glas Wasser.

Insa nahm es dankbar an. »Wieso ist Magdalene tot? Und warum auf Maleens Knoll?«

Die Chefin kümmerte sich wieder um die Kundin, die vor einem Spiegel saß und ihr Make-up zu retten versuchte. »Woher wissen Sie das alles überhaupt?«, rief sie Rosie zu.

»Manno Dethlefsen hat sie gefunden. Er hat die Polizei gerufen. Sie haben ihn befragt, aber er weiß ja nichts. Eine Beamtin hat ihn nach Hause gebracht. Jetzt läuft er im Ort herum und erzählt jedem, den er trifft, von seiner grausigen Entdeckung.«

»Ja, hat der denn nichts Besseres zu tun?«, echauffierte sich die Kundin. Sie wandte den Blick nicht vom Spiegel. So konnte sie Rosie in die Augen sehen.

»So was muss man erst mal verkraften«, erwiderte Rosie pampig. »Da muss man drüber reden.«

»Wer ist das überhaupt, dieser Manno Dethlefsen?«, fragte die Kundin weiter.

»Was spielt das jetzt für eine Rolle?« Rosie nahm Insas Hand und drückte sie.

Insa fror. Als sie Rosies warme Haut spürte, begriff sie erst, wie eisig kalt ihre eigenen Finger waren. »Woran kann Magdalene bloß gestorben sein?«

»Das ist das große Rätsel.« Rosie sah kurz in den Spiegel, über den die Kundin und die Chefin Blickkontakt mit ihr hielten. »Sie hatte ein Lebkuchenherz in der Hand. Es war in zwei Teile zerbrochen.«

»Ein Lebkuchenherz?«, fragte Insa. »Was wollte sie denn damit? Mag sie überhaupt Lebkuchen?«

»Bestimmt hat es ihr jemand geschenkt«, mutmaßte die Chefin, während sie der Kundin etwas Lidschatten auftrug. »Ein neuer Verehrer womöglich?«

Jetzt, da die Kundin sich wieder beruhigt hatte und das neue Make-up Konturen annahm, stieg deren Laune sichtlich. »Was wollte Frau Paulsen wohl so früh am Morgen auf Maleens Knoll?«

Rosie wandte sich ab. »Das wird Magdalene uns nicht mehr verraten können. Nicht in diesem Leben.«

Insa fing laut an zu weinen. Rosies letzter Satz hatte es so endgültig gemacht. Die Nachricht von Magdalenes Tod war nicht nur eine Schreckensmeldung, die wieder verflog. Magdalene war wirklich gestorben. Nach und nach verinnerlichte Insa, dass sie die vertraute Freundin nie wieder sprechen, sich nie wieder von ihr in die Arme schließen lassen und sich nie mehr mit ihr fetzen würde.

Und dass sie nichts mehr von ihr zu erwarten hatte.

Der wichtigste Teil des Kleeblatts war verwelkt.

Kraftlos zog Insa ihre Hand zurück und zupfte an Rosies Ärmel.

»Ja, Liebes?«

Insa winkte Rosie zu sich hinab. »Was wird denn jetzt mit all dem Geld?«, raunte sie ihr ins Ohr. »Wer bekommt das, wenn Magdalene nicht mehr lebt?«

Rosie runzelte irritiert die Stirn. »Du, ich weiß auch nicht. Die Behörden werden sich drum kümmern. Aber das ist doch jetzt nicht das Problem.«

»Die Behörden?« Meinte Rosie das ernst?

Die Chefin ließ von der Kundin ab, die nun wiederhergestellt war. »Worum kümmern sich die Behörden?«

»Mich interessiert viel mehr«, zeterte die Dame auf dem Frisierstuhl, »wer sich jetzt um meine Frisur kümmert. Nichts für ungut, Insa, aber Sie und ich werden heute definitiv keine Freundinnen mehr.«

Uta Harms lief zu voller Größe auf. Mit der einen Hand deutete sie auf die Kundin. »Ihre Frisur übernehme ich.« Die andere legte sich auf Insas Schulter. »Und du, mein Kind, fährst jetzt nach Hause und legst dich hin. Ist dein Herzallerliebster gerade verfügbar?«

Insa nickte schluchzend. »Freddy hat diese Woche nicht viel um die Ohren.«

»Dann rufe ich ihn an, damit er dich abholt«, beschied die Chefin und schritt zum Tresen, auf dem das Telefon stand.

Zaghaft griff Insa wieder nach Rosies Hand. »Und was wird nun mit Magdalene? Wenn nicht klar ist, woran sie gestorben ist – sie werden sie doch wohl nicht ...«

Sie traute sich nicht, ihre Gedanken laut auszusprechen. Magdalene, wie sie auf einem Stahltisch lag. Dieser scheußliche, lange Y-förmige Schnitt, mit zig groben Stichen genäht, die nie verheilen würden, weil kein Leben mehr in dem Körper war.

Unwillkürlich griff Insa sich an den Hals.

»Sie werden sie bestimmt obduzieren«, sagte Rosie, der Verstandesmensch. »Und dann kommt sie natürlich unter die Erde, wie jeder von uns irgendwann einmal.«

»Und was ist«, hauchte Insa mit bebenden Lippen, »wenn Magdalene ermordet wurde?«

Mitleidig strich Rosie ihr über die Wange. »Du hattest schon immer eine blühende Fantasie. Aber nun mal dir nicht so schreckliche Bilder aus. Ich vermute, sie hatte eine Herzschwäche, von der wir alle nichts ahnten und sie selbst am allerwenigsten. Sie ist doch nie zum Arzt gegangen. So was rächt sich irgendwann.«

»Jetzt mach du ihr auch noch Vorwürfe«, schimpfte Insa. »Wie oft gehst du denn zum Arzt und lässt dich durchchecken? Alle Jubeljahre einmal.«

Rosie lächelte mild. »Trink noch einen Kaffee, bis Freddy hier ist. Bleib sitzen«, sagte sie, als Insa aufstehen wollte, »ich hol dir eine Tasse. Danach muss ich auch wieder gehen. Meine Chefin hat mir nur kurz freigegeben, damit ich dir und Hanne Bescheid geben kann.« Rosie wandte sich zur Küche um.

»Hast Du mit Hanne schon gesprochen?«, rief Insa ihr hinterher.

»Noch nicht, das mach ich gleich, sofern sie es noch nicht weiß. Inzwischen hat es sich vermutlich in ganz Sankt Peter-Ording herumgesprochen.«

Uta Harms hatte sich mittlerweile mit der Kundin in ein Gespräch vertieft.

Mechanisch griff Insa nach einer der Illustrierten, die in einem Zeitschriftenhalter im Salon auslagen, und blätterte darin herum. Sie nahm die Fotos der Prominenten wahr, über die berichtet wurde, und überflog die Überschriften, ohne die Worte zu begreifen.

Rosie stellte die Tasse Kaffee neben ihr auf die Ablage eines Frisierspiegels.

»Und was wird nun aus uns, dem Kleeblatt?«, fragte Insa.

»Du weißt doch«, Rosie legte ihr tröstend die Hand auf die Schulter, »Klee hat von Natur aus meist nur drei Blätter und existiert damit wunderbar.«

5

In Gedanken vertieft, spazierte Fenna den Weg vor der Treppe zu Maleens Knoll auf und ab, während die Kriminaltechniker und die Rechtsmedizinerin auf der Aussichtsplattform ihre Arbeit verrichteten. Tammo, den Kopf gesenkt und den Blick nach innen gerichtet, stützte sich mit der Hand auf einen der wackeligen Holzpfähle, die den Weg begrenzten.

Auf den ersten Blick hatte die Tote nicht den Anschein erweckt, ein Mordopfer zu sein. Und doch gab es etwas, das Fenna irritierte. Der Fundort der Leiche wirkte zu geleckt, zu aufgeräumt. Und Manno Dethlefsen — wie hatten sie ihn einzuordnen?

Fenna hob den Kopf und sah zu den Kollegen hinauf. Unbewusst musste sie die Blicke von Gerhild Linnenbrügger bemerkt haben.

Die Rechtsmedizinerin stand leicht über die Brüstung gebeugt und winkte die beiden Ermittler herauf. »Wir sind soweit.«

Tammo ließ den Pfahl los und legte Fenna im Vorbeigehen die Hand auf den Rücken. »Dann gucken wir uns die Lage mal genauer an. Bin gespannt, wie die Kollegen den Fall beurteilen. So richtig nach Mord sah mir das nicht aus.«

»Keine voreiligen Schlüsse bitte, Herr Kollege.«

Mit einem mulmigen Gefühl im Magen stieg Fenna die Treppe zur oberen Plattform hinauf.

Einer der Kriminaltechniker zeigte ihnen, welche Seite der Treppen sie bereits abgesucht hatten, sodass die Kommissare dort getrost entlanggehen konnten, ohne befürchten zu müssen, etwaige Spuren zu vernichten.

Eike Hoböken und sein Team hatten sich über die Treppen und die Aussichtsplattformen verteilt. Zwei der Mitarbeiter, in weiße Overalls gekleidet, hockten auf dem Boden, pickten winzig kleine Krumen auf und ließen sie in Tütchen fallen. Zwei andere suchten jeden einzelnen Zentimeter der Brüstung ab. Möglicherweise fanden sich dort Flusen von Pullovern oder Jacken, die sich im Holz verfangen hatten.

Oben angekommen, sah Fenna sich noch einmal um. So schön der Ausblick auch war, so spröde wirkte die Plattform als Fundort einer Leiche auf sie als Kriminalistin.

Der Aussichtsturm lag einsam da. Dennoch war dies kein Ort, der für einen Mord wie geschaffen war. Wenn man von hier oben aus weit übers Land sehen konnte, bedeutete das, dass man umgekehrt auch aus der Umgebung hierhin gucken konnte. Wer ein Fernglas besaß, war in der Lage, von bestimmten Stellen aus zu beobachten, was sich auf der Plattform abspielte, selbst dann, wenn die agierenden Personen auf einer Bank saßen.

Die Brüstung bot keinen echten Sichtschutz. Dafür war sie auch nicht gedacht. Die Holzplanken waren dicht nebeneinander angebracht, aber die Lücken dazwischen waren immer noch breit genug, dass man hindurchgucken konnte.

Auch Tammo schien sich nach der ersten Besichtigung vorhin noch einmal orientieren zu wollen. Er drehte sich rechts herum, links herum und ließ seine Blicke ins Umland schweifen. »Ganz schöner Präsentierteller«, sagte er und wandte sich Gerhild zu. »Was meint denn unsere Rechtsmedizinerin, wie die arme Frau zu Tode gekommen ist? Gab es eine Gewalteinwirkung?«

Gerhild Linnenbrügger in ihrer überlegten Art hatte sich in eine Ecke der Plattform zurückgezogen, um den Ermittlern Gelegenheit zu geben, den Fundort der Leiche noch einmal in Ruhe auf sich wirken zu lassen.

Sie löste sich von der Brüstung und trat an die Kommissare heran. »Eure Rechtsmedizinerin kann zum jetzigen Zeitpunkt nicht mit hundertprozentiger Sicherheit sagen, ob die Dame durch unglückliche Umstände oder durch ein Verbrechen ums Leben gekommen ist. Mit hoher Wahrscheinlichkeit kann ich aber jetzt schon ausschließen, dass es sich um einen natürlichen Tod handelt, der sich zum Beispiel auf plötzliches Herzversagen aufgrund einer Herzerkrankung zurückführen ließe.«

»Was hältst du für die Todesursache?«, fragte Fenna.

Gerhild stellte sich neben die Kommissarin. »Ich gehe davon aus, dass die Frau einen anaphylaktischen Schock erlitten hat.«

Tammo konnte seine Ungeduld wieder nicht zügeln. Obwohl er wissen musste, dass die Rechtsmedizinerin gleich weitersprechen würde, fragte er: »Woran machst du das fest?«

»In erster Linie erkenne ich es daran, dass die Tote Schwellungen im Rachen hat. Es befinden sich Speisereste im Mund, die nur teilweise zerkleinert sind. Wenn ich die und den Mageninhalt analysiere, werde ich sicher herausfinden, worauf sie allergisch reagiert hat.«

Gerhilds Worte erinnerten Fenna an eine Schulfreundin, die auf einem Klassenausflug in ein Stück Pflaumenkuchen gebissen hatte, auf dem eine Wespe saß. Die Klassenkameradin hatte das Insekt nicht bemerkt, weil sie alle herumalberten und nicht hinsahen, was sie aßen. Innerhalb weniger Minuten war der Mundraum der Mitschülerin stark angeschwollen, und wenn der Betreiber des Cafés nicht sofort einen Notarzt gerufen hätte, wäre sie vermutlich gestorben.

»Könnte es sein«, fragte Fenna, »dass die Dame einen Insektenstich in den Rachen bekommen hat? Hier fliegen doch sicher Wespen herum, und wenn sie ein Stück Kuchen gegessen hat ...«

»Eine tödliche Reaktion auf einen Insektenstich kann ich im Moment nicht völlig ausschließen. Diese Variante halte ich aber für weniger wahrscheinlich. Eine Einstichstelle habe ich bei meinen ersten Untersuchungen nicht feststellen können, und soweit ich sehen kann, befindet sich auch kein Insekt im Rachen. Ob die Dame es noch hat ausspucken können, bevor sie starb, oder ob sie den Mund nach dem ersten Schrecken so weit geöffnet hat, dass das Insekt wieder hinausfliegen konnte, sei dahingestellt. Das muss ich bei der Obduktion prüfen.«

Fenna betrachtete die Tote nachdenklich. Aller Wahrscheinlichkeit nach also eine allergische Reaktion auf ein Lebensmittel. »Aber Moment ...« Sie stützte den Ellenbogen in die Hand, legte einen Finger der anderen Hand an die Lippen und versuchte, sich die Situation vorzustellen, in der die Dame sich in den letzten Minuten ihres Lebens befunden haben musste.

»Überlegst du dasselbe wie ich?«, fragte Tammo.

Er lehnte an der Brüstung gegenüber der Toten und guckte skeptisch zwischen der Leiche und Fenna hin und her.

Ja, vermutlich war ihnen beiden dasselbe aufgefallen. Fenna zeigte auf die Bank. »Außer dem Lebkuchenherz, das mir vollständig erscheint, finde ich hier nichts Essbares. Wenn Magdalene Paulsen aber etwas gegessen hat, worauf sie allergisch reagiert haben könnte, warum finden wir dann keinen Rucksack, keine Tasche mit Proviant, kein Fresspaket, das auf der Bank liegt? Nicht mal eine Verpackung, eine Tüte oder zerknülltes Papier – nichts, was darauf hindeuten könnte, dass hier etwas ausgepackt und verzehrt wurde?«

Tammo nickte. »Das war es, was ich meinte.«

»Genau das habe ich mir auch überlegt«, sagte Gerhild. »Dass Vögel sich Essensreste stibitzen, wäre noch normal, wobei sie den Lebkuchen offenbar nicht mochten oder nicht entdeckt haben. Aber dass sie die Verpackung mitgenommen hätten, halte ich für relativ ausgeschlossen. Selbst wenn es nur ein Stück Frischhaltefolie gewesen wäre, müsste sie hier irgendwo herumliegen.«

»Zumindest müsste sie vom Wind in eine Ecke der Plattform gefegt worden sein«, mischte Eike Hoböken sich ein. »Oder durch die Ritzen der Brüstung auf die Treppe oder die Düne geweht. Wir sind allerdings mit der Spurensuche noch lange nicht fertig. Nachher scannen wir auch das Gelände ab, und wir werden natürlich darauf achten, ob da eine Verpackung herumliegt, die die Dame benutzt haben könnte.«

Tammo wies auf den Mülleimer, der in einer Ecke der Plattform befestigt war. »Wie ist das mit dem Abfalleimer? Habt ihr den schon durchforstet?«

»Durchforstet?« Hoböken lachte. »Saubergeputzt haben wir den. So blitzblank wie jetzt war der, wenn überhaupt, bestenfalls direkt nach der Produktion.«

»Ihr habt ihn komplett ausgeräumt?«, fragte Fenna.

Eike nickte. »Er war nicht bis an den Rand voll mit Abfällen, aber es war genug Zeugs darin, um uns ein paar Tage zu beschäftigen.«

»Ein Kuchentablett von einer Bäckerei, das in einer Tüte gesteckt hat oder in Papier eingewickelt war, war nicht zufällig dabei?«, fragte Fenna.

Tammo stellte sich neben sie und grinste. »Am besten bedruckt mit dem Namen des Bäckers samt Adresse der Filiale, in der der Kuchen gekauft wurde.«

»Geduld, Kollegen«, erwiderte Eike Hoböken. »Ihr wisst doch, wir machen niemals vorab Aussagen, die falsche Hoffnungen wecken könnten. Wir analysieren alles fein säuberlich im Labor und berichten euch dann.«

Fenna gab sich mit der Antwort zufrieden. Gedanklich versetzte sie sich wieder in die Situation, die die Tote zuletzt durchlebt haben musste. »Wenn sie hier etwas gegessen hat, und ich verstehe doch richtig ...«, sie wandte sich an Gerhild, »... dass der Tod unmittelbar nach dem Verzehr des Stoffes, auf den sie allergisch reagiert hat, eingetreten ist?«

»Unmittelbar darauf«, bestätigte Gerhild, »oder sehr kurz danach, also innerhalb weniger Sekunden bis Minuten. Wer so allergisch gegen ein Lebensmittel ist, dass er daran stirbt, dem bleibt nach dem Verzehr ohne ärztliche Behandlung nur noch verdammt wenig Zeit.«

»Wer an so einem abgelegenen Ausflugsziel etwas essen will«, überlegte Fenna, »der nimmt sich das von zu Hause mit. Er dürfte also wissen, was er eingesteckt hat. Oder aber er geht mit einem anderen Menschen hierhin, der Proviant mitgenommen hat und ihm davon abgibt.«

»Du denkst an tödliche Absicht?«, fragte Tammo.

Fenna senkte den Kopf und sah zu Magdalene Paulsen hinüber, als erwartete sie, dass die leblose Dame genau zuhörte, was sie sagte, und ihre Worte anschließend bestätigte oder korrigierte.

»Entweder hat ihr jemand zu Hause schon heimlich etwas unter den Proviant gemischt, das sie nicht vertrug, oder aber eine andere Person hat ihr hier etwas Unverträgliches gereicht. Vermutlich in dem Wissen, dass Magdalene Paulsen daran sterben würde.«

Gerhild hob den Zeigefinger. »Dem kann ich nicht ganz zustimmen. Es kann auch sein, dass sie selbst oder die andere Person gar nicht wusste, dass sie auf ein bestimmtes Lebensmittel allergisch reagieren würde. Vielleicht hat sie etwas Ungewohntes gegessen, wovon ihr nicht bekannt war, dass es für sie tödlich enden würde. Oder sie hatte bisher noch nie Probleme damit. Es kommt zum Beispiel vor, dass ein Mensch vierzig Jahre lang Tomaten gut verträgt, und auf einmal bekommt er einen anaphylaktischen Schock davon. Also, aus meiner Sicht ist es derzeit wirklich in der Schwebe, ob es ein äußerst unglückliches Versehen oder ein Verbrechen war.«

Fenna stieß sich von der Brüstung ab, gegen die sie sich kurz gelehnt hatte, und tigerte davor auf und ab.

Das Gespräch mit Manno Dethlefsen ging ihr durch den Kopf, der Eindruck, den er auf sie gemacht hatte. Gerhild mochte recht haben, doch mit dem Tod von Magdalene Paulsen stimmte etwas nicht, das spürte sie. »Was meinst du, Gerhild, wann ist der Tod eingetreten?«

»Das ist im Moment schwer zu sagen. Es muss gestern Abend gewesen sein. Um die Zeit eingrenzen zu können, muss ich die Leiche eingehend untersuchen, das weißt du. Dazu muss ich auch in Erfahrung bringen, wie die Temperaturen in der vergangenen Nacht waren.«

»Okay«, sagte Fenna. »Auf jeden Fall können wir davon ausgehen, dass es am gestrigen Tag passiert ist und nicht erst heute am frühen Morgen.«

»Heute früh war es sicher nicht. Ich tippe auf einen Zeitraum gestern zwischen achtzehn und null Uhr.«

Tammo stoppte Fenna, deren hektische Schritte auf den Holzbohlen hallten. »Wobei ich persönlich eher mit einem nicht allzu späten Zeitpunkt rechnen würde. Um zehn Uhr abends wird hier kaum noch jemand essen.«

»Das ist Spekulation«, sagte Gerhild. »Darauf möchte ich mich nicht einlassen. Die Obduktion wird eine genauere Zeitangabe erlauben. Warte einfach ab.«

»Wie dem auch sei ...« Noch einmal taxierte Fenna die Umgebung. »Diese Frau hat einen netten Ausflug machen wollen. Sie hat sich hier hingesetzt, um die Aussicht zu genießen, und sie hat dabei etwas verspeist. Kurz danach ist sie an einer allergischen Reaktion gestorben.« Die Kommissarin sah Gerhild fragend an.

»Bis hierhin sind wir uns einig«, sagte die Rechtsmedizinerin mit erwartungsvollem Lächeln.

Fenna postierte sich neben die Bank, auf der die Tote saß. Sie hatte das sichere Gefühl, dass diese Frau Opfer einer hinterlistigen Tat geworden war. Sie würde nicht zulassen, dass ein Verbrechen nicht verfolgt wurde, nur weil es auf den ersten Blick den Anschein hatte, als wäre hier keine kriminelle Handlung geschehen.

»Magdalene Paulsen ist bestimmt nicht allein hierhergekommen«, sagte sie aus vollster Überzeugung.

»Wie kannst du da so sicher sein?«, fragte Tammo. »Hast du Spuren einer zweiten Person entdeckt?«

Fenna schüttelte den Kopf. »Ich behaupte, keine Frau hält sich abends alleine in dieser einsamen Gegend auf.«

Tammo guckte zu Gerhild hinüber.

Die Rechtsmedizinerin spitzte die Lippen und nickte. »Ein nachvollziehbarer Gedanke.«

»Verheiratet war sie nicht, wie Manno Dethlefsen mir verraten hat«, fuhr Fenna fort. »Wer war bei ihr? Und vor allem: Warum hat die Person keine Hilfe gerufen?«

Tammo näherte sich der Toten ebenfalls. »Vielleicht war sie mit einer guten Freundin hier, und die war mit der Situation komplett überfordert. Die Frau war selbst zu Tode erschrocken darüber, dass Magdalene Paulsen so plötzlich starb, und ist in Panik davongerannt. So könnte es gewesen sein.«

Eike Hoböken, der den Ermittlern interessiert zugehört hatte, schlug dem Kommissar auf die Schulter. »Ach nein, wie rührend. Tammo der Frauenversteher.«

Fenna war zu angespannt, um auf Eikes Bemerkung einzugehen. »Tammo, dir hab ich es vorhin schon erzählt«, sagte sie und sah die anderen Kollegen an. »Magdalene Paulsen war seit Kurzem Lottomillionärin.«

Eike Hoböken stieß einen Pfiff aus.

Fenna trat einen Schritt vor. »Ich behaupte, die Begleitung von Magdalene Paulsen hat sich bewusst davongemacht, ohne Hilfe zu rufen. Die Frage ist nun: Hat diese Person ihr auch mit Absicht etwas Unverträgliches verabreicht? Wir müssen in Erfahrung bringen, wer von Frau Paulsens Tod profitiert.«

Tammo wurde ernst. »Wenn jemand bei ihr war und sie hat ersticken lassen, ohne Hilfe zu rufen, sieht das ganz nach Vorsatz aus. Dann ist ein Mord nicht auszuschließen.«

»Wobei ich nach wie vor dafür plädiere«, mahnte Gerhild, »das Obduktionsergebnis abzuwarten.«

Fenna ging in die Hocke und betrachtete das Lebkuchenherz. »Von dem Gebäck ist nichts abgebissen. Das Herz ist durchgebrochen, sieht aber vollständig aus.«

»Nicht ganz«, sagte Eike. »Ein paar Krümel sind auf den Boden gefallen. Die haben wir aufgesammelt.«

»Ob sie es in der Hand gehalten hat, während sie starb?« Interessiert betrachtete Fenna die Hände der Leiche. »Ob es dabei zerbrochen ist?«

»Nein«, rief Gerhild aus. »Unmöglich. Wer an so akuter Atemnot leidet, wie es bei ihr der Fall gewesen sein muss, der sitzt nicht da und hält ein Lebkuchenherz umschlossen. Das muss ihr jemand nach Eintritt des Todes in die Hände gelegt haben.«

»Dann könnte sogar eine Person bei ihrem Tod an ihrer Seite gewesen sein, und eine andere Person, die wusste, dass sie tot hier saß, könnte ihr das Lebkuchenherz gebracht haben.« Wieder blickte Fenna Gerhild an.

»Oder es war jemand, der hier mit ihr verabredet war«, sagte die Rechtsmedizinerin, »und der es der lebenden Magdalene Paulsen schenken wollte, aber die Frau zu seinem Entsetzen tot vorfand.« Sie hob die Hände. »Ich will jetzt allerdings nicht Orakel spielen.«

Tammo griff sich ans Kinn. »Das wird ja immer verzwickter. Habt ihr vielleicht noch ein paar Möglichkeiten parat?«

Fenna kam wieder aus der Hocke heraus und stellte sich zu Tammo, Gerhild und Eike.

»Du guckst so schräg«, sagte Tammo und legte die Stirn in Falten.

»Ich denke nach«, erwiderte Fenna.

Die Rechtsmedizinerin neigte neugierig den Kopf zur Seite. »Weihst du uns in deine Überlegungen ein?«

Die Kommissarin drehte den beiden den Rücken zu.

Das Meer glitzerte als schmaler Streifen am Horizont. Der Wind trieb bauschige weiße Wolken über den Himmel. Dazwischen lugte die Sonne hindurch. Die fliehenden Schatten der Wolken auf der hügeligen Landschaft erschienen Fenna wie die Silhouetten von Geistern, die über die Dünen huschten.

»Maleen«, sagte sie leise, »starb einst auf dieser Düne, während sie auf die Rückkehr ihres Liebsten wartete. Und wenige Wochen nach ihrem Ableben wurde ein toter Seemann an Land gespült.«

Sie wandte sich wieder zu der Leiche um. »Magdalene Paulsen stirbt hier, und sie hält ein gebrochenes Lebkuchenherz in der Hand mit der Aufschrift *Dein Seemann*.«

»Ich glaube«, sagte Gerhild, »ich verstehe, welche Gedanken du gerade hegst.«

Eindringlich sah Fenna ihre Kollegen an. »Wer war der Seemann im Leben dieser Frau? Wir müssen den Mann finden, bevor die Sage sich wiederholt und er plötzlich tot am Strand liegt.«

»Hmhm«, machte Tammo. »Einleuchtend. Andererseits – wer sagt uns, dass nicht der Seemann selbst derjenige war, der sie ins Jenseits befördert hat? Der Gruß auf dem Lebkuchenherz könnte darauf schließen lassen, dass Magdalene Paulsens Seemann sauer war, dass sie nicht auf ihn gewartet hat.«

»Du meinst«, sagte Fenna, »wir haben es mit einer anderen Variante der alten Sage zu tun?« Plötzlich fiel ihr noch eine dritte Möglichkeit ein. »Der Gruß kann auch ein Bluff sein. Jemand will uns in die Irre führen. Dann müsste die Frage lauten: Wem passte es nicht, dass es einen Seemann in Magdalene Paulsens Leben gab?«

»Wie wir es auch drehen und wenden«, sagte Tammo, »durch bloßes Herumrätseln lösen wir den Fall nicht.«

6

»Ich nehme den gegrillten Wolfsbarsch mit Rosmarin-kartoffeln bitte.« Die unscheinbare Rosemarie Uthoff, Leiterin der Filiale eines Reiseveranstalters, setzte ihr Ich-verkaufe-schöne-Reisen-Gesicht auf, als sie mit dem Koch sprach.

»Den Wolfsbarsch, aber gerne.« Der Mann in Weiß hinter dem Tresen des Fischrestaurants am Seebrücken-vorplatz schwang den Pfannenheber. Sichtlich in Königslaune legte er das frisch gegrillte Fischfilet auf einen Teller und garnierte es mit Kartoffeln, buntem Gemüse und Sauce.

»Hmmm, wie das duftet!« Genießerisch streckte Rosie die Nase in die Luft und nahm den Teller entgegen.

Der Küchenmeister wischte sich geschmeichelt die Hand an einem Küchentuch ab.

Insa, die zwischen Rosie und Hanne in der Warte-schlange stand, blieb der Mund offen stehen.

Der Koch kannte das Kleeblatt vom Sehen. Er wuss-te, dass sie sonst immer zu viert hierher kamen. Immer und ausnahmslos. Es war neunzehn Uhr an Magdalene Paulsens Todestag. Es musste sich bis zu ihm herumge-sprochen haben, dass sie jetzt nur noch zu dritt waren. Sah er sich nicht veranlasst, ihnen zu kondolieren? Oder berührte ihn die Angelegenheit einfach nicht?

Die Welt war heute Morgen aus den Angeln gehoben worden, doch hier drehte sich alles weiter, als wäre nichts geschehen.

Und Rosie, die Jüngste des Kleeblatts? Während Insa sich immer noch hundeelend fühlte, genehmigte sie sich ein Abendessen, als gäbe es geradezu etwas zu feiern.

Rosie war mittlerweile an der Kasse angelangt. Sie orderte noch eine Flasche Wasser, legte einen Geldschein auf den Tresen und nahm das Tablett in beide Hände, um sich auf die Suche nach einem Tisch zu begeben.

»Wir setzen uns auf die Terrasse. Da wird gerade was frei«, rief sie den Freundinnen zu und segelte davon. Dorthin, wo die Sonne schien.

Hanne, die eigentlich nach Insa an die Reihe gekommen wäre, drängte sich vor. »Für mich den Muschelspieß mit Zucchinischeiben.«

»Okayyy.« Der Küchenmeister zwinkerte der üppigen Feinschmeckerin Hanne zu, die ihre wilden blonden Locken schüttelte. »Sie wissen, was gut ist.«

Hanne machte Insa Platz, bezahlte ihr Essen und marschierte zu Rosie auf die Terrasse.

Das Lächeln des Kochs erstarb, als seine Blicke auf die von Insa trafen. »Bitteschön.« Ungeduldig schwang er den Pfannenheber auf und ab.

»Ein Matjesbrötchen«, hauchte Insa.

Der Mann in der weißen Jacke beugte sich über den Tresen, drehte sich halb zu ihr um und hielt sich die Hand hinter die Ohrmuschel. »Wie bitte?«

Insa räusperte sich. »Ein Matjesbrötchen.« Ihre Stimme klang rau wie ein Felsbrocken. Das kam vom Weinen. Und von den furchtbaren Gedanken, die sie plagten. Himmel, sie musste ihren Verdacht verdrängen!

»Ein Brötchen«, sagte der Koch. Zwei Handgriffe später stellte er Insa den Teller mit dem Matjeshappen vor die Nase und wünschte ihr einen guten Appetit.

Konnte es sein, dass sie einen ironischen Ton aus seiner Stimme herausgehört hatte, oder war sie heute einfach nur zu empfindlich?

Insa zwängte sich zwischen den voll besetzten Tischen im Gastraum hindurch nach draußen. Schnell entdeckte sie Rosie und Hanne. Die Aschblonde und die Strohblonde saßen an einem der Holztische vor dem Windschutz auf einander gegenüberstehenden Stühlen. Sie waren in ein angeregtes Gespräch vertieft.

Insa stellte ihren Teller neben den von Hanne und setzte sich ebenfalls. Den Platz hatte sie mit Bedacht gewählt. So hatte sie Rosie besser im Blick. Sie rückte ihren Stuhl an den Tisch.

Solange sie sich kannten, waren Magdalene und Rosie die Hauptachse des Kleeblatts gewesen. Worum es auch gegangen war, die beiden Frauen hatten den Ton angegeben. Sie waren immer am besten informiert gewesen, über alles. Hatten stets die schlagkräftigsten Argumente parat. Und wenn es zwei zu zwei gestanden hatte, hatten sie im Handumdrehen ein Vier zu Null daraus gemacht.

Nun war nur noch eine der beiden Starken übrig geblieben. Wie Rosie sich wohl fühlte? Ob sie Angst hatte, dass ihre Position im Kleeblatt bröckeln könnte?

Ein Lächeln huschte über Insas schwermütiges Gesicht. Jetzt könnten Hanne und sie die Starken werden. Wie hatte ihre Oma immer gesagt? ›Jedes Unglück birgt auch etwas Gutes. Man muss es nur sehen wollen.‹

Vielleicht hatte Oma recht gehabt.

»Euch scheint es ja richtig gut zu schmecken.« Insa schenkte sich von dem Wasser ein, das Rosie für sie alle besorgt hatte.

Rosie und Hanne hoben ihre Gläser und prosteten ihr zu.

Sie übersah die Geste geflissentlich, führte ihr Glas zum Mund und schlürfte einen Schluck.

»Insa, was ist los?« Rosies Stimme klang wie immer. Vernünftig, überlegt, beherrscht.

»Magdalene ist tot, das ist los.« Insa zog hörbar die Luft durch die Zähne. Es schmerzte an den Zahnhälsen, und das unangenehme Geräusch verursachte ihr obendrein eine Gänsehaut.

»Das haben wir mitbekommen.« Hanne hielt das eine Ende des Scallop-Spießes in der Hand und schob mit der Gabel ein Stück Muschelfleisch und eine Zucchinischeibe herunter. »Wir sind darüber genauso schockiert wie du.« Sie führte den Bissen zum Mund und stützte dabei den Ellenbogen auf.

Hanne wusste genau, wie sehr Insa sich an solchen Tischmanieren störte.

Rosie legte das Fischmesser und die Gabel über Kreuz auf dem Teller ab. Sie streckte eine Hand aus und legte sie mütterlich auf den Unterarm von Insa, die ihr Brötchen mit beiden Händen zerdrückte.

»Es hat uns alle umgehauen, glaube mir, Insa.«

Sie redete in diesem ewig gleichen nüchternen Ton, den sie garantiert auch dann noch beibehalten würde, wenn sie selbst auf dem Lottoschein sechs Richtige samt Zusatzzahl angekreuzt, nach der Ziehung aber festgestellt hätte, dass sie den Schein abzugeben vergessen hatte. Was ihr in Wirklichkeit natürlich nie passieren würde. Schon deshalb nicht, weil eine Rosemarie Uthoff nicht im Lotto spielte. Die Wahrscheinlichkeit, zu gewinnen, war rational betrachtet viel zu gering.

»Kannst du dann nicht ein Mal traurig sein?«, maulte Insa. »Ein einziges Mal nur Gefühle zeigen und eine winzig kleine Träne an Magdalene verschwenden? Sie hat es doch wohl verdient, dass wir um sie trauern.«

Insa erschrak über ihre eigenen Worte. Wenn ihr Verdacht sich bestätigen würde ... Niemand würde ihr glauben, dass sie nichts gewusst, nicht einmal etwas geahnt hatte.

Rosie griff wieder zum Besteck, nahm einen Bissen von dem Filet und kaute. Dabei blickte sie auf ihren Teller und nickte verständnisvoll. Wenn sie hinuntergeschluckt hatte, würde sie Insa mitleidig ansehen und ihr eine der berühmten Vernunftpredigten halten.

Rosie schluckte hinunter.

Sie blickte Insa an.

Und sie begann mit der Vernunftpredigt.

»Insa, sieh mal ...«

Doch Rosie wurde abgelenkt. Von der Seebrücke her näherte sich ein strahlendes Ehepaar, das ihr lebhaft zuwinkte. Die Frau ging dicht an den Windschutz heran, während ihr Mann mit einem Abstand von zwei Schritten hinter ihr stehen blieb.

Rosie stand auf, stellte sich auf die Zehenspitzen und klammerte sich mit beiden Händen am oberen Rand der Glaswand fest wie ein Äffchen.

Die Frau, offensichtlich eine Kundin von Rosie, bedankte sich über den Windschutz hinweg für den tollen Urlaub, den Rosie für sie und ihren Mann gebucht hatte.

Rosie hörte geduldig zu.

Insa konnte sich nur schwer davon abhalten, der Freundin das Brötchen mit dem fetten Matjes nicht in den Nacken zu klatschen.

»Ein super Tipp, dieses Hotel«, sagte die Frau. »Da fahren wir nächstes Jahr wieder hin.«

»Das freut mich. Kommen Sie einfach vorbei, wenn Sie buchen wollen.«

Die Kundin wünschte Rosie einen schönen Abend.

»Danke, Ihnen auch.« Rosie nahm wieder Platz, zupfte ihren Blazer zurecht und widmete sich Insa. »Wo waren wir stehen geblieben?«

»Bei *T*«, sagte Insa. Sie atmete scharf durch die Nase ein. »*T* wie Thailand, Tirol oder Trauer.«

»Ach ja.«

Rosie behielt die Contenance. Wie auch nicht? Magdalenes Tod vermochte sie anscheinend nicht aus der Bahn zu werfen. Wie sollte das dann mit einer unspektakulären, schnippischen Bemerkung aus Insas Mund gelingen, wo Insa sowieso von allen Mitgliedern des Kleeblatts immer am wenigsten zu melden hatte?

Hanne hatte den Muschelspieß fast bewältigt. »Wenigstens ist Magdalene auf ihrem Lieblingsplatz gestorben und mit Blick auf ihr liebstes Szenario, den Sonnenuntergang. Das sollte uns allen ein Trost sein.«

»Ein Trost?« Insa machte eine Scheibenwischerbewegung. »Sie hatte noch so viel vor.«

»Das ist aber nun wirklich ein abgedroschener Satz.« Hanne schob den Teller von sich fort und sah Insa mitleidig an. »Den liest du in jeder zweiten Todesanzeige, selbst wenn der Verstorbene siebenundneunzig Jahre alt geworden ist. *Er hatte noch sooo viel vor*«, äffte sie den Spruch nach. »Damit solltest du dich nicht belasten.«

Rosie nickte ihr mit vollem Mund zu.

Brüskiert legte Insa das kaum angebissene Brötchen aus der Hand. Sie schluckte. »Aber warum musste Magdalene gerade jetzt sterben?«

Wieder wurde ihr heiß. Es gab eine Antwort auf diese Frage. Und die Polizei würde bestimmt nicht lange nachdenken müssen, um sie herauszufinden.

Magdalene war neunundfünfzig«, erwiderte Rosie ungerührt. »In dem Alter muss man schon mal damit rechnen, dass es schneller zu Ende geht, als man sich das ausgerechnet hat. Wenn das Herz nicht mitspielt, und ich vermute, dass es daran lag ... Woran auch sonst?«

»Wir sind alle keine dreißig mehr«, brauste Insa auf. »Hast du etwa dein eigenes Ableben bereits geregelt, nur weil du meinst, dass für dich in ein paar Jahren, wenn du fünfzig bist, plötzlich alles zu Ende sein kann?«

Hanne pflichtete Rosie zu allem Überfluss kritiklos bei. »Passieren kann so was jederzeit.«

»Aber doch nicht völlig unvorbereitet, einfach so von jetzt auf gleich.« Insas Stimme brach.

»Du träumst«, sagte Hanne.

Mit beiden Händen nahm Insa ihr Matjesbrötchen wieder auf. Nicht, weil sie hineinbeißen wollte. Es bot ihr Halt. Wenn es sonst schon nichts gab, woran sie sich an diesem Tag festklammern konnte. »Ja, vielleicht träume ich«, erwiderte sie trotzig. »Aber weißt du was?«

»Na?«

Neugierig guckte Hanne sie an, und auch Rosies Miene zeigte mit einem Mal mehr als das gelangweilte, pseudo-einfühlsame Registrieren von Insas Gefühlen. Es blitzte sogar ein Anflug von Interesse bei ihr durch.

»Wenn Magdalene nicht gestorben wäre, hätte sie bald eine riesengroße Reise mit mir gemacht.« Insa legte das mittlerweile vermatschte Brötchen zum x-ten Mal auf den Teller, drückte sich gegen die Rückenlehne ihres Stuhls und verschränkte die Arme. Rosies und Hannes staunende Blicke entschädigten sie für vieles.

»Das hat sie dir versprochen?«, fragte Hanne, nachdem sie die Aussage verdaut hatte.

»Glaubst du's nicht?« Mit Daumen und Zeigefinger schnippte Insa eine überdimensionale Fliege vom Tellerrand, die anscheinend mehr Appetit auf Matjes mit Remouladensoße hatte als sie selbst.

»Wann wollte Magdalene mit dir verreisen?«, fragte Hanne, als erwartete sie, dass Insa den Freundinnen Rechenschaft über ihre Pläne ablegte.

»Und wohin?«, wollte Rosie wissen.

Wie neugierig die Freundinnen auf einmal waren! Insa blinzelte in die Abendsonne. Die orangegelben Strahlen tauchten die Dünenlandschaft zu beiden Seiten der Seebrücke und den Sand weiter hinten in ein mildes, warmes Licht. Am Horizont glitzerte die See wie ein schmaler Kragen, der sich um die Halbinsel drapierte.

»Karibik«, sagte Insa mechanisch. »Wir wollten in die Karibik. Das hatte sie mir schon immer versprochen.«

»Schon immer?« Hanne kräuselte die Stirn.

»Ja. Sie hat doch schon ewig im Lotto gespielt, und sie hat mir immer gesagt, wenn sie wirklich mal das große Los ziehen sollte, würde sie mir meinen Traum erfüllen und mit mir auf einem Kreuzfahrtschiff durch die Karibik fahren. In einer Außenkabine mit Balkon.«

Beinahe hätte sie hinzugefügt, wenn Hanne ihr nicht glaube, solle sie doch Magdalene fragen. Gerade noch rechtzeitig fiel ihr ein, dass das nun nicht mehr möglich war. So wenig vertraut war sie immer noch mit dem Gedanken, dass Magdalene nicht mehr unter ihnen war.

Auch an den Gedanken, dass der Traum von der Kreuzfahrt durch die Karibik für alle Zeiten ausgeträumt war, musste sie sich erst gewöhnen.

Und daran, dass Freddys Traum von einem zinslosen Darlehen zusammen mit Magdalene gestorben war.

Hanne, die unentwegt mit dem Salzstreuer gespielt hatte, während Insa sprach, ließ von dem Gefäß ab. Ihre Augen wurden zu schmalen, wässrigen Schlitzen, und ihre Blicke schweiften nun ebenfalls zum Meer.

»Mit mir wollte Magdalene nach Paris fahren«, sagte sie leise. »Sie wollte die Modenschauen der berühmten Designer mit mir besuchen und ...« Abrupt wandte sie ihr Gesicht Insa zu. »Sie wollte mir den Kleiderschrank komplett neu auffüllen.«

»Mit Designerklamotten?« Hanne, die Floristin, die Tag für Tag in Jeans und T-Shirts und in ausgeleierten Strickjacken herumlief und die während der Arbeit diese langen grünen Latzschürzen trug, die von den nassen Blumenstängeln verschmiert waren, diese Hanne hatte Magdalene in Designerstücke hüllen wollen?

Wie auch immer – wäre eine große Reise, die sie alleine mit Magdalene unternommen hätte, nicht viel wertvoller gewesen als ein Schrank voll teurer Klamotten? Aus der Kreuzfahrt wäre etwas ganz Persönliches entstanden, etwas Intimes. Eine freundschaftliche Bindung, die nur zwischen Magdalene und ihr bestanden hätte.

Rosemarie hatte dem Dialog still gelauscht.

Insa hob das Kinn. »Na, Rosie, erzähl schon. Welchen Traum wollte Magdalene dir erfüllen?«

Rosie guckte sie an wie eine Ertappte. Sie senkte den Blick und wischte mit dem Daumen imaginäre Krümel über die Tischkante. Sie lächelte – vernünftig, wie auch sonst? Nach einer Weile schüttelte sie den Kopf. »Magdalene und ich, wir hatten keine gemeinsamen Träume.«

»Komm«, insistierte Insa. »Wenn Magdalene Hanne und mir einen Traum erfüllen wollte, muss sie auch dir was versprochen haben.«

Rosie hob die Hände. »Was soll ich euch sagen? Ich kann mir doch nicht irgendwas aus den Fingern saugen, nur damit ihr zufrieden seid. Vielleicht war ich zu rational, zu nüchtern, um Sie dazu zu animieren, mir im Fall eines Lottogewinns einen Traum erfüllen zu wollen. Sie hat mich auch nie danach gefragt, was ich mir wünsche.«

Rosie warf ihren geflochtenen Zopf, der ihr über die Schulter nach vorn gerutscht war, mit einer entschiedenen Handbewegung auf den Rücken.

Hanne kniff die Augen zusammen. »Ich glaube eher, in deiner Gegenwart war es ihr gar nicht möglich, überhaupt an einen Lottogewinn zu glauben.«

Rosie nickte langsam. Auf einmal wurden ihre Gesichtszüge weich. »Ganz so war es dann doch nicht.« Sie tat, als hätte sie etwas im Auge.

Gebannt sahen Hanne und Insa sie an.

»Ihr wisst«, sagte Rosie verlegen lächelnd, »wie gern ich Ringe trage.«

»Oh ja«, rief Hanne aus und fuhr sich durch die Mähne. »Am liebsten hättest du an jedem Finger drei.«

Rosie lächelte, dem Weinen nah. »Jetzt übertreibst du maßlos. Jedenfalls – Magdalene hat mir gesagt, sie würde mit mir demnächst zum Juwelier meiner Wahl gehen, und ich dürfte mir zwei, drei Ringe aussuchen.«

»Na also«, sagte Hanne. »Also doch ein Traum, den du mit Magdalene hattest.«

Plötzlich kamen Rosie die Tränen. Sie warf sich auf ihrem Stuhl zurück und blickte nach oben. »Mein Gott, jetzt flenne ich auch noch vor euren Augen.« Sie rieb sich mit den Fingerspitzen unter den Lidern entlang und zog die Nase hoch. »Ich glaube, ich fange jetzt erst an zu begreifen, was wir verloren haben.«

Na endlich! Insa atmete auf.

Rosie öffnete ihre Handtasche und zog ein Taschentuch heraus, mit dem sie sich die Augen abtupfte und die Nase putzte. »Wisst ihr eigentlich«, sagte sie unvermittelt, »welchen Traum Magdalene bis zuletzt nicht aufgegeben hat?« Wieder wurden ihre Augen feucht. Sie zerknüllte das Taschentuch in der Hand. »Sie hatte einen riesengroßen Herzenswunsch.«

»Erzähl«, forderte Hanne sie auf.

Insa richtete ihre Blicke auf Rosie. Welches Geheimnis der Verstorbenen würde sie jetzt enthüllen?

»Magdalene hat in den letzten Wochen von der ganz, ganz großen Liebe geträumt.«

»Nein!« Hanne schüttelte energisch den Kopf. »Magdalene doch nicht. Unter uns vieren war sie die einzige echte Männerfeindin. Ein Blaustrumpf alter Schule.«

Rosie legte den Kopf in den Nacken und lachte kurz auf. »Das glaubst du. Nein, nur weil sie vor langer Zeit mit Falk so böse auf die Schnauze gefallen ist ...«

»Rosie«, rief Insa aus. »Wie drückst du dich denn auf einmal aus? So kenne ich dich gar nicht.«

»Entschuldigt bitte, ist mir so rausgerutscht. Aber es war doch auch wirklich eine üble Geschichte. Das wissen wir alle, wir haben es nah genug mitbekommen.« Rosie sah zum Horizont und seufzte. »Nein, den Traum vom großen Glück zu zweit hat Magdalene nie ganz aufgegeben. Und als sie jetzt auf einmal eine gute Partie war, ist er wieder aufgeflammt.«

Hanne sackte in sich zusammen. »Na ja, also – alles kann man bekanntlich nicht haben. Das große Geld *und* die große Liebe, das gibt es nicht.«

»Doch«, hauchte Rosie. »Da gab es wohl jemanden.«

Insa rutschte auf die Stuhlkante vor. »Wie bitte? Und wo ist der jetzt? Warum meldet er sich nicht?«

Hanne winkte ab. »Warte ab. Die Tragödie ist doch gerade erst passiert. Wenn es den Mann wirklich gegeben haben sollte, wird er sich irgendwann offenbaren. Spätestens auf der Beerdigung.«

Rosie steckte das Taschentuch weg. »Apropos ...« Sie zog das letzte O übertrieben in die Länge.

Eine Kellnerin kam und räumte die leeren Teller ab.

Rosie behielt ihre Papierserviette zurück. Sie faltete das rote Quadrat zu einem Dreieck und rollte es zusammen, als wollte sie ein Kunstwerk daraus fertigen. »Wie machen wir das mit der Beerdigung?«

Hanne sah sie ratlos an. »Mit der Beerdigung? Darüber hab ich noch gar nicht nachgedacht.«

»Haben wir da überhaupt was mit zu tun?«, fragte Insa. »Ist es nicht so, dass nur die Angehörigen eines Verstorbenen eine Bestattung organisieren dürfen?«

Rosie, die sonst immer alles wusste, zuckte mit den Schultern. »Kann durchaus sein, dass Magdalene selbst etwas verfügt hat. Die Behörden sollten das dann wissen. In dem Fall dürfte beim Amt was hinterlegt sein.«

Hanne zeigte mit dem Finger auf sie. »Wir sollten die Polizei fragen.«

Rosie nickte. »Das wäre wohl das Vernünftigste.«

»Willst du zu denen gehen oder sollen wir alle zusammen?«, fragte Hanne. »Wir könnten schon mal überlegen, wie eine Feier aussehen könnte. Ich meine, du hast Magdalene von uns allen am besten gekannt. Du weißt doch bestimmt, was sie sich für ihre Beisetzung vorgestellt hätte, wenn sie sie selbst hätte vorbereiten können. Und ich als Floristin kann den Grabschmuck ...«

»Gute Idee.« Rosie beugte sich weit über den Tisch zu Hanne vor. Besitzergreifend legte sie ihre Hand auf deren wurstige Finger, die wieder den Salzstreuer traktierten.

Hanne stützte sich auf den Tisch. Sie kroch fast in Rosie hinein und redete auf sie ein.

Nach einer Weile schrappte Insa mit den Füßen über den Holzboden. Rosie und Hanne registrierten ihre Ungeduld nicht einmal. Sie redeten einfach weiter.

Wieso verstanden die zwei sich auf einmal so gut? Ein unangenehmes Kribbeln machte sich in Insas Bauch breit. Würde Hanne von jetzt an mit Rosie die Hauptachse bilden? Sie musste aufpassen, dass die beiden sie nicht aus dem Kleeblatt herausdrängten.

Sieh an, jetzt waren sie schon bei der Haushaltsauflösung angelangt.

Insa schlug mit einem Fingerring gegen ihr Glas, um die Aufmerksamkeit der Freundinnen auf sich zu ziehen. Vergeblich. Sie räusperte sich.

»Ich würde erst mal abwarten«, rief sie in das Gespräch hinein. »Wenn wirklich ein Typ auftauchen sollte, der beweisen kann, dass er Magdalenes große Liebe war, könnte er ein Wörtchen mitreden wollen.«

Endlich verstummten Rosie und Hanne. Sie guckten, als wären sie erstaunt darüber, dass Insa immer noch mit am Tisch saß.

»Wenn Lene wirklich einen heimlichen Flirt hatte, wie du vorhin meintest, Rosie ...«, fuhr Insa fort. Sie kostete das Schweigen der Freundinnen aus. In stiller Genugtuung prostete sie ihnen mit dem Wasserglas zu, trank einen Schluck und leckte sich über die Lippen. »Woher wollt ihr wissen, ob der Mann nicht alles erbt?«

»Insa, du spinnst«, rief Rosie aus. »Davon hätte ich gewusst.«

»Ach ja?« Insa lächelte provokant. »Hat nicht jede von uns immer auch ihre kleinen Geheimnisse vor den anderen gehabt?«

Plötzlich zeigte Rosie sich nachdenklich. »Wenn es so sein sollte, wer weiß, an wen sie dann geraten ist?«

»Wie meinst du das?«, fragte Hanne.

Rosies Schultern hoben und senkten sich. Sie blickte um sich, als wollte sie sich vergewissern, dass sie keine Zuhörer hatten. »Wenn sie wirklich eine heimliche Liebe als Erben eingesetzt haben sollte, und wenn es vielleicht ein Scharlatan war ...« Sie schüttelte energisch den Kopf. »Nein, das sind wirklich Hirngespinste.«

Und wenn nicht?

Zaghaft keimte Hoffnung in Insa auf. Sie nahm allen Mut zusammen. »Wir sollten der Polizei davon erzählen. Vielleicht war es doch kein Herzversagen.«

Resolut setzte Hanne die Sonnenbrille auf. »Ich finde, wir sollten mal Platz für die nächsten hungrigen Mäuler machen«, sagte sie. »Lasst uns noch einen Spaziergang ans Wasser machen.«

Rosie stand auf, schlängelte sich zwischen den Tischen hindurch und marschierte auf die Seebrücke zu. Hanne hatte sie bald eingeholt. Sie hakte sich bei ihr ein.

Insa blieb einen Schritt hinter ihnen.

Freddys Worte, nachdem er von Magdalenes Lottogewinn erfahren hatte, gingen ihr nicht aus dem Kopf.

›Die ist jetzt eine richtig gute Partie‹, hatte er gemeint. ›Pass auf, Süße, statt euch was von der Kohle abzugeben, schnappt die sich noch 'n Kerl, und ihr drei, Rosie, Hanne und du, geht leer aus. Das darf nicht passieren.‹

Insa schwirrte der Kopf.

Hanne drehte sich nach ihr um. »Was ist denn los? Du bist ganz blass um die Nase. Ist dir nicht gut?«

Insa hielt sich die Hand vor den Bauch. »Der Matjes liegt mir so schwer im Magen. Ich glaube, die Remoulade war nicht mehr ganz frisch.«

Hanne nickte.

Ob sie ihr ansah, dass es etwas anderes war, das sie belastete?

Insa schluckte. Sie würde mit Freddy reden müssen. Morgen.

Oder lieber nicht?

Ihr Magen krampfte sich zusammen, und sie unterdrückte ein Ächzen.

Wenn die Polizei dahinterkäme ... Mit einem Schlag wäre alles aus.

Alles. Vorbei. Ende.

7

Polizeioberkommissarin Merle Bloom war bis zuletzt geblieben. Der Rest des Teams der Wache von Sankt Peter-Ording hatte sich nach einem Glas Orangensaft oder Sekt, das Tammo und Fenna zum Einstand an ihrer neuen Dienststelle ausgegeben hatten, in den Feierabend verabschiedet.

Natürlich hatte niemand Tammos Onkel Frido davon abhalten können, eine Platte seiner selbst gebackenen ostfriesischen Teebrötchen und eine große Thermoskanne Ostfriesentee vorbeizubringen. ›Ein bisschen Heimat muss bleiben‹, hatte er beim Eintreten gesagt und sich mit der kulinarischen Spende gleich ein paar Freunde unter den Beamten geschaffen.

»Man weiß nie, wozu das gut ist«, flüsterte er Fenna zu, als sie ihn wieder hinausbegleitete.

»Glaube bloß nicht«, erwiderte sie, »dass du damit ein Knöllchen verschwinden lassen kannst, wenn sie dich mal beim Falschparken oder bei einer Geschwindigkeitsüberschreitung erwischen.«

Auf dem Weg zurück in ihr Büro, in dem jetzt nur noch Tammo und Merle saßen, spürte Fenna ein Grummeln Bauch. Sie verzog sich in die Teeküche, zog ihr Handy aus der Tasche und wählte Fees Nummer.

Fiona nahm das Gespräch entgegen, ohne ihren Namen zu nennen. Aber Fenna hörte sofort an der Stimme heraus, welche ihrer Töchter sie in der Leitung hatte.

»Mama, du nervst«, maulte Fiona.

Fenna biss sich auf die Lippe. »Ich bin einfach nur wahnsinnig interessiert, aber ich will dem kleinen Wesen auf keinen Fall schon vor der Geburt Stress machen.«

»Das sagst ausgerechnet du. Am liebsten hättest du doch, dass Fee sich eine Webcam ins Zimmer stellt und laufend Bilder auf dein Handy überträgt. Oder noch besser, sie würde sich an einen Wehenschreiber anschließen lassen und die Daten an dich übertragen. Dagegen sind Magda und Frido richtig relaxt.«

Der Hinweis hatte gesessen.

»Ich muss weitermachen, Fiona«, sagte Fenna pikiert. »Tammo und ich warten auf einen Bericht der Rechtsmedizinerin. Es kann spät werden heute. Bis dahin ...«

Forschen Schrittes stiefelte sie ins Büro zurück.

Tammo empfing sie breit grinsend. »Du hast bestimmt mit Fee telefoniert.«

Sie hätte wahrheitsgemäß kurz und knapp mit »Nein« antworten können, doch sie zog es vor, zu schweigen.

»Lass mich raten«, fuhr Tammo fort. »Dennis-Janine legt lieber noch ein bisschen die Füße hoch, und Fee war genervt von deinem Anruf?«

Merle blickte angestrengt auf ihr Smartphone. Entweder hatte sie wirklich gerade eine SMS erhalten, oder sie tat so, als wäre das der Fall.

Fenna dankte ihr stumm. Bestimmt konnte Merle nachvollziehen, wie es in der werdenden Oma zurzeit aussah.

Die Hauptkommissarin nahm an dem Besprechungstisch Platz, an dem Tammo mit Merle saß. »Noch nichts von Gerhild gehört?« Sie schenkte sich ein halbes Glas Orangensaft ein.

»Du darfst ruhig auch zum Sekt greifen«, sagte Tammo und deutete mit beiden Händen auf die Flasche, die in einem Kübel stand. »Du musst weder Auto fahren, um nach Hause zu kommen, noch bist du schwanger.«

Fenna nahm die Sektflasche und füllte das Glas bis kurz unter den Rand auf. Da kam das erlösende Zeichen von Gerhild. Obwohl die Rechtsmedizinerin auf Tammos Handy anrief, das auf dem Tisch lag, griff Fenna wie selbstverständlich danach.

»Hallo, Gerhild, wie sieht es aus bei dir?«

»Ich sitze im Auto und bin auf dem Weg zu euch. Seid ihr schon zu Hause? Dann komme ich dahin.«

»Nein, wir sitzen noch auf der Wache.«

»Fleißig, fleißig! In fünf Minuten bin ich da.«

Auch in Sachen Magdalene Paulsen war es mit Fennas Geduld nicht weit her. »Kannst du mir denn vorab schon was zur Todesursache ...«

Verflixt! Gerhild hatte aufgelegt. Fenna seufzte laut. Verstand denn niemand, wie es in ihr aussah?

Merle biss in eins von Fridos Teebrötchen. »Du solltest ruhig auch noch eins nehmen, Fenna«, meinte sie und hielt sich beim Kauen die Hand vor den Mund.

Fenna überlegte eine Sekunde. Dann griff sie nach ihrem Glas. »Ich geh eine rauchen.« Schneller, als Tammo eingreifen konnte, verließ sie unter Merles verwundertem Blick mit dem Glas in der Hand den Raum.

Tammo würde der Kollegin gleich erklären, dass die militante Nichtraucherin Fenna diesen Spruch zu Hause immer dann anbrachte, wenn bei der Familie Anders und Stern heiße Luft herrschte und es sie vor Nervosität nicht mehr auf dem Sofa hielt. In solchen Momenten flüchtete sie für gewöhnlich für eine imaginäre Zigarettenlänge an die frische Luft, um den Kopf frei zu bekommen und die Nerven zu beruhigen.

Die Zeitspanne reichte in diesem Fall, um Gerhild auf dem Parkplatz der Wache in Empfang zu nehmen.

Die Rechtsmedizinerin sah erschöpft aus. Kein Wunder, auch sie stand unter Stress, und sie hatte alles darangesetzt, den Ermittlern das Ergebnis der Obduktion von Magdalene Paulsen heute noch mitteilen zu können.

Fenna umarmte sie zur Begrüßung und drückte sie fest an sich. »Toll, dass du dir die Zeit nimmst, obwohl es so spät geworden ist. Wenn ich dich so betrachte, bekomme ich ein richtig schlechtes Gewissen.«

»Du warst auch schon mal ausgeschlafener.« Gerhild hakte sich bei ihr unter. »Komm, lass uns reingehen.«

Sie begrüßte Tammo und stellte sich der uniformierten Polizistin vor, die darum bat, den Bericht mit anhören zu dürfen.

»Um es kurz zu machen ...« Kraftlos sank Gerhild auf den freien Stuhl am Tisch und stützte die Stirn in die Hände. Eine Geste, die deutlich zeigte, dass sie nach dem anstrengenden Tag Mühe hatte, sich zu sammeln.

Tammo schenkte ihr ein halbes Glas Sekt ein. »Das belebt«, meinte er und schob es ihr zu.

Gerhild nippte daran. »Ja, das tut gut«, sagte sie. »Also, Magdalene Paulsen. Ich führe den anaphylaktischen Schock auf eine Haselnussallergie zurück.«

»Eine Haselnussallergie?« Tammo pfiff durch die Zähne.

Gerhild nickte. »Ich habe mehrere Tests gemacht, die eindeutig bestätigt haben, dass sie hochgradig allergisch auf Haselnüsse reagiert.«

»Hatte sie die denn im Magen?«, fragte Fenna.

»In Mund und Magen.« Gerhild holte eine Mappe mit dem Obduktionsbericht hervor, den sie vor sich auf den Tisch legte, ohne jedoch hineinsehen zu müssen. Die Fakten hatte sie wie stets parat. »Unmittelbar vor ihrem

Tod hat Magdalene Paulsen geringe Mengen eines Gebäckstücks zu sich genommen, das Haselnüsse enthielt.«

Fenna stutzte. »Hat sie denn nicht gewusst, dass sie so stark darauf reagiert?«

»Das ist mir natürlich nicht bekannt«, erwiderte Gerhild. »Da müsstet ihr mal im Familien- oder Freundeskreis der Toten nachfragen.«

»Familie hatte sie nicht«, warf Merle ein. »Sie war Einzelkind, ihre Eltern sind vor einigen Jahren kurz nacheinander verstorben, und weitere Verwandte gibt es nicht. Ich hab das heute Vormittag recherchiert, weil ich in Erfahrung bringen wollte, ob es jemanden gibt, den wir benachrichtigen müssten.«

»Bleiben also nur Freunde, an die wir uns wenden können«, folgerte Fenna.

Gerhild wartete geduldig, bis alle wieder zu ihr blickten. »Was ich merkwürdig finde«, fuhr sie fort, »ist, dass Magdalene Paulsen nur zwei, drei Bissen zu sich genommen hat. Weniger als die Menge, die ein Gebäckstück üblicherweise ausmacht.«

»Heute Morgen hast du gesagt«, wandte Tammo ein, »wenn man hochgradig allergisch ist, reicht ein einziger Bissen.«

»Das wohl«, antwortete Gerhild. »Aber ihr erinnert euch, sie hatte keinen Proviant bei sich, als wir sie fanden. Und ich bezweifle, dass sie nur ein Eckchen eines Stückes Kuchen auf den Weg mitgenommen hat.«

»Kekse?«, fragte Tammo. »Wie sieht es damit aus? Könnten es ein, zwei Kekse gewesen sein?«

Gerhild wiegte den Kopf hin und her. »Im Prinzip wäre das möglich. Aber auch das halte ich für merkwürdig. Wer nimmt auf einen Spaziergang lediglich ein, zwei

Kekse mit? Noch dazu in der bloßen Hand? Sie hatte ja auch keine Tasche, keinen Beutel dabei.«

Merle Bloom meldete sich wieder zu Wort. »Haben die Kriminaltechniker keine Verpackung im Abfalleimer gefunden?«

»Darüber wird Eike Hoböken berichten«, erwiderte Gerhild. »Dazu kann ich nichts sagen.«

Fenna schüttelte entschieden den Kopf. »Selbst wenn es so wäre, ich kann mir nicht vorstellen, dass jemand auf der Bank sitzt und seinen Proviant auspackt, sofort aufsteht und ganz ordentlich die Verpackung wegwirft, sich anschließend wieder hinsetzt und dann erst isst.«

»Eventuell«, sagte Tammo, »war Frau Paulsen gerade erst die Treppe hinaufgestiegen, hat am Abfalleimer das Gebäck ausgepackt, das Papier oder Tütchen weggeworfen und sich danach auf die Bank gesetzt.«

Merle sah genervt in die Runde. »Wir sollten überall Überwachungskameras aufstellen, um für jede Art von Todesfällen an jedem Platz der Welt gerüstet zu sein.«

»Gute Idee«, sagte Fenna, um gleich darauf mit ihren Überlegungen fortzufahren. »Ich bleibe dabei: Frau Paulsen war nicht allein. Jemand hat ihr etwas zu essen gegeben. Sie hat mit einer tödlichen Allergie darauf reagiert. Dann hat die andere Person gründlich aufgeräumt und das Weite gesucht. So ähnlich hatten wir uns das heute Morgen am Fundort ja bereits ausgemalt.«

Tammo schenkte sich Sekt nach. »Also Mord.« Er hob das Glas, als wollte er seine Feststellung begießen.

»Wie viel Absicht dahintersteckte, müsst ihr herausfinden«, sagte Gerhild. »Sicher ist, dass sie in den rund zwei, drei Stunden, bevor sie starb, nur ein Käsebrot gegessen hat, das bei ihrem Tod bereits gut verdaut war.

70

Das Gebäck, dem die gemahlenen Haselnüsse beigemischt worden waren, scheint mir ebenfalls eher Brot als Kuchen gewesen zu sein. Es war aus Dinkelmehl gebacken und enthielt kaum Zucker. Aber die Übergänge sind manchmal schwer zu definieren. Es kann auch ein Vollkornkuchen gewesen sein«

»Was meinst du«, fragte Tammo, »war es ein industriell gefertigtes Teil oder ein selbst gemachtes?«

»Dazu wollte ich gerade kommen«, sagte die Rechtsmedizinerin. »Es enthielt nicht die üblichen chemischen Zusätze, die in den Produkten der großen industriellen Bäckereibetriebe genutzt werden. Ich denke, entweder hat es jemand zu Hause selbst gebacken, oder es wurde in einer Öko-Bäckerei hergestellt.«

»Wie ist das mit dem Lebkuchenherz?«, fragte Fenna. »Können die Haselnüsse darin eingebacken gewesen sein, und Frau Paulsen hat doch davon genascht?«

Gerhild schüttelte den Kopf. »Das ist definitiv nicht der Fall. Lebkuchenteig enthält üblicherweise gemahlene Mandeln. Das war auch bei dem Lebkuchenherz der Fall, das die Tote in den Händen hielt, wie Eike Hoböken mir berichtete, nachdem ich ihn um einen Abgleich gebeten hatte. Von dem Lebkuchenteig habe ich nichts in ihrem Magen gefunden, und bis auf ein paar Krümel, die beim Durchbrechen heruntergefallen sind, war das Herz vollständig, wie die KTU festgestellt hat.«

Tammo lehnte sich zurück, streckte die Beine von sich und fuhr sich mit beiden Händen durch die dunkelbraunen Locken, die in alle Richtungen standen. »Bisher haben sich keine Zeugen gemeldet, die Magdalene Paulsen vor ihrem Tod auf dem Weg zu Maleens Knoll oder auf der Aussichtsplattform gesehen haben.«

»Dabei hat es sich im Ort wie ein Lauffeuer herumge-sprochen«, sagte Merle Bloom. »Durch ihre Buchhand-lung war Frau Paulsen sehr bekannt, bei Einheimischen wie bei Stammgästen. Wenn jemand sie in ihren letzten Stunden gesehen hätte, hätte die Person sich bestimmt bei uns gemeldet. Aber Maleens Knoll liegt ab dem frü-hen Abend sowieso immer ziemlich einsam da. Meist laufen da nur am Vor- oder am Nachmittag Urlauber her und das auch nicht an jedem Tag. Die Leute gehen natürlich vorzugsweise an den Strand. Wenn der Jogger nicht gewesen wäre und wenn wir drei Tage strahlende Sonne gehabt hätten ...« Sie verschränkte die Arme und sah ihre Kollegen an. »Es hätte glatt passieren können, dass sie tagelang unentdeckt da oben gesessen hätte.«

»Pah«, sagte Tammo, »das wäre dann eine wahrhaft gruselige Entdeckung geworden, auch für uns.« Er schüttelte sich.

»Das müssen wir uns jetzt bitte nicht konkret vorstel-len«, sagte Fenna. »Seien wir froh, dass es anders ge-kommen ist. Für den armen Manno Dethlefsen war der Fund am frühen Morgen schlimm genug.«

Tammo grinste. »Ach, auf einmal hast du Mitleid mit dem Dethlefsen? Heute Morgen sah das anders aus.«

»Heute Morgen war eine ganz andere Situation«, re-dete Fenna sich heraus. »Merle, was weißt du noch über Frau Paulsens Umfeld? Kennst du ihre Freunde?«

Merle nickte und zuckte gleichzeitig die Schultern. »Na ja, so richtig kenne ich sie nicht. Es gibt drei Frau-en, mit denen sie sich oft getroffen hat. Alle drei woh-nen in Sankt Peter-Ording und waren seit Jahren mit ihr befreundet. Wir kannten die vier als das Kleeblatt. Die Namen stelle ich euch gleich zusammen.«

»Das ist doch mal ein Anhaltspunkt«, sagte Tammo. Er leerte sein Glas in einem Zug.

Fenna beobachtete ihn scharf dabei. Nicht, dass sie eine heimliche Strichliste führte, aber es war sein dritter Sekt an diesem Abend, wenn sie richtig gezählt hatte, und bis drei schaffte sie es auch an einem Tag wie diesem noch mühelos. Ihr lieber Kollege und Göttergatte schien sich im Team der Wache von Sankt Peter-Ording so wohl zu fühlen wie der Hai im Heringsschwarm. Aber gut, es sollte ihm vergönnt sein, den gelungenen Neuanfang zu begießen.

Gerhilds geschäftige Miene signalisierte Fenna, dass die Kollegin noch etwas zu berichten hatte.

»Ich habe natürlich noch mehr entdeckt als nur das Haselnussgebäck.« Die Rechtsmedizinerin öffnete ihre Mappe, blätterte mit ruhiger Hand darin herum und referierte wieder, ohne jedoch auf das Papier zu blicken. »Es gab keine äußeren Verletzungen, die durch eine Waffe oder einen anderen Gegenstand entstanden wären. Aber an beiden Schultern ist offenbar körperlicher Druck auf Frau Paulsen ausgeübt worden.«

»Wie müssen wir uns das vorstellen?«, fragte Tammo, dessen Augen durch den Alkohol, die Müdigkeit und all die neuen Eindrücke glasig geworden waren. Er unterdrückte ein Gähnen.

»Jemand muss vor ihr gestanden, sie mit beiden Händen an den Schultern gehalten und gegen die Rückenlehne gedrückt haben. Ich denke, das ist passiert, nachdem sie die Haselnüsse zu sich genommen und mit heftiger Atemnot darauf reagiert hat. So lässt sich auch erklären, warum sie nicht im Todeskampf auf den Boden gestürzt ist, was ich erwartet hätte.«

»Sie hat Hämatome?«, fragte Merle Bloom.

»Es wäre übertrieben, von Hämatomen zu sprechen. Es sind Druckstellen, die sich zum Teil auf den ersten Blick kaum erkennen lassen. Entdeckt habe ich sie vor allem, weil sich die Träger ihres BHs stark in die Haut gedrückt haben.«

»Kann das nicht auch durch das normale Tragen des Kleidungsstücks passiert sein?«, fragte Tammo.

»Nein, dafür haben die Träger sich zu deutlich in die Haut eingegraben. Außerdem gibt es massive Druckstellen am Rücken, von der Holzlehne der Bank. Die können nicht vom Anlehnen alleine stammen. Da hat jemand nachgeholfen.«

Tammo betrachtete seine geöffnete Pranke. »Konntest du auf die ungefähre Größe der Hand schließen?«

Gerhild schüttelte den Kopf. »Die Person, die die Druckstellen bewirkt hat, muss Magdalene Paulsen im Laufe ihres Erstickungsanfalls an verschiedenen Stellen gehalten haben, mal an den Schlüsselbeinen, mal an den Schultergelenken. Auf die konkrete Größe der Hände lassen sich keine realistischen Rückschlüsse ziehen.«

Tammo stierte auf seine geöffnete Hand, dann sah er Gerhild eindringlich an. »Aber irgendwas wirst du doch dazu sagen können.«

Die Schultern der Rechtsmedizinerin bogen sich straff nach hinten. »Es waren nicht die Hände eines Kindes«, erwiderte sie spitz, »aber auch nicht die eines Gorillas. Ist dir damit geholfen?«

Tammo nahm die Aussage mit einem süffisanten Lächeln zur Kenntnis.

»Ich sehe dir die nächste Frage an der Nasenspitze an«, sagte Gerhild. »Die Antwort lautet: Nein, ich kann anhand der Druckstellen leider nicht darauf schließen, ob die Person, die Magdalene Paulsen an den Schultern gehalten hat, ein Mann oder eine Frau war.«

»Das ist nicht allzu viel an Erkenntnissen.«

Gerhild klappte ihre Mappe geräuschvoll zu. »Bedank dich dafür bitte beim Täter.«

Tammos Arm langte noch einmal nach dem Sektkübel.

Doch Fenna war schneller. Mit einem tadelnden Blick und einem angedeuteten Kopfschütteln stieß sie den Behälter zur Seite.

»Wir sind zu Fuß unterwegs«, protestierte Tammo. »Die paar hundert Meter nach Hause ...«

»Das stimmt zwar. Aber wenn du getrunken hast, schnarchst du, und ich möchte die nächste Nacht nicht auf dem Sofa in der Wohnhalle verbringen.«

Tammo errötete leicht.

Merle nickte der Kommissarin zu. »Richtig so. Zeig ihm, wo es langgeht.«

»Wenn ihr nichts dagegen habt«, sagte Gerhild, »und wenn ihr keine weiteren Fragen habt, würde ich jetzt gerne Feierabend machen. Morgen muss ich zeitig wieder raus aus den Federn.«

»Genehmigt.« Tammo schlug ihr auf die Schulter wie einem alten Kumpel, der sich nach einem Treffen in der gemeinsamen Stammkneipe von ihm verabschiedete.

Es wurde wirklich Zeit, dass auch er nach Hause kam und sich ausschlief.

»Eine Frage noch«, sagte Fenna. »Der Todeszeitpunkt. Kannst du den genauer eingrenzen?«

Gerhild schlug sich mit der Hand vor die Stirn. »Wie konnte ich das vergessen. Ich glaube, ich werde langsam

alt. Der Tod dürfte zwischen neunzehn und zweiund-
zwanzig Uhr eingetreten sein. Genauer kann ich das
wirklich nicht sagen.

»Okay, danke dir.« Fenna stand auf. »Ich bring dich
noch zum Wagen, Gerhild.«

Die Rechtsmedizinerin erhob sich ebenfalls. »Steigt
doch mit bei mir ein, ich setze euch zu Hause ab. Bevor
dein Mann noch in die Gosse fällt ...«

Tammo ließ sich widerspruchslos zu Gerhilds Wagen
führen und purzelte unbeholfen wieder hinaus, als sie
kurz darauf vor dem neuen Zuhause der Familien Anders und Stern angekommen waren.

»Vielen Dank und bis bald!« Fenna schlug die Autotür zu und winkte Gerhild hinterher.

Buddy war außer sich, als die Ermittler das Haus betraten. Er kläffte sie regelrecht hinter sich her, um ihnen
seinen neuen Lieblingsplatz zu zeigen.

Sein Körbchen stand in einem Winkel zwischen dem
offenen Kamin in der gemeinschaftlichen Wohnhalle aller Generationen, die im Haus lebten, und der Tür zu
der weitläufigen Terrasse. Aufgeregt ließ er sich auf das
Kissen fallen, das darin lag, und zupfte sich die Kuscheldecke zurecht, die er Frido abspenstig gemacht hatte.

Mit einem Mal stand Frido mitten im Raum.

»Da seid ihr ja endlich. Ihr habt wohl mit Absicht so
lange gewartet, bis wir alle Kisten ausgepackt haben.«

»Alle?« Tammo schob sich zwischen Frido und Buddy. »Etwa auch meine ganz persönlichen Dinge?«

»Die natürlich nicht«, beruhigte Magda ihn, die ebenfalls dazugekommen war. »Aber erzählt doch mal, wie
sind die neuen Kollegen und wie war euer erster Tag auf
der neuen Wache?«

»Klasse«, sagte Fenna. »Die Kollegen sind allesamt wirklich nett. Und damit wir uns auch sofort heimisch fühlen in unserem brandneuen Leben, hat Sankt Peter-Ording uns gleich heute Morgen einen dubiosen Todesfall beschert.«

»Brandneues Leben«, rief Frido aus. Er wedelte mit der Hand durch die Luft, als versuchte er, flüchtige Gedanken einzufangen, die vor seiner Stirn herumschwirrten. »Vor wenigen Monaten erst habt ihr euer *neues* Leben angefangen. Könnt ihr mir mal erklären, woran ihr festmacht, was alt, was neu und was *brandneu* ist?«

Tammo hob genervt die Hände. »Also, Frido, das ist doch nun wirklich logisch. Das alte Leben war unsere Zeit in Greetsiel, das neue der Wechsel von dort nach Nordfriesland einschließlich der kurzen Phase auf dem Kommissariat in Husum. Das brandneue Leben hat mit unserem Umzug nach Sankt Peter-Ording und dem Antritt auf der hiesigen Wache begonnen.«

»Aha.« Frido stemmte die Hände in die Hüften. »Und wie nennt ihr dann das Leben nach der Geburt von ...« Er kratzte sich am Kopf.

»Dennis-Janine?« Tammos Stimme überschlug sich fast. »Hör mir bloß damit auf.«

Fenna stellte sich neben Tammo, verschränkte die Arme und hob den Kopf.

»Dennis-Janine«, sagte sie mit fester Stimme, »wird Teil unseres brandneuen Lebens sein. Für meine Rolle als Oma braucht es keine weitere Bezeichnung.«

Frido grunzte. »Das hätt ich gern schriftlich.«

8

Es war kurz nach acht am Morgen. Das Frühstück hatten die Ermittler eilig verschlungen. Nun waren sie auf dem Weg zur Arbeit. Eike Hoböken wollte ihnen am Vormittag seinen ersten Bericht abliefern.

Kurz vor Erreichen der Wache sah Fenna, wie Merle Bloom im Büro herumwirbelte. In der einen Hand hielt sie den Telefonhörer, mit der anderen zog sie einen Ordner aus dem Regal und warf ihn auf den Schreibtisch. Sie schlug ihn auf und blätterte geschäftig darin vor und zurück. Während sie ihrem Gesprächspartner etwas erklärte, drehte sie sich wieder zum Regal und zog den nächsten Ordner heraus. Plötzlich erspähte sie die Ermittler und winkte ihnen fröhlich zu.

»Unser Kollege Benno Pötzschke in Greetsiel war 'ne Wucht, bei all seiner Behäbigkeit«, sagte Fenna. »Aber Merle ist einfach unübertrefflich.«

Tammo, der trotz eines starken Ostfriesentees noch nicht ganz munter war, nickte betreten. »Ich frage mich nur, warum wir zwei immer die Letzten sind, die zum Dienst erscheinen. Egal, wo wir arbeiten, alle anderen sind vor uns da. Woher kommt das? Erklär es mir.«

Fenna war vor ihm an der Tür und zog sie weit auf, damit er eintreten konnte. »Das fragst du mich? Frag lieber deinen Wecker, warum er immer erst auf die letzte Minute klingelt.«

»Wieso ist das auf einmal mein Wecker?«, protestierte Tammo. »Das ist unserer, er weckt uns beide.«

»Guten Morgen, ihr zwei«, rief Merle ihnen zu, »auch schon da? Wer den kürzesten Arbeitsweg hat, trifft bekanntlich immer zuletzt ein. Ist wohl ein Naturgesetz.«

Tammo zuckte verlegen mit den Achseln.

Die kleine Merle sah zu ihm auf und tätschelte ihm sanft die Schulter. »Du musst dich nicht rechtfertigen, Tammo. Jeder ist so, wie er ist. Der eine bringt's am Morgen, der andere bei Nacht.«

Fenna grunzte. »Schön wär's«, sagte sie so leise, dass ihre Kollegin es höflich überhören konnte.

»Um Punkt acht Uhr hat jemand für euch angerufen«, berichtete die junge Polizistin. »Ein Privatdetektiv, der behauptet, er hätte eine wichtige Information für euch. Er hat gefragt, wann ihr am besten zu erreichen seid.«

»Du hast ihm hoffentlich nicht erzählt«, sagte Tammo, »dass wir gerade unseren Büroschlaf halten.«

»Nein«, flötete Merle. »Ich habe ihm gesagt, dass du deine Höchstform grundsätzlich nachmittags erreichst. Dann lägen die Chancen für eine Audienz bei dir gut.«

»Ein Privatdetektiv, sagtest du?«, fragte Fenna. »Hat er dir seinen Namen genannt?«

Merle nickte. »Ein Herr Störk. Er sitzt in Husum.«

»Wilko Störk, den kennen wir«, rief Fenna aus. »Seine Frau ist die Immobilienmaklerin, über die wir unser neues Zuhause gefunden haben.«

Merle räumte einen Ordner weg. »Ist das nicht die, die in euren ersten Fall in Husum verwickelt war?«

»Verwickelt ist nicht der richtige Ausdruck«, meinte Tammo. »Sie wurde gewaltsam mit hineingezogen.«

Fenna legte den einen Arm um Merles Schultern, den anderen um Tammo. »Bitte lasst uns jetzt nicht alte Kamellen aufwärmen, wir haben einen neuen Fall. Weshalb hat Herr Störk überhaupt angerufen?«

»Ich hab ihn danach gefragt, aber am Telefon wollte er nicht darüber sprechen. Er wird es euch erzählen, wenn er euch trifft.« Merle wedelte mit einem Blatt Papier herum. »Ich hab euch die Liste mit den Namen und Anschriften der Freundinnen von Magdalene Paulsen zusammengestellt. Telefonnummern sind auch dabei, dienstlich und privat. Wenn ihr eine Wegbeschreibung braucht, fragt mich einfach.«

Fenna nahm die Liste in Empfang und überflog sie. Den Ortsplan von Sankt Peter-Ording hatte sie sich bereits intensiv eingeprägt. Noch zwei Wochen und sie könnte jedem Taxifahrer Konkurrenz machen. »Die Arbeitsstellen der Frauen liegen dicht beieinander«, stellte sie fest. »Allesamt im Zentrum von Sankt Peter-Bad.«

»Praktisch für uns«, sagte Tammo, der ebenfalls einen Blick auf die Liste warf.

»Ja«, sagte Merle, »und als Highlight präsentiere ich euch gleich die erste der Damen auf dem Silbertablett.«

»Wie?« Tammo sah Merle mit einem schiefen Lächeln an, als zweifle er an ihrem Verstand.

Merle wies mit dem Kinn nach draußen. »Die Frau da vorne mit dem Fahrrad ist Frau Uthoff, die Freundin aus dem Reisebüro. Sieht aus, als wollte sie zu uns.«

Rosemarie Uthoff war eine unauffällige mittelgroße, schlanke Frau. Das streng zurückgekämmte, aschblonde Haar hatte sie zu einem langen Pferdeschwanz geflochten. Der Zopf rutschte ihr über die Schulter nach vorn, als sie ihr Fahrrad an einem der Ständer vor der Wache anschloss. Mit einer ruckartigen Kopfbewegung warf sie ihn wieder zurück.

Sie trug eine schwarze Stoffhose, einen dunkelroten Blazer und darunter ein schwarzes Shirt. Ihre Bewegungen waren müde, der Ausdruck ihrer Augen matt.

Sie trägt Trauer, fuhr es Fenna durch den Kopf.

Mit unbewegter Miene betrat die Frau die Wache.

Merle sprach kurz mit ihr, dann rief sie in das Büro von Tammo und Fenna hinein: »Habt ihr Zeit für Frau Uthoff? Sie ist eine Freundin von Magdalene Paulsen.«

Fenna spielte das Spiel mit, das Merle wohl nur inszenierte, um der Besucherin nicht das Gefühl zu vermitteln, sie hätten gerade bereits über sie gesprochen.

Sie trat an den Tresen heran und reichte der Dame die Hand. »Ich bin Kriminalhauptkommissarin Fenna Stern«, sagte sie und wies auf Tammo, der sich ebenfalls näherte. »Mein Kollege Tammo Anders. Es tut uns sehr leid, was mit Ihrer Freundin geschehen ist. Lassen Sie uns doch im Besprechungsraum miteinander reden.«

Sie ging in den Raum, in den Rosemarie Uthoff und Tammo ihr folgten.

»Ich bringe gleich Getränke«, rief Merle ihnen hinterher.

Fenna bat die Besucherin, Platz zu nehmen.

Die Ermittler überließen ihr die Eröffnung des Gesprächs. So erfuhren sie am ehesten, was die Freundin der Toten in der aktuellen Lage, in der so vieles offen war, veranlasst hatte, auf die Wache zu kommen.

Rosemarie knetete mit der einen Hand die Fingerspitzen der anderen. »Entschuldigen Sie bitte«, sagte sie zögerlich. »Es ist für mich eine schwierige Situation. Ich meine, ich weiß ja gar nicht, welche Rechte ich habe. Ich war mit Frau Paulsen nicht verwandt, nur befreundet.« Sie machte eine wegwerfende Geste. »Ach, was sage ich, *nur befreundet*. Wir hatten eine sehr innige Freundschaft, und Lene hatte keine Verwandten.«

Die Besucherin wirkte ernst und in sich ruhend und doch so hilflos. Fenna versuchte, ihr das Reden leichter zu machen. »Sie haben den Weg zu uns gesucht, weil Sie das Gefühl haben, so eine Art Familienangehörige von Frau Paulsen zu sein?«

Rosemarie nickte zaghaft.

Merle stieß die Tür mit dem Fuß auf und trat ein. Auf einem Tablett balancierte sie Kannen mit Tee und Kaffee, dazu Milch, Zucker und Orangensaft.

Fenna stand auf. Sie nahm Tassen und Gläser vom Sideboard, stellte sie auf den Tisch und nickte ihrer Kollegin zu. »Den Rest machen wir, danke dir.«

Dezent zog Merle sich zurück. Tammo übernahm es, die Getränke einzuschenken.

Rosemarie verrührte den Zucker im Kaffee. »Ist denn schon ...« Sie lächelte verlegen. »Ich weiß gar nicht, ob ich überhaupt das Recht habe, danach zu fragen, aber es liegt mir so auf der Seele – uns allen, verstehen Sie?«

»Was denn?«, fragte Tammo ungeduldig. Er hatte lieber mit Menschen zu tun, die frank und frei ihre Fragen stellten. Besser zu direkt als zu umständlich.

Die Besucherin ließ den Kaffeelöffel klirrend auf die Untertasse fallen und sah Fenna an. »Ist schon bekannt, wie Magdalene ums Leben kam? Darf ich das erfahren?«

Fenna schwankte, blieb dann jedoch eisern. »Bitte haben Sie Verständnis, dass wir zurzeit nichts Konkretes sagen können. Die Untersuchungen der Forensik und der Kriminaltechnik sind noch nicht abgeschlossen. Zu einem späteren Zeitpunkt informieren wir Sie gern.«

»Irgendwann steht es sowieso in der Zeitung«, sagte Tammo spröde.

»Aber wir erfahren es eher als die Journalisten?«

»Ich bitte um Verständnis«, antwortete Fenna, »wir können im Moment wirklich nichts versprechen«

»Verstehe«, hauchte Rosemarie. Sie stierte auf den Tisch und schluckte. »Es hat uns alle tief getroffen, und wir fragen uns ...« Mit Tränen in den Augen blickte sie auf. »Was wird denn jetzt aus Lenes Wohnung, den Möbeln, ihren Kleidern und dem Buchladen?«

»Frau Uthoff?«, fragte Fenna zurück. Sie haderte damit, ob es richtig war, die Besucherin so direkt darauf anzusprechen. »Stimmt es, dass Frau Paulsen kürzlich im Lotto gewonnen hat?«

Rosemarie verschränkte die Hände und nickte. »Ja, das stimmt. Es ist jetzt – wie lange her?« Sie hob den Kopf und rechnete nach. »Sechs Wochen waren es am Sonnabend. Gespielt hat sie aber seit Jahrzehnten.«

Sie ließ sich gegen die Rückenlehne fallen. Ungläubig schüttelte sie den Kopf. »Wer hätte jemals gedacht, dass sie tatsächlich eines Tages gewinnen würde? Sechs Richtige plus Zusatzzahl! Die Wahrscheinlichkeit liegt bei eins zu – wie viel? Hundertvierzig Millionen? Milliarden? Ich weiß es nicht. Das sind Zahlen, die sind für mich unvorstellbar, obwohl ich gelernte Kauffrau bin.«

»Frau Paulsen war alleinstehend. Hat sie mal ein Testament gemacht?«, fragte Tammo geradeheraus. Es war die Frage, die am ehesten zu einem ersten Tatverdächtigen führte, vorausgesetzt, sie wurde mit Ja beantwortet.

»Nein«, sagte Rosemarie, »soweit ich weiß, gibt es keins. Lene besaß bis zu diesem Gewinn nichts Nennenswertes. Kein Vermögen, meine ich. Und sie hatte sicher auch nicht vor, so früh von der Welt zu gehen.«

»Ihr Freundeskreis bestand aus vier Frauen, wenn ich richtig verstanden habe«, sagte Fenna.

»Ja«, sagte Rosemarie. »Vier Freundinnen. Und alle haben wir im entscheidenden Moment nicht auf Lene aufgepasst.« Ihre Miene drückte ein Schuldbewusstsein aus, und Fenna glaubte, zu ahnen, mit welcher Last diese Frau die Wache betreten hatte.

»Und jetzt verhalte ich mich schon wieder unkorrekt.« Die Besucherin rang sichtlich mit sich. Es schien, als überlegte sie, ob sie wirklich vorbringen solle, was ihr auf dem Herzen lag. »Ich habe mich ohne das Mandat meiner anderen Freundinnen hierhin aufgemacht«, sagte sie endlich. »Wir hatten beschlossen, die Kripo gemeinsam aufzusuchen, und nun habe ich mich vorgedrängt.«

»Das heißt«, sagte Fenna, »die anderen beiden Frauen wissen gar nicht, dass Sie zu uns gekommen sind?«

»Es war ein ganz spontaner Entschluss«, antwortete Rosemarie.

Es klopfte an der Tür, und Merle steckte den Kopf hindurch. »Eike Hoböken wäre jetzt da.«

Unwillkürlich sah Fenna aus dem Fenster. Doch der Besprechungsraum lag zur Gartenseite hinaus. Von hier aus hatte sie gar keine Möglichkeit, mitzubekommen, wer die Wache betrat.

»Frau Uthoff«, sagte sie in bemüht warmherzigem Tonfall, »wenn Sie etwas auf dem Herzen haben, das Sie dringend loswerden möchten, hören wir Ihnen gerne zu. Andernfalls würden wir vorschlagen, unser Gespräch zu einem späteren Zeitpunkt fortzusetzen. Wir könnten um die Mittagszeit bei Ihnen im Büro sein. Würde Ihnen das passen?«

»Ja, natürlich.« Rosemarie sah auf die Uhr. »Ich muss sowieso um neun am Schreibtisch sitzen, und das wird jetzt schon knapp. Eigentlich wollte ich nur ganz kurz vorbeigucken und ...« Sie zog die kleine Tasche, die an einem langen Riemen diagonal über ihrer Schulter hing, nach vorn und öffnete sie. Mit spitzen Fingern kramte sie ein Schlüsseletui daraus hervor und hielt es über den Besprechungstisch. »Dies ist der Schlüssel zu dem Haus, in dem Magdalene lebte. Ich dachte, ich gebe ihn hier ab. Bei Ihnen ist er am besten aufgehoben. Sie müssen sicher auch mal in das Haus hinein.«

Fenna nahm das Etui entgegen und legte es auf ihren Notizblock. »Hatten auch Ihre beiden Freundinnen Zugang zum Haus von Frau Paulsen?«

Die Besucherin senkte die Lider. »Ich war die Einzige.« Sie wischte sich mit beiden Händen über die Wangen und sah die Ermittler wieder an. »Hanne und Insa müssen bitte nichts davon wissen, dass ich den Schlüssel hatte.«

Fenna blinzelte ihr zu. »Sie können darauf vertrauen, dass wir Stillschweigen bewahren. Wir haben ohnehin bereits einen Schlüsseldienst beauftragt. Die Kriminaltechniker sind in dem Haus auf Spurensuche.«

»Das Haus wird versiegelt«, schob Tammo hinterher. »Da darf vorerst niemand rein außer uns. Die Vermieterin ist schon informiert. Aber ...« Er rieb sich die Nase. »Eine Frage hätte ich noch, wo Sie gerade hier sind.«

»Ja?« Rosemarie Uthoff hielt Blickkontakt mit ihm, tastete blind nach dem Löffelchen auf der Untertasse und rührte in ihrem Rest Kaffee herum.

»Wann haben Sie Frau Paulsen das letzte Mal gesehen?«

Für eine Sekunde schloss die Besucherin die Augen. »Das letzte Mal, das war an ihrem Todestag.« Fragend sah sie Tammo aus dem Augenwinkel an. »Sofern es stimmt, dass Lene vorgestern am späten Abend starb und nicht erst gestern früh.«

Tammo äußerte sich nicht dazu. Auch Fenna blieb reglos, als Rosemaries Blick zu ihr hinüberschwenkte.

Die Besucherin fuhr fort. »Wir haben uns in der Mittagspause in einem Café getroffen. Dafür gibt es Zeugen, die Bedienung kennt uns gut.«

»Gab es einen besonderen Anlass für Ihr Treffen?«

In Rosemaries Gesicht ging die Sonne auf, um sofort wieder der Trauer zu weichen. »Für unsere Treffen gab es immer einen Anlass. Wir kannten uns ewig, wir mochten uns, und wir hatten immer was zu klönen.«

Fenna wurde unruhig. Gleich würde Frau Uthoff in Tränen ausbrechen, nebenan wartete Eike Hoböken auf die Ermittler, und sie selbst starb vor Neugier auf die Ergebnisse der Kriminaltechniker. Flehentlich sah sie zu Tammo hinüber. »Hat das alles nicht Zeit bis nachher?«

»Ja, klar«, sagte Tammo, um unverdrossen weiter zu fragen. »Hat Frau Paulsen jemals etwas in der Richtung erwähnt, dass sie sich bedroht oder gefährdet fühlte?«

Rosemarie verneinte stumm.

»Waren Ihnen und Ihren Freundinnen Allergien bekannt, unter denen Frau Paulsen litt?«

»Nein«, sagte Rosemarie. Dann hob sie die Augenbrauen. »Doch. Haselnüsse, die durfte sie auf keinen Fall essen. Und bestimmte Früchte nicht. Pfirsiche und Kirschen. Und Kiwis.«

»Wussten Sie alle davon?«, fragte Fenna.

»Ja, natürlich. Wenn wir in einem Restaurant essen waren oder wenn zu Hause bei einer von uns gefeiert wurde, haben wir natürlich immer darauf geachtet, dass nichts dabei war, was sie nicht vertrug. Wieso?«

Tammo überging die Frage. »Zum Todeszeitpunkt von Magdalene Paulsen, wo waren Sie da?«

»Wo ich da war?« Rosemarie rutschte auf die Stuhlkante vor und schob die Tasse von sich weg. »Ich war zu Hause. Wobei – ich weiß ja gar nicht, wann genau Magdalene gestorben ist, um welche Uhrzeit. Ich war im Geschäft bis zwanzig Uhr. Ich musste Daten für die Firmenzentrale zusammenstellen. Als ich fertig war, bin ich nach Hause gegangen.« Sie schob ihre Umhängetasche wieder auf den Rücken. »Wenn ich ein Alibi für die Tatzeit brauche, ich habe keins. Aber ich hoffe, sie glauben mir auch so.«

Sie war blass geworden.

»Es war nur eine Routinefrage«, beruhigte Fenna sie und erhob sich. »Vielen Dank, dass Sie sich die Mühe gemacht haben, hierher zu kommen. Wir sehen uns dann später noch mal. Ich begleite Sie eben zur Tür.«

»Danke, das ist nicht nötig.« Rosemarie reichte den Ermittlern die Hand, die sich schlaff und mutlos anfühlte. »Also, bis heute Mittag«, sagte sie.

Langsam schritt sie zur Tür, blieb dort stehen und drehte sich halb um. »Wie ist das eigentlich in so einem Fall? Dürfen wir Freundinnen uns noch richtig von Lene verabschieden? Dürfen wir sie noch einmal sehen, bevor sie beerdigt wird? Und wie läuft das überhaupt mit der Bestattung? Können wir eine Trauerfeier für sie veranstalten?«

Fenna dachte über die Antwort nach, und Tammo verschanzte sich hinter der Kaffeetasse.

»Es wird einen Nachlassverwalter geben«, antwortete die Kommissarin. »Der wird sich um alles kümmern. Wir werden ihm Ihre Adresse geben, damit er sich mit Ihnen in Verbindung setzen kann. Alles Weitere erfahren Sie beizeiten von ihm.«

Rosemarie nahm die Worte mit einem Nicken zur Kenntnis. Doch sie hatte noch ein Anliegen. »Dürfte sich wohl jede von uns dreien ein Stück aus ihrer Wohnung nehmen, bevor alles entsorgt wird? Als Erinnerung? Ich meine, nichts Wertvolles, nur eine Teekanne, eine hübsche Blumenvase oder einen anderen Dekorationsartikel. Lene hatte so nette Sachen, die gar nicht viel gekostet haben, aber manche sind für uns mit schönen gemeinsamen Erinnerungen verbunden.«

»Ich kann Ihren Wunsch sehr gut verstehen«, antwortete Fenna. »Aber das können mein Kollege und ich nicht entscheiden. Das müssten Sie bitte mit dem Nachlassverwalter klären.«

Rosemarie warf ihr einen langen, traurigen Blick zu. Dann öffnete sie die Tür und verschwand.

Tammo fuhr sich mit beiden Händen durch die Locken. »Ich mag sie nicht. Ich mag sie einfach nicht.«

»Das hab ich gemerkt. Und Frau Uthoff vermutlich auch.« Geräuschvoll stapelte Fenna die Kaffeetassen aufeinander und stellte das Geschirr auf das Tablett.

»Wetten, dass es zwischen den Freundinnen ganz schön knistert?«, fragte Tammo.

»Wetten, dass Eike langsam ungeduldig wird?« Mit dem Tablett in den Händen ging Fenna auf die Tür zu, die Rosemarie hinter sich geschlossen hatte. »Komm, steh auf und sei ein Gentleman.«

Widerwillig erhob Tammo sich und öffnete die Tür.

»Ein Gutes hatte der Besuch jedenfalls«, meinte die Kommissarin und marschierte an ihm vorbei. »Jetzt bist du wach.«

9

Eike Hoböken legte seinen metallenen Aktenkoffer auf den Tisch und öffnete ihn. Er angelte eine Mappe mit Unterlagen hervor, stellte den Koffer auf dem Boden ab und setzte sich. Seelenruhig zog der Mann, der deutlich über einen Meter neunzig maß, an seinen langen, kräftigen Fingern, dass es nur so knackte. Dann schob er die Ärmel seines Pullis zurück, stützte die gekreuzten Arme auf die Mappe und wies mit dem Kinn nach draußen. »Sattes Grün, der Rasen. Hier möchte man Schaf sein.«

Fenna wünschte sich, dass die Ruhe, die der Chef der Husumer Kriminaltechniker verströmte, sich im Laufe des Gesprächs auf sie übertragen würde. Wie ein aufdringliches Teufelchen tauchte der Gedanke an Fee und Dennis-Janine in schöner Regelmäßigkeit hinter ihrer Stirn auf. Sie verdrängte ihn erfolgreich, indem sie sich den Fundort der Leiche in Erinnerung rief.

Die Holztreppen und die Böden der Aussichtsplattformen waren kein Untergrund, auf dem man Schuheindrücke hinterließ. Geregnet hatte es am Abend der Tat auch nicht. Es hatte ein Wind der Stärke 4 bis 5 mit kräftigeren Böen geherrscht, der verräterische Erdkrumen oder andere feinste Spuren verweht haben könnte.

»Ich bin wahnsinnig gespannt, was du uns berichten kannst«, sagte die Kommissarin. »Maleens Knoll war sicher nicht gerade eine Fundgrube für euch. Aber deine Leute haben gesucht wie besessen. Haben sie etwas gefunden, das uns Hinweise auf den Täter geben kann?«

Eike schmunzelte. »Du weißt doch, irgendwas finden Kriminaltechniker immer, und so gut wie jeder Täter begeht einen Fehler und hinterlässt seine Visitenkarte.«

Tammo sah ihn hoffnungsvoll an. »Also doch die Anschrift einer Bäckerei auf dem Papier, in das der Kuchen eingewickelt war, der Magdalene Paulsen zum Verhängnis wurde?«

»Nee.« Eike schlug die Mappe auf. »Ganz so leicht hat der Täter es uns nicht gemacht. Aber ein bisschen beschränkt war er möglicherweise schon. Oder zumindest leichtsinnig. Das Urteil darüber überlasse ich euch.«

Ungeduldig öffnete Fenna eine Flasche Mineralwasser, die auf dem Tisch stand. Die Kohlensäure entwich mit einem zischenden Geräusch. »Das liebe ich so an dir, Eike, dass du immer ganz ohne Umschweife zur Sache kommst.«

Schmunzelnd beobachtete Eike die Bläschen, die aufstiegen, als Fenna das Wasser in drei Gläser schenkte. Sie schob ihm ein Glas zu und nippte an ihrem Getränk.

»Ihr habt nicht ganz unrecht«, begann Eike seinen Bericht. »Die Holzplattform hat denkbar wenig hergegeben. Schuheindrücke könnt ihr vergessen, sowohl auf den Treppen und den Plattformen als auch auf den Wegen, die zu Maleens Knoll führen.«

Die Sonne war inzwischen so weit um das Polizeigebäude gewandert, dass sie direkt in den Konferenzraum hineinschien. Die Luft wurde stickig. Tammo wischte sich mit einem Taschentuch über die glänzende Stirn.

Fenna stand auf, stellte ein Fenster schräg und ließ die Jalousie herunter, damit das Licht sie nicht blendete. »Der Boden war trocken und ziemlich fest, soweit ich mich erinnere.«

»Knochentrocken«, bestätigte Eike. »Da waren nicht mal Spuren von Fahrradreifen zu finden. Ohne Regen, ohne matschigen Boden keine Spuren. Wenn das so weitergeht ... Kein Mensch denkt daran, wie sehr meteo-rologische Phänomene unsere Arbeit beeinträchtigen.«

Tammo hob abwehrend die Hände. »Wir fangen aber jetzt bitte keine Diskussion über den Klimawandel an. Die Hoteliers und die Gastronomen in Nordfriesland sind glücklich, dass die Region endlich nicht mehr zu den wettertechnischen Schmuddelkindern Europas ge-hört, und jetzt jammert ihr Kriminaltechniker lauthals über zu wenig Regen.«

»Wir jammern?« Eike guckte Tammo entrüstet an. »Uns ist es egal, wenn Täter sich nicht auf Waldwegen verewigen. Dann haben wir schneller Feierabend. Ihr seid diejenigen, die Spuren wollen.«

Fenna seufzte. »Was hast du uns denn noch zu bie-ten, Eike, außer knochentrockenem Boden und einer Holzplattform, die vom Wind saubergefegt wurde?«

Der Kriminaltechniker streckte die Beine von sich und fächerte die Blätter in seiner Mappe mehrmals mit der Daumenkuppe auf. »Ihr erinnert euch an den Ab-falleimer?«, fragte er.

Tammo nickte. »Den, den ihr nach deinen Worten von gestern Morgen so saubergeputzt habt, dass der Produzent ihn sofort als funkelnagelneu weiterverkau-fen könnte.«

»Den meine ich.« Eike setzte sich wieder gerade hin, stützte die Ellenbogen auf und knetete die Hände. »Was wir da drin gefunden haben, sah ein bisschen nach einem gemütlichen kleinen Picknick mit der ganzen Fa-milie aus. Ganz unten lagen Papierchen, in die mal Bon-bons und Kaugummi eingewickelt gewesen waren. Die ordnen wir eher nicht der Toten zu. Es waren Produkte, die junge Leute kaufen.«

Fenna schenkte Eike einen müden Blick. »Es lebe das Vorurteil.«

Unwillkürlich musste sie an den durchschnittlichen täglichen Inhalt des Abfalleimers der gemeinschaftlichen Küche ihres Dreigenerationenhauses denken.

»Vorurteil oder auch nicht. wir haben unsere Erfahrung mit solchen Sachen. Direkt über diesen Papierchen lagen leere Dosen von Energy-Drinks. Auch eher ein Produkt, das die jüngere Generation konsumiert.«

»Gab es denn auch Abfälle der Generation sechzig plus?«, fragte Fenna nicht ohne Ironie in der Stimme.

»Eine Papierserviette mit gelben Blümchen.« Um Eikes Augen zeigten sich Lachfältchen. »Ein NoGo für Youngsters, oder? Außerdem eine kleine weiße Papiertüte.« Er senkte den Kopf und sah Tammo mit gerunzelter Stirn an. »Ohne Aufdruck. Dafür mit Fettflecken, mit Krümeln von hellem Weizenbrot und mit kleinen vertrockneten Resten einer Käsescheibe, deren Ecken vor dem Verzehr abgebröckelt waren.«

»Weizenbrot.« Fenna machte sich eine Notiz. »Gerhild hatte von Teig aus Dinkelmehl gesprochen, aus dem das Gebäck geschaffen war, das die Haselnussmasse enthielt.«

»Frau Paulsen stand eher auf Gebäck aus gesunden Zutaten«, erklärte der Kriminaltechniker. »Das haben wir auch an ihren Küchenvorräten festgestellt.«

»Die habt ihr euch angesehen?«, fragte Tammo.

»Klar. Wir gehen davon aus, dass die Tüte nicht auf Frau Paulsen zurückzuführen ist. Sie stammt vermutlich von jemand anderem. Aber jetzt wird's interessant, denn je weiter wir uns nach oben vorarbeiten, desto näher kommen wir dem Opfer.«

Ausgerechnet jetzt unterbrach Merle Bloom die Besprechung.

»Wie ist das mit Telefonaten?«, fragte sie. »Kann ich die durchstellen?«

»Wen hast du denn in der Leitung?«, fragte Fenna.

»Den Steuerberater von Magdalene Paulsen.«

Tammo zog ein übertrieben erstauntes Gesicht. »Das ist mir noch nie untergekommen, dass die Leute, die mit einem Mordopfer in Verbindung standen, sich freiwillig bei uns in die Warteschlange eingereiht haben.«

Fenna tat seine Bemerkung mit derselben Geste ab, mit der sie gestern auf Maleens Knoll die lästige Fliege von ihrer Nase verscheucht hatte. »Sag ihm bitte, wir melden uns nachher bei ihm.«

»Okay.« Merle zog sich zurück und schloss die Tür.

Fenna atmete durch, um sich zu sammeln. Dann wandte sie sich an Eike, der höflich darauf wartete, dass ihm wieder das Wort erteilt wurde.

»Wir nähern uns also abfalltechnisch Magdalene Paulsen«, sagte sie, mittlerweile etwas genervt. Noch nie hatte sie einen Bericht der Kriminaltechniker mit solcher Spannung erwartet, und noch nie war sie von dem Ergebnis so enttäuscht worden.

Eike öffnete die Mappe und suchte ein Blatt mit Fotos von Pappbechern heraus. »Auf der Tüte mit den Käseresten lagen diese beiden Becher. Beide vom selben Hersteller, beide ohne Werbeaufdruck. Beide mit eingetrockneten Resten von Kaffee.«

»Woher wisst ihr«, fragte Tammo, »dass es derselbe Hersteller ist?«

Eike zeigte ein weiteres Foto, auf dem die Böden der Becher abgebildet waren. »Unten ist der Aufdruck des

Produzenten zu sehen. Wir haben das Material analysiert. Es stammt aus derselben Charge. Wir können das ganz gut anhand der Beschaffenheit der Fasern des verwendeten Materials analysieren. Es handelt sich bei diesen Bechern um eine Sorte, die von allen bekannten Supermarktketten verkauft wird.«

Fenna stützte die Stirn in die Hände und schloss die Augen. »Das heißt, wir können diese Dinger rein theoretisch in jedem Haushalt finden.«

»Wenn du so willst«, bestätigte Eike schonungslos, »in allen Haushalten von ganz Deutschland.«

»Warum nicht gleich von ganz Europa?«, maulte Tammo lautstark.

Eike kannte seinen Kollegen anscheinend gut genug, um zu wissen, dass es besser war, den frustrierten Ausruf nicht toppen zu wollen. »Jetzt passt auf, eine richtig gute Nachricht hab ich noch für euch in der Tasche.«

Fenna hob den Kopf. »Also doch noch eine echte Spur?«

»Der Schnelltest hat ergeben, dass der eine dieser beiden Becher von Magdalene Paulsen benutzt wurde. Wir haben ihre DNA identifiziert. Der Test wird zurzeit verifiziert. Ihr wisst, das dauert ein bisschen. Aber ich bin zuversichtlich, dass es bei dieser Erkenntnis bleibt.«

Tammo nickte nachdenklich. »Wir bräuchten also nur noch die Person, die zu der DNA gehört, die sich auf dem anderen Becher befindet. Dann hätten wir den Menschen, der Frau Paulsen freundlicherweise das tödliche Nussgebäck gereicht hat.«

Unauffällig zog er Fennas Smartphone, das sie zu Beginn der Besprechung stumm geschaltet und neben ihren Notizblock gelegt hatte, zu sich heran. Er wischte darüber, um den Bildschirmschoner zu deaktivieren, sah kurz auf das Display und schob das Gerät wieder weg.

Fenna grinste in sich hinein. Nach einer turbulenten Nacht hatte Fee heute Morgen am Frühstückstisch gemeint, Dennis-Janine werde sich ihrem Gefühl nach in den nächsten zwölf bis vierundzwanzig Stunden auf den Weg ins Abenteuerland Erde machen. Und Tammo, der gern so wahnsinnig cool tat, wenn es um den Nachwuchs der Familie Stern ging, hatte offenbar wissen wollen, ob eine der beiden Schwestern, Fee oder Fee, eine Nachricht hinterlassen hatte.

Eike beobachtete Tammo. »Meine Leute«, sagte er währenddessen, »suchen gerade im Haus von Frau Paulsen nach weiteren Hinweisen. Wenn wir Glück haben, finden wir DNA-Träger mit Spuren, die mit denen auf dem zweiten Pappbecher übereinstimmen.«

»Das wäre klasse«, rief Fenna aus. »Dann wüssten wir, dass es eine Person aus ihrem engeren Umfeld sein muss. Jemand, der auch bei ihr zu Hause verkehrt.«

»Vielleicht sogar eine der Freundinnen«, sagte Tammo, der schon von einer schnellen Festnahme träumte, wie Fenna ihm an der Nasenspitze ansah.

»Wir könnten«, sagte sie nachdenklich, »die drei engsten Freundinnen von Magdalene Paulsen um freiwillige DNA-Proben bitten.«

Sie wusste, dass Tammo ihr andernfalls ständig mit diesem Vorschlag in den Ohren liegen würde, bis der Täter gefunden war. Und wenn er am Ende recht behalten würde und sie hätte ihn in seinem Anliegen nicht unterstützt, würde das die nächsten Jahre den Ehefrieden gefährden, und sie würde jeden Tag auf der Wache seine Vorhaltungen über sich ergehen lassen müssen.

»Die Frauen«, erklärte Tammo dem Kriminaltechniker, »waren, soweit wir bisher verstanden haben, so eine Art Ersatzfamilie des Opfers.« Er wandte sich an Fenna. »Dazu zwingen können wir die Damen natürlich nicht, solang kein dringender Tatverdacht gegen sie vorliegt.«

Fenna überlegte, mit welchem Argument sie die Frauen überreden könnten. »Wir müssen uns was Überzeugendes einfallen lassen, etwas in Richtung Abgrenzung ihrer DNA von anderen Personen, die in Frau Paulsens Haus waren und vielleicht als Täter infrage kommen.«

Eike schüttelte den Kopf. »Was glaubt ihr denn, wie naiv die Leute sind? Und wie wollt ihr dem Staatsanwalt gegenüber argumentieren, dass ihr von drei unbescholtenen Frauen DNA-Proben haben wollt?«

»Wenn die DNA von einer der Frauen mit der auf dem Becher übereinstimmen sollte, wird der Staatsanwalt sicher nicht mit uns schimpfen«, sagte Fenna. »Wir versuchen das erst mal und holen uns bei einem Treffer nachträglich die Erlaubnis ein, den Beweis zu nutzen.«

Tammo strahlte. »Ich behaupte, diesmal kommen wir ungewöhnlich schnell ans Ziel.«

»Habt ihr denn keine weiteren Verdächtigen?«, fragte Eike. »Ich wünsche es euch von ganzem Herzen, den Fall in Nullkommanichts aufklären zu können. Aber ein bisschen ungewöhnlich wäre es schon.«

Tammo drohte ihm spaßeshalber mit erhobenem Zeigefinger. »Nimm uns nicht die Motivation.«

»Hatte die Dame keine Männerbekanntschaften?«, fragte Eike weiter. »So schlecht sah sie nach meinem Empfinden nicht aus, dass man vor ihr hätte weglaufen müssen – wenn man mal davon absieht, dass wir sie in einem denkbar ungünstigen Zustand erwischt haben.«

Fenna musste an sich halten, ihm nicht den Inhalt ihres Wasserglases ins Gesicht zu schütten. »Was ist das denn wieder für ein Spruch?«

Mit einer Hand öffnete Eike den Aktenordner, der neben seinem Stuhl stand. Er schob seine Mappe hinein und ließ die Verschlüsse wieder zuschnappen.

»Wenn ihr meine Meinung hören wollt: Eine Frau, die Millionen auf dem Bankkonto hat, die darüber hinaus was auf dem Kasten hat, was ich einer Buchhändlerin unterstelle, und die nicht unattraktiv ist, die hat Verehrer. Guckt euch mal gründlich um, und dann sehen wir weiter.«

10

»Hey, Manno!«, dröhnte es durch die Großstraße unweit des Husumer Hafens, die an diesem Vormittag stark belebt war. »Was machst du denn schon wieder hier?«

Dasselbe hätte Manno den Typ fragen können, den er sogar auf einem rappelvollen Rummelplatz an seiner kreissägenartigen Stimme zweifelsfrei identifiziert hätte. Missmutig stoppte er im Gehen ab und blickte sich um.

Warum zum Teufel hielt Hubie, sein Ex-Kollege, sich immer dann in der Altstadt von Husum auf, wenn er selbst dort war? Warum schlich er Monat für Monat zur gleichen Zeit wie er um das Postamt herum? Es hatte bald den Anschein, als spionierte er ihm hinterher.

Schnell stopfte Manno die Sendungen, die er aus seinem Postfach in der Hauptpost geholt hatte, in den Rucksack und schob ihn linkisch über die Schulter. Und schon hatte Hubie, der Mann mit dem raumgreifenden Schritt, ihn eingeholt.

Neugierig guckte der hünenhafte Kerl von oben auf Manno herab. »Lässt du dir die Aufträge nicht mehr direkt ins Büro schicken? Oder sind das Rechnungen? Hast du Angst, dein Vater kippt vor Schreck aus den Latschen, wenn er sieht, was du alles bezahlen musst?«

Hubie lachte die dreckige Lache, die er sicher schon gelacht hatte, als er noch in den Windeln steckte. Noch heute ließ dieses Geiern Manno die Haare auf den Unterarmen zu Berge stehen, obwohl er seit vier Jahren nicht mehr das Büro mit diesem Schlitzohr teilte.

»Und du?«, erwiderte er. »Heute keine Sprüche zu klopfen?« Die Lässigkeit, die er seiner Stimme zu verleihen versuchte, klang angestrengt, das merkte er selbst.

Er begrüßte seinen früheren Kollegen mit einem betont festen Handschlag. Hubie durfte keine Schwäche spüren. Dieser Stinkstiefel nutzte jede Gelegenheit, um zu demonstrieren, dass er Oberwasser hatte.

Nie würde Manno die Jahre mit ihm vergessen. Sie hatten beide gemeinsam in einer Werbeagentur in der Nähe des Husumer Schlosses gearbeitet. Hubie als Texter, er selbst als Grafiker. Hubie, der sich auch ohne entsprechende Ausbildung für den besseren Designer hielt und felsenfest davon überzeugt war, das Auge für alles und jedes zu haben, hatte ihm ständig in die Arbeit hineingeredet. Irgendwann war es Manno zu viel geworden. Im Haus seines Vaters in Sankt Peter-Ording hatte er seine eigene kleine Design-Agentur gegründet. Das bisschen Texten, das ab und zu anstand, schaffte er auch allein. Dafür brauchte er keinen Hubie Großkotz.

»Was ich gerade mache?«, sagte Hubie versonnen. Genießerisch blinzelte er in die Sonne. »Ich mach Konzept. Du kennst mich doch. Die besten Einfälle habe ich, wenn ich durch die Straßen laufe und mich von meinem Umfeld inspirieren lasse.«

»Stimmt, Konzeptmachen war immer deine Stärke. Darin warst du unschlagbar.«

Den Leuten aufs Maul schauen, im Vorbeigehen flotte Sprüche auffangen und sie in der Agentur als seine ureigenen Ideen verkaufen, darin war Hubie groß.

»Hast du Lust auf 'nen Pott Kaffee?«, fragte Hubie überraschenderweise.

Damit hatte Manno nicht gerechnet. Er wurde neugierig und misstrauisch zugleich. »Wenn du mich einlädst?«, antwortete er in der Überzeugung, dass Hubie postwendend einen Rückzieher machen würde.

»Mach ich doch glatt!« Hubie klopfte ihm jovial auf die Schulter. »Wohin gehen wir?«

»Zum Binnenhafen, würde ich sagen. Oder hast du 'ne bessere Idee?«

»Nee, das ist gut. Binnenhafen ist okay.«

»Dann müssen wir da lang.« Verunsichert zeigte Manno auf die andere Straßenseite.

»Ja.« Hubie grinste breit. »Da müssen wir lang.«

Manno zögerte. Sein Ex-Kollege guckte ihn so merkwürdig an. Was hatte er mit ihm im Sinn?

Hubie fasste ihn am Ellenbogen, sodass die Haare auf seinem Unterarm sich wieder sträubten.

Manno fühlte sich wie verhaftet und abgeführt. Warum hatte er sich auf Hubies Einladung eingelassen?

Um sich dem körperlichen Kontakt mit dem ungeliebten Kumpel auf nicht allzu unhöfliche Art zu entziehen, hob er den Arm und tat, als wollte er sich das Haar ordnen. Im Gehen suchte er etwas Abstand zu seinem ehemaligen Kollegen, damit der nicht wieder auf die Idee kam, Händchen mit ihm zu halten.

Scheinbar entspannt schlenderten sie die rund hundert Meter bis zur Hafenstraße entlang. Hubie faselte von alten Zeiten. Davon, wie amüsant es gewesen war, mit einem Träumer wie ihm den Raum zu teilen. Dass es den Kunden der Agentur zuerst gar nicht aufgefallen war, dass Manno das Unternehmen verlassen hatte. Und dass die Kollegen Manno heute noch nachtrauerten, weil er am Montagmorgen immer die Kuchenreste vom Wochenende mit ins Büro gebracht hatte.

»Weißt du noch? Dein Haselnusskuchen war legendär. Den hast du doch immer am liebsten gebacken. Ist es dabei geblieben, oder hast du in den letzten vier Jahren, seit du von uns weg bist, mal die Geschmacksrichtung gewechselt?«

»Wenn du willst, geb ich dir das Rezept«, sagte Manno und steuerte eins der kleinen Straßencafés am Binnenhafen an. »Nehmen wir das da?«

»Jo«, sagte Hubie. »Am besten den Tisch da vorne. Auf der Sonnenseite des Lebens, wie gewohnt, ha ha ha. Zum Glück brennt die Sonne noch nicht so heiß runter, dass man sich unter der Markise verkriechen muss.«

Manno ließ sich an dem kleinen runden Tisch am vorderen Rand der Café-Terrasse nieder. Von hier aus konnte er aufs Wasser und auf die hübschen alten Häuser mit den bunten, gut gepflegten Fassaden blicken, die rund um das Hafenbecken standen. Die Sonne hatte er im Rücken, sodass er nicht geblendet wurde. Anders als Hubie hatte er keine Sonnenbrille dabei. Er hatte doch nur schnell mit dem Wagen nach Husum fahren und die Zuschriften vom Postamt holen wollen, nichts weiter.

Er hängte den Rucksack über die Armlehne.

Hubie rückte seinen Stuhl dicht an den von Manno heran und nahm ebenfalls Platz. Er setzte die Sonnenbrille ab und steckte sie in die Brusttasche seines Hemdes. Vertraulich lehnte er sich zu Manno hinüber. Seine Finger spielten mit dem Reißverschluss des Rucksacks, der zwischen den beiden Stühlen eingeklemmt war.

Reflexartig hob Manno die Hand, zum Schlag bereit für den Fall, dass Hubie den Verschluss gleich aufziehen und mit zwei Fingern einen Umschlag herauszupfen würde. Zuzutrauen war ihm das.

Und wieder bereute Manno, dass er sich auf die Einladung zum Kaffee eingelassen hatte. Welcher Teufel hatte ihn geritten?

Hubie sah Mannos Hand, staunte und zuckte zurück.

Manno nutzte die Chance, den Rucksack von der Lehne zu nehmen und unter seinen Stuhl zu schieben.

»Was schleppst du denn so Geheimes mit dir rum?«, fragte Hubie. »Und warum in einem Rucksack, warum nicht in 'nem fest verschließbaren Aktenkoffer?«

»Vielleicht«, erwiderte Manno, »weil es schlicht privat ist? Weil es für deine Augen nicht bestimmt, aber ansonsten kein Staatsgeheimnis ist?«

Er bemühte sich, gleichmütig zu klingen, und blickte mit gespielt gelangweilter Miene über die Hammer Au.

Trotz der Anspannung, die er verspürte, überkam ihn eine seltsame Müdigkeit. In dem Bemühen, nicht schläfrig, sondern nur entspannt zu wirken, verschränkte er die Hände hinter dem Kopf und lehnte sich zurück. Noch immer rätselte er, weshalb Hubie, der notorische Geizhals, ihn zu diesem Klönschnack eingeladen hatte.

Die Kellnerin kam, um die Bestellung entgegenzunehmen.

»Zwei Pott Kaffee«, sagte Hubie. »Und Kuchen.« Er wandte sich an Manno. »Was nimmst du? Sag bloß nicht, du willst Haselnuss.« Er giggelte albern.

»Aussuchen müssten Sie sich den Kuchen bitte an der Theke«, sagte die Serviererin. »Die Teller bringe ich Ihnen dann an den Tisch.«

»Ich delegier das an dich«, sagte Hubie. »Such uns was Nettes aus. Ich nehm dasselbe wie du.«

Manno zog den Rucksack unter dem Stuhl hervor und stand auf.

»Den kannst du hierlassen«, rief Hubie aus.

Doch Manno dachte nicht daran, diesem Raubtier den Beutefang so leicht zu machen. Todsicher würde

Hubie in seiner unstillbaren Neugier mindestens einen Umschlag stibitzen.

Manno bestellte zwei Stück Käsekirsch, kehrte zurück und schob den Rucksack wieder unter den Stuhl.

Einen Tisch weiter nahm ein Herr Platz, der ihm vorhin auf der Großstraße bereits aufgefallen war. Er hatte vor dem Schaufenster eines Geschäftes gestanden, als Manno die Post betreten hatte, und er hatte ein Schaufenster weiter gestanden, als Manno wieder herauskam.

Vermutlich war das einer dieser Tagestouristen aus Hamburg. Eine imposante Erscheinung, ein Mann mit Stil. Hochgewachsen, breitschultrig, dynamischer Gang trotz der vermutlich siebzig oder mehr Jahre. Freizeitmäßig-elegant gekleidet. Sympathisches Gesicht, offener Blick. Einer von den Leuten, die es im Leben zu was gebracht hatten. Jetzt schlug er ein Wirtschaftsmagazin auf und verschwand dahinter. Auch als die Kellnerin nach seinem Wunsch fragte, ließ er das Blatt nicht sinken.

»Du, sag mal ...« Hubie stupste Manno mit dem Ellenbogen an.

»Ja?«

»Hat sich ein Herr Schilimanski bei dir gemeldet?«

Das war also der Grund der seltsamen Einladung. Hubie hatte ihn wohl in einem Anfall von unendlicher Großzügigkeit einem Kunden empfohlen und wollte nun wissen, was aus der Sache geworden war.

»Schilimanski? Nie gehört. Wieso?«

»Der hat bei uns angerufen und dich gesucht.«

»Mich gesucht? Bei euch? Wie kann das denn angehen? Was wollte er überhaupt?«

»Er hat nach einem gewissen Manno gefragt, von dem er den Nachnamen nicht kannte. Er wusste nur, dass er mit D anfing. Er wollte mit dir über den Entwurf von Werbemitteln sprechen.«

»Und?«, fragte Manno. »Hast du ihm meinen Nachnamen verraten?«

Der sympathische Herr am Nebentisch lugte kurz hinter der Zeitschrift hervor.

Sie redeten offenbar zu laut. Manno senkte die Stimme. »Hast du ihm gesagt, wo er mich finden kann?«

Auch Hubie hatte den Blick des Herrn am Nebentisch bemerkt. Er sprach nun ebenfalls mit leiserer Stimme. »Bin ich ein Unmensch?« Der Texter grinste wie ein Clown. »Erst hab ich ihm was von Datenschutz erzählt und davon, dass es ganz schön heikel für mich werden kann, wenn ich ihn an die Konkurrenz verweise.«

Der allzeit flirtbereite Hubie blinzelte die Kellnerin an, die den Kaffee und den Kuchen vor ihnen abstellte und sofort darauf mit sprödem Lächeln die Geldtasche unter ihrer Schürze hervorzog. »Wenn ich bitte gleich kassieren dürfte? Wir haben Schichtwechsel.«

Weltmännisch holte Hubie seine Brieftasche hervor, zog einen Schein heraus und legte ihn auf den Tisch. »Stimmt so.«

»Vielen Dank.« Das Lächeln der Kellnerin wurde freundlicher. Das großzügige Trinkgeld hinderte sie jedoch nicht daran, sich auf dem Absatz umzudrehen und aus Hubies Blickwinkel zu verschwinden.

»Wie ging denn das Gespräch mit dem Mann weiter?«, fragte Manno, dem es in den Waden gekribbelt hatte, bis die Kellnerin sich wieder vom Tisch entfernte. »Was hast du dem Schimanski gesagt?«

»Schilimanski«, sagte Hubie. »Oder so ähnlich, ich weiß es nicht mehr genau.« Er nahm die Kaffeetasse auf und nippte an dem Gebräu. »Ich hab ganz leise, damit es niemand hören konnte, deinen Namen gehaucht und ihm gesagt, er soll in Sankt Peter nach dir suchen.«

»Das war aber nett von dir.« Mannos Magen fuhr Achterbahn. Wenn Hubie nett war, war etwas faul an der Sache.

»Er hatte ziemlich großes Interesse an dir«, sagte Hubie, dem Mannos hektisch rotierende Blicke nicht entgangen sein konnten.

»So, hatte er? Woran hast du das gemerkt?«

»Ach, der Typ hat nach alten Kamellen gefragt.»

Ein Stromschlag durchfuhr Manno. »Nach was für alten Kamellen?«, krächzte er.

Der Herr am Nebentisch sah genervt zu ihm hinüber, um sich dann wieder hinter dem Blatt zu verschanzen.

Hubie hob die Hände. »Er wollte wissen, was potenzielle Auftraggeber so wissen wollen. Er hat gefragt, wie zufrieden der Chef und die Kunden mit dir waren.«

Manno rückte auf die Stuhlkante vor, drehte sich halb zu Hubie um und warf in seiner Aufregung den Halter mit den Bierdeckeln um. »Wieso das denn?«

Die Sache stank von vorn bis hinten. Jemand wusste seinen vollen Namen nicht, fragte aber gleichzeitig nach Referenzen und wollte mit ihm arbeiten?

Manno umklammerte die rechte Armlehne wie eine Würgeschlange ihr Opfer. »Wie kam der jetzt überhaupt auf mich, wenn er doch meinen Namen nicht wusste?«

»Er hat sich an den großen Wettbewerb für Industriewerbung erinnert, bei dem wir vor ein paar Jahren den zweiten Platz gemacht haben. Er wusste noch genau, wie unsere Entwürfe aussahen. Er hatte in einer Fachzeitschrift davon gelesen, hat er gesagt.«

Manno runzelte die Stirn. Er konnte sich noch gut an den Bericht erinnern. Er hatte ihn sogar irgendwo abgeheftet. »Da sind die Konzeptioner, Designer und Texter aber nicht mit Namen genannt worden. Wir sind als Team unter dem Agenturnamen in Erscheinung getreten. Das wollte der Chef so, um Abwerbeversuche zu erschweren. Woher wusste der Typ jetzt, dass ich Manno heiße und mein Nachname mit D anfängt?«

Hubie verzog das Gesicht, als müsste er scharf nachdenken, ob er die Informationen, die er besaß, herausgeben sollte oder lieber nicht.

»Kurz nach dem Wettbewerb war noch was. Du erinnerst dich?« Mit beiden Händen hielt Hubie sich die Kaffeetasse vors Gesicht. Er grinste verschmitzt.

Manno spürte, wie das Blut in seine Füße sank. Stumm blickte er durch Hubie hindurch.

»Der Mann«, sagte Hubie, und Manno hörte heraus, mit welcher Häme er die Worte über die Lippen purzeln ließ, »der Mann hat auch nach der Sache mit Helga gefragt. Ob wir in der Agentur was darüber wüssten.«

Manno vernahm die Worte wie durch eine Wand. »Wieso denn das?« Holte die Vergangenheit ihn ein?

Hubie setzte die Tasse wieder ab. Er schlug die Beine übereinander, stützte die Ellenbogen auf die Armlehnen und drückte die Fingerkuppen beider Hände gegeneinander. »Die Zeitung hatte ausführlich über die polizeilichen Ermittlungen im Fall des mysteriösen Todes von Helga Dettmer berichtet, und der Redakteur hatte herausgefunden, dass ein gewisser Manno D., seines Zeichens Designer des gerade erst prämierten Teams der Werbeagentur am Schloss, im Verdacht stand, an den Todesumständen nicht ganz unbeteiligt zu sein.«

»Niemand konnte mir was nachweisen«, protestierte Manno wieder eine Spur zu laut. »Deshalb sind die Ermittlungen gegen mich ganz schnell wieder eingestellt worden. Das weißt du doch.«

Hubie griente ihn ungerührt an. »Der Schilimanski, oder wie er hieß, hat gefragt, ob du nicht mehr bei uns bist, weil du für die Firma nicht mehr tragbar warst.«

Manno knallte den Bierdeckelhalter auf den Tisch. »Das hat er gefragt?« Er war außer sich. Sein Atem ging schwer vor Wut. »Du hast ihm hoffentlich verklickert, dass ich mit der Sache nichts zu tun hatte. Da sieht man mal wieder, was Zeitungen anrichten können, wenn sie nicht bis zu Ende berichten. Einen Verdacht äußern, aber verschweigen, dass er sich nicht bestätigt hat.«

Verärgert schob er die Tasse von sich weg. Der Kaffeedurst war ihm vergangen, der Appetit auf Kuchen sowieso. Er knetete die Hände vor der Brust. Bilder von damals huschten an ihm vorbei. In seinen Ohren fiepte und rauschte es. Er durfte gar nicht daran denken, was über Manno D., den Designer aus Husum, damals alles geschrieben worden war.

»Der Mann meldet sich nie im Leben bei mir«, sagte Manno mehr zu sich selbst als zu Hubie. »Der erteilt mir doch keinen Auftrag, wenn er mich mit Helgas Tod in Verbindung bringt. Wenn er sich heute noch so genau an die Sache erinnert ...« Er wurde wütend. »Der war nur neugierig. Der Anruf war reine Sensationsgier.«

»Warte ab.« Hubie tätschelte ihm das Bein. »Der erreicht dich schon noch. Gib ihm etwas Zeit. Sein Anruf kam heute Morgen erst.«

Wieder fuhr Manno hoch. »Und dann lädst du mich seelenruhig auf Kaffee und Kuchen ein? Vielleicht klingelt der gerade bei mir durch, und ich bin nicht da. Was soll er von mir denken? Dass ich im Knast sitze?«

Hubie blickte gelassen auf die Armbanduhr. »Dass du Mittagspause machst.« Er drückte das Kinn auf die Brust, neigte den Kopf zur Seite und lächelte Manno brüderlich an. »Glaube mir, wenn er wirklich mit dir arbeiten will, ruft er so oft an, bis er dich an der Strippe hat.«

Erschöpft sackte Manno in sich zusammen. Er zog die Kaffeetasse wieder heran. Das Getränk war inzwischen lauwarm geworden. Der Kuchen stand unangetastet auf dem Tisch, während Hubie schon die ein oder andere Gabel von seinem Stück genascht hatte.

Mannos Knie zitterten selbst im Sitzen. Er war aufgebracht und unterzuckert. Fahrig nahm er die Kuchengabel in die Hand, trennte ein Stück Käsekirsch ab und führte es zum Mund, während er die andere Hand vorsichtshalber unter die Gabel hielt. Hastig verschlang er einen zweiten und einen dritten Bissen.

»Wie kommt es«, dachte er laut nach, »dass der Mann ausgerechnet heute, Jahre nach dem Wettbewerb, bei euch anruft, nach mir als Designer fragt und im selben Atemzug auf die Sache mit Helga zu sprechen kommt?«

Wieder grinste Hubie. »Das hat sicher mit Magdalene Paulsen zu tun. Du hast davon gehört, im Radio?«

Manno würgte den Rest des Kuchens hinunter. »Die Mittagspause ist beendet.« Er schob den Stuhl zurück und stand auf. »Danke für die Einladung. Man sieht sich.« Er tippte sich mit zwei Fingern an die Schläfe und verließ das Café.

Im Vorbeigehen streifte er die Zeitschrift des Herrn, der am Nebentisch saß. In seiner Wut und Ungehaltenheit brachte er es nicht einmal mehr fertig, sich bei ihm zu entschuldigen.

»Manno«, rief Hubie ihm hinterher.

Stur marschierte er weiter.

»Deine Post.«

Blitzartig drehte Manno sich um und rannte zu dem Tisch zurück, an dem Hubie sitzen geblieben war.

Zu seinem eigenen Glück hatte sein Ex-Kollege den Rucksack nicht angerührt. Manno hätte ihn hier im Straßencafé bis auf die Unterhosen ausgezogen, um ihn nach geklauten Briefumschlägen zu filzen.

Er riss den Rucksack an sich und hastete um den Binnenhafen herum in Richtung des Parkhauses. Erst als er wusste, dass er durch Mauern geschützt war und Hubies Blicke ihn nicht mehr verfolgen konnten, verfiel er in einen ruhigeren Schritt.

Hektisch schob er die Karte in den Automaten, warf ein paar Münzen ein und zog die Karte wieder aus dem Schlitz. Mit langem Hals suchte er seinen Wagen, von dem er vor Aufregung nicht mehr genau wusste, wo er ihn abgestellt hatte. Als er ihn ganz links in der vorletzten Reihe fand, atmete er auf.

Sein Handy klingelte, kurz bevor er ins Auto stieg.

»Wo bleibst du denn so lange, Jung?« Die Stimme seines Vaters klang schwach und müde.

»Bin bald bei dir, Pa«, sagte er. »Ich fahr jetzt los.«

Er stieg ein, legte den Sicherheitsgurt an und startete den Motor.

Kalter Schweiß rann ihm über die Stirn.

11

Tammo rieb sich die Hände. »Was schlägst du vor? Erst zu Rosemarie Uthoff oder erst zum Steuerberater?«

Fenna dachte nach. »Frau Uthoff liegt etwas auf der Seele, auch wenn sie nicht gleich damit rauskam. Ich bin sicher, sie weiß etwas, aber sie braucht Anlauf, um das loszuwerden.« Sie guckte auf die Uhr. »Kurz vor elf. Bis zum Mittag ist noch Zeit. Lass uns den Steuerberater anrufen und fragen, ob es dringend ist.«

Sie ging zu Merle und ließ sich die Telefonnummer des Mannes geben. »Hilmar Kranich heißt er«, sagte sie, als sie zu Tammo ins Büro zurückkehrte. »Er sitzt in der Badallee, ganz in unserer Nähe.«

Den Blick auf den Notizzettel gerichtet, nahm sie den Telefonhörer ab. Dann tippte sie die Ziffern ein.

Nach mehrmaligem Klingeln meldete sich eine Männerstimme. Fenna war irritiert, hatte sie doch eine Sekretärin erwartet. »Kripo Husum, hier. Mein Name ist Fenna Stern, Kriminalhauptkommissarin. Sie hatten vorhin mit meiner Kollegin Bloom auf der Wache von Sankt Peter gesprochen.«

»Ja, richtig. Es geht um Frau Paulsen.« Der Mann mit der sympathischen Stimme verstummte abrupt.

Irritiert hielt Fenna den Hörer von sich weg, guckte ihn an und drückte ihn wieder ans Ohr. »Ja bitte? Sie haben etwas zu der Sache zu melden?«

»Sie bearbeiten den Fall?«

»Ja. Sie wissen etwas darüber?«

Der Mann sprach leise, aber nicht mit ihr. Er hatte die Hand nicht auf die Sprechmuschel gelegt, doch Fenna konnte seine Worte nicht verstehen.

Im Hintergrund erwiderte eine Frauenstimme etwas. Dann meldete Hilmar Kranich sich wieder. »Entschuldigung, meine Sekretärin war zur Post und ist gerade mit einem wichtigen Schreiben zurückgekommen. Jetzt bin ich wieder ganz bei Ihnen. Was ich Ihnen mitteilen wollte, war: Magdalene Paulsen hatte kürzlich eine Betriebsprüfung. Das erste Mal, seit sie meine Mandantin ist, und das ist sie schon verdammt lange.«

»Eine Betriebsprüfung«, meinte Fenna, »ist doch eine durchaus übliche Angelegenheit. Oder gab es in diesem Fall einen konkreten Anlass dafür?«

Kranich druckste herum. »Von einem Anlass würde ich weniger sprechen. Ich denke, es war der Zufallsgenerator, der dem Finanzamt gesagt hat: Geht mal zu der Paulsen. Aber – nun, wie soll ich sagen? Die Damen Betriebsprüferinnen sind über etwas gestolpert.«

»Gestolpert sind sie?« Fenna warf Tammo einen Blick zu, der ihm sagen sollte, dass der Besuch beim Steuerberater mindestens genauso wichtig sein könnte wie der bei Rosemarie Uthoff.

»Hören Sie, Herr Kranich«, sagte sie und legte einen deutlich interessierteren Ton auf als bisher. »Haben Sie vielleicht gerade ein paar Minuten Zeit für uns? Wir sitzen quasi bei Ihnen um die Ecke ...«

»Ich weiß«, sagte er. »Ich kann Ihnen fast in die Teetasse gucken.« Er lachte alberner, als es sich in Fennas Augen für einen Steuerberater gehörte.

»Wir machen uns sofort auf den Weg. Fünf Minuten, dann sind wir da.« Sie gab ihm keine Gelegenheit mehr, ihr mitzuteilen, ob es ihm jetzt überhaupt passte.

»Du warst schon mal höflicher im Umgang«, meinte Tammo, der bereits aufgestanden war und zur Tür ging.

»Merle, wir sind beim Kranich«, rief Fenna ihrer Kollegin zu. Wenig später bogen sie in die Straße ein, in der der Steuerberater seine Kanzlei führte. Es war die Fortsetzung der Straße, in der sie selbst vor Kurzem erst ihr Drei-bis-vier-Generationen-Haus bezogen hatten.

Wonnig zog Fenna die Schultern hoch. Sie liebte diese Straße. Das viele Grün, die liebevoll gepflegten Häuser und die Heimeligkeit, die diese scheinbar endlos lange Verkehrsader ausstrahlte, obwohl sie eine der Hauptstraßen des Ortes war. Mit ihren unterschiedlich benannten Teilstrecken zog sie sich durch ganz Sankt Peter-Ording. Am Anfang, als sie hier wohnten, hatten Tammo und sie sich aufs Fahrrad gesetzt und waren über diese Trasse alle Ortsteile abgefahren, von Bad, wo sie wohnten, nach Ording ganz im Norden, dann denselben Weg zurück, an ihrem Haus vorbei und über Dorf bis nach Böhl im Süden. Auf dem Heimweg hatten sie sich im quirligen Dorf ein Bier genehmigt. Nach der Rückkehr waren sie selig ins Bett gefallen.

Hilmar Kranich winkte ihnen aus dem Fenster seines Büros zu, als sie sich dem Haus näherten. Seine Sekretärin öffnete ihnen die Tür und führte sie in einen kleinen Raum gegenüber von Kranichs Büro.

Beim Betreten des Zimmers klemmte ein Ordner fest unter seinem Arm. Wie einen Schatz, den er keine Sekunde aus der Hand geben durfte, drückte er ihn auch dann noch an sich, als er seine Gäste begrüßte.

»Kaffee oder Tee?«, fragte die Sekretärin. »Oder lieber was Kaltes?«

»Danke, gar nichts«, sagte Fenna, die schnell zur Sache kommen und dann Rosemarie Uthoff aufsuchen wollte. »Wir möchten Sie nicht lange aufhalten.«

»Sie haben es eilig?«, fragte Kranich.

Sah man ihr das so deutlich an? Fenna lächelte unangenehm berührt. »Wir wollen Ihnen nicht allzu viel von Ihrer wertvollen Zeit stehlen.«

Tammo und sie ließen sich auf Kranichs Wink hin auf die Stühle mit den weichen, tabakbraunen Lederbezügen sinken. Endlich legte der Steuerexperte den Ordner auf dem Tisch ab, drückte jedoch beide Unterarme darauf, als befürchtete er, er könnte hinunterrutschen und für alle Zeiten im Erdboden verschwinden.

Fenna deutete mit dem Kinn auf den Ordner. »Gehört der zu den Unterlagen von Frau Paulsen?«

»Ja. Das heißt, er gehört nicht zu den Unterlagen, die jetzt geprüft wurden. Die Prüfung umfasste die letzten drei Kalenderjahre, und dies hier ist der Ordner aus dem aktuellen Jahr.«

»Ah ja«, machte Fenna in Erwartung weiterer Erläuterungen.

Hilmar Kranich musterte die Kommissare, die den Temperaturen entsprechend in frühsommerlicher Kleidung erschienen waren. »Sie erlauben?«, sagte er mit verlegenem Lächeln, zog sich das Jackett aus und hängte es über die Rückenlehne seines Stuhls.

Fenna sah sich versucht, während dieses Manövers den Ordner an sich zu reißen, besann sich aber auf die Spielregeln der Höflichkeit.

Sie streckte eine Hand aus. »Ist da was Interessantes drin?«, fragte sie.

Kranich lockerte mit zwei Fingern seine Krawatte. »Fangen wir mit den Ordnern aus den letzten drei Jahren an.«

Fenna blickte hilfesuchend zu Tammo.

»Die Ordner der früheren Jahre stehen in meinem Büro. Die Prüfung war letzte Woche, und Frau Paulsen ist nicht mehr dazu gekommen, ihre Unterlagen wieder abzuholen. Meine Sekretärin fährt sie Ihnen aber gerne heute Abend rüber, falls sie interessant für Sie sind.«

»Das ist sehr nett«, sagte Tammo. »Wenn es nicht zu viele sind, können wir sie aber auch gleich ...«

»Nein, nein, das lassen Sie mal. Es sind schon ein paar. Der hier ...« Er deutete auf den Ordner des aktuellen Jahres, »... ist nur versehentlich mitgekommen. Frau Paulsen hat ihn sicher nur deshalb nicht vermisst, weil sie vor ihrem Tod nichts mehr darin abgeheftet hat.«

»Gut«, sagte Fenna. »Und was ist den Betriebsprüferinnen nun aufgefallen?«

Kranich lächelte verlegen. »Ich wusste davon. Ich hab immer wieder versucht, Frau Paulsen das auszureden. Aber Sie wissen ja, wie Selbstständige manchmal sind. Vor allem, wenn es nicht mehr so rund läuft.«

»Was wollten Sie ihr ausreden?«, fragte Tammo, dessen Finger ebenfalls nach dem Ordner auf dem Tisch gierten.

»Ich sag's mal ganz direkt.« Kranich holte Luft. »Frau Paulsen hatte verstärkt mit den Online-Shops zu kämpfen. Die Geschäfte liefen nicht rosig. Es war ihr klar, dass das nicht mehr lange gut gehen würde.«

»Da musste ein Lottogewinn her«, warf Tammo schmunzelnd ein. »Je eher, desto besser.«

Dankbar streckte Kranich ihm seine Hände entgegen. »Sie sagen es. Aber Sie wissen ja selbst, mit drei Euro fuffzig pro Woche ist ein Millionengewinn schwer zu erzielen. Man muss schon ein paar Zahlenreihen mehr spielen, um das Glück richtig herauszufordern.«

»Das hat natürlich ein Stück Geld gekostet«, folgerte Fenna, »und Frau Paulsen hat ihren Einsatz als betriebliche Investition steuerlich geltend gemacht.«

»Klarer hätte ich es nicht formulieren können.« Feine Schweißperlen zeigten sich über Kranichs Oberlippe. »Möchten Sie nicht doch ein Kaltgetränk?«

Fenna verneinte, doch Kranich brauchte etwas zu trinken. Er stand auf und bat seine Sekretärin um Wasser. »So kalt, wie es geht, bitte«, rief er ihr zu.

»Sie wussten davon«, sagte Fenna, »konnten Frau Paulsen aber nicht überzeugen, es sein zu lassen, und nun hat sie die Quittung bekommen.«

Kranich lachte kurz auf, unterdrückte die Regung aber sofort, wohl weil ihm einfiel, dass die Steuersünderin gerade das Zeitliche gesegnet hatte. »Die Prüferinnen waren natürlich *not amused*. Unterm Strich haben sich diese Ausgaben auch ganz hübsch summiert.«

Die Sekretärin kam herein und brachte ihm eine eisgekühlte Flasche Wasser. Gierig schenkte er sich ein, trank das halbe Glas in einem Zug leer und goss nach.

»Es gab noch eine andere Unstimmigkeit. Das ist ein Punkt, über den ich jetzt tief ins Grübeln gerate.«

»Und der wäre?«, fragte Tammo.

Kranich schlug den Ordner auf, in dem nach seiner Aussage die Unterlagen aus dem aktuellen Jahr abgeheftet waren. Er blätterte darin herum, schien aber nichts zu suchen, das im Moment von Wichtigkeit war. »Frau Paulsen hat einige Restaurantbelege eingereicht, die sie als Geschäftsessen deklariert hat.«

»Die aber keine waren?«, fragte Fenna.

»Das Merkwürdige ist, dass sie immer ein und dieselbe Person als ihren Gast angegeben hat, aber aus den

Belegen geht eindeutig hervor, dass es immer vier Leute waren, die bewirtet wurden. Die Getränke ließen sich gut durch vier teilen. Bei den Gerichten war es noch eindeutiger. Oder haben Sie es schon mal erlebt, dass zwei Leute vier Vorspeisen und vier Hauptgerichte zu sich nehmen, von den Desserts ganz zu schweigen?«

Fenna spitzte die Lippen. »Ich denke, das kommt eher selten vor.«

»Sehen Sie, und darüber sind die Damen von der Finanzbehörde natürlich gestolpert. Außerdem – wer geht regelmäßig geschäftlich essen, aber immer mit derselben Person? Auch das macht diese Leute natürlich stutzig. Die sind auf solche Sachen trainiert.«

Fenna stimmte ihm zu. Das war wirklich ein auffälliges Verhalten. Eine Frau, die so lange schon selbstständig war, hätte sie für schlauer gehalten. »Wer war das, mit dem Frau Paulsen angeblich immer essen ging?«

Kranich schluckte. »Ich will jetzt niemandem was anhängen, aber es war ein gewisser Manfred Dethlefsen.«

»Ups«, rief Fenna aus. »Sie meinen, es war der Manfred Dethlefsen, der Frau Paulsen auf Maleens Knoll tot aufgefunden hat?«

Kranich machte den Rücken gerade. »Ich kenne nur einen Manfred Dethlefsen, und das ist genau der, mit dem Sie gerade Bekanntschaft gemacht haben.«

»Wie erklären Sie sich das? Sehen Sie einen Zusammenhang zwischen der Tatsache, dass Frau Paulsen Herrn Dethlefsen offensichtlich als Strohmann für diese Rechnungen benutzt hat, und dem ...« Beinahe wäre ihr das Wort ›Mord‹ herausgerutscht. So weit wollte sie jetzt nicht gehen. »... und dem Auffinden der Leiche von Frau Paulsen durch Herrn Dethlefsen?«

Kranich verzog das Gesicht und wiegte sich in den Schultern. »Zu diesen Essen dürfte sie sich mit ihren drei Freundinnen getroffen haben. Jeder, der schon länger in Sankt Peter-Ording wohnt, kennt das Kleeblatt um Frau Paulsen.«

»Wenn es Frau Paulsen finanziell nicht gut ging«, überlegte Tammo laut, »wird sie ihre Freundinnen aber nicht ständig eingeladen haben.«

»Nein«, sagte Kranich. »Das ganz sicher nicht. Ich gehe davon aus, dass jede der vier für sich bezahlt hat, und dann haben sie Frau Paulsen den Beleg überlassen, damit sie die gesamten Ausgaben absetzen konnte. Die anderen drei sind nicht selbstständig, die können damit nichts anfangen.«

»Warum aber Herr Dethlefsen?«, fragte Fenna. »Warum stand immer er als Gast auf den Belegen?«

»Er hat eine kleine Werbeagentur«, sagte Kranich. »Vielleicht hat es damit zu tun.« Er stand auf, ging zu einem Sideboard und zog eine Schublade auf. Mit wenigen Handgriffen hatte er gefunden, was er suchte.

»Hier.« Er schob den Ermittlern einen Flyer zu und machte eine Geste, die sie dazu aufforderte, sich den kleinen Prospekt, der die Größe eines länglichen Briefumschlags hatte, anzusehen.

Fenna nahm das Faltblatt in die Hand. Tammo rückte näher an sie heran und beugte sich über das Papier.

›Manno Dethlefsen, Design und Werbung‹ stand auf der vorderen Seite. Auf der linken Spalte der Innenseite waren die Leistungen aufgeführt, die er anbot. Auf der mittleren und der rechten Spalte hatte Dethlefsen einige Beispiele seiner Design-Arbeiten abgedruckt und Referenzkunden genannt. Auf der Rückseite waren ein Foto des tapfer lächelnden Designers und eine Wegbeschreibung zu dem Haus abgebildet, in dem sein Studio lag.

Fenna warf den Flyer auf den Tisch. Manno Dethlefsen, der Name ließ keinen Zweifel. Das Foto genauso wenig, obwohl Fenna ihn darauf nicht auf den ersten Blick identifiziert hätte. Sie kannte ihn in Sportkleidung, verschwitzt und mit verklebtem Haar.

Kranich streckte den Arm über den Tisch und zeigte auf den Flyer. »Das Haus ist sein Elternhaus. Er wohnt mit seinem Vater da drin. Arme Schlucker alle beide.«

»Wieso das?«, fragte die Kommissarin.

»Mannos Mutter ist vor zwölf Jahren gestorben. Sie war lange krank, hat furchtbar gelitten, aber nie geklagt. Er hat sich rührend um sie gekümmert, hat den Haushalt geschmissen, gekocht, gebacken.«

»Gebacken?«, fragte Fenna.

Kranich nickte, und Fenna fragte sich, ob er auch dann so detailliert von Manno Dethlefsen erzählt hätte, wenn er gewusst hätte, woran Magdalene Paulsen gestorben war. Noch hielten sie die Sache mit dem Haselnussgebäck und dem anaphylaktischen Schock geheim. Sie wollten den Erfolg der Ermittlungen nicht gefährden. Die Todesursache war Täterwissen.

»Am Tod seiner Mutter wäre Dethlefsen fast zerbrochen«, erzählte Kranich weiter. Fennas erstarrtes Gesicht und das Staunen in Tammos Augen schien er nicht zu bemerken. »Die Frau lag gerade erst unter der Erde, da bekam der Vater einen Schlaganfall. Von heute auf morgen war er Frührentner. Hat sich nicht mehr davon erholt. Er ist zu spät in die Klinik eingeliefert worden. Er selbst konnte keine Hilfe rufen, und Manno saß in der Agentur in Husum, in der er angestellt war.«

»Das war sicher ein Schock für den Sohn«, sagte Tammo. »Hat er damals im Elternhaus gewohnt?«

Hilmar Kranich nickte. »Er kam spät abends nach Hause. Wie das so ist in diesen Agenturen, da wird oft bis in die Nacht gearbeitet. Als er die Tür aufschloss, lag sein Vater da und konnte sich nicht rühren und kein Wort reden. Irgendwie haben sie ihn wieder einigermaßen hinbekommen. Aber die Rente reicht kaum zum Leben. Er ist auf die Hilfe seines Sohnes angewiesen.«

»Und wie steht es um den?«, fragte Tammo. »Verdient Manno Dethlefsen wenigstens genug, um sich und seinen Vater zu ernähren?«

Kranich winkte ab. »Wissen Sie, wie groß die Konkurrenz unter den Designern ist? Wer kann, sucht sich einen Job in einer großen Stadt. Hamburg, Berlin oder Düsseldorf. Meinetwegen auch München. Die, die hierbleiben, müssen sich mit dem zufriedengeben, was die kleinen Firmen in dieser Gegend abwerfen.«

Fenna hatte dem Steuerberater atemlos zugehört. »Magdalene Paulsen war eine Kundin von Dethlefsen?«

»Kundin, tja.« Kranich zuckte mit den Schultern. »Viel Werbung hat sie nicht gemacht. Das konnte sie sich gar nicht leisten, dafür hatte sie kein Geld. Mal ein Plakat, wenn sie einen Autor zu einer Lesung eingeladen hat. Oder einen Flyer, so ein Ding wie das da«, er zeigte auf den Prospekt von Manno Dethlefsen, »wenn sie im Sommer eine Veranstaltungsreihe gemacht hat. Aber sonst? Es war wohl eher eine private Angelegenheit zwischen den beiden, eine spezielle Art von Freundschaft.«

»Sie meinen, die waren ein Paar?«, fragte Fenna.

Kranich öffnete die Hände und schlug sie klatschend zusammen. »Manno Dethlefsen ist rund fünfzehn Jahre jünger, als Magdalene Paulsen es war. Man sagt, er habe so an seiner Mutter gehangen, dass er noch heute einen Ersatz für sie sucht. Eine Partnerin zwar, aber eine, die eher die Mutterrolle übernimmt.«

»Halten Sie es für möglich, dass die beiden zusammen waren?«, hakte Tammo nach. »Ich meine, so richtig zusammen. Keine platonischen Freunde, sondern ein Liebespaar.«

»Liebespaar!« Kranich schlug sich auf den Oberschenkel, als hätte Tammo den Scherz des Monats von sich gegeben. »Magdalene Paulsen war eine ziemlich abgeklärte Frau. Dass die sich noch mal verliebt hätte, kann ich mir nicht vorstellen. Vielleicht hat sie sich geschmeichelt gefühlt. Aber damit kommen wir endlich zu dem, was ich Ihnen eigentlich erzählen wollte.«

Der Steuerberater hatte noch eine Nachricht auf Lager? Fenna hob den Kopf, sie konzentrierte sich ganz auf ihr Gegenüber, und ihr Herz schlug schneller.

Kranich blätterte wieder in dem Ordner, der vor ihm lag. Diesmal jedoch sah er genau hin. Er blätterte vor und zurück, bis er eine bestimmte Seite gefunden hatte.

»Hier, unter Mai ist es abgeheftet. Ende Mai, also relativ kurz nach dem Lottogewinn, da hat sie sich ein Ding geleistet.«

Er drehte den Ordner um und schob ihn den Ermittlern zu. Aus der Brusttasche des Jacketts, das über der Rückenlehne seines Stuhls hing, zog er einen Kugelschreiber hervor. Er deutete auf das fett gedruckte Wort ein Stück unterhalb des Briefkopfs des Schreibens, das er herausgesucht hatte. Seine Finger zitterten leicht.

»Rechnung.« Er betonte das Wort, als handle es sich um etwas völlig Außergewöhnliches. »Frau Paulsen hat eine Anzahlung auf ein Gebäude geleistet, dass sie kaufen wollte. Mir hat sie erzählt, sie wäre dabei, ein Haus zu erwerben, das sie zukünftig als neue Buchhandlung nutzen wollte.«

»Hätte sich der Kauf für sie denn überhaupt gelohnt?«, fragte Fenna. »Frau Paulsen hatte doch nicht mehr viele Berufsjahre vor sich.«

»Darüber habe ich auch nachgedacht«, sagte Kranich. »Aber ich bin überzeugt, sie hat mir in der Angelegenheit nicht die Wahrheit gesagt. Sie hat mir Pläne des Hauses gezeigt. Wenn sie mich fragen – ich glaube, da hat sie nur wieder etwas absetzen wollen. In Wirklichkeit wäre das nämlich ein Wohnhaus geworden, und im Ort wird gemunkelt, dass sie nach dem riesigen Glück mit dem Lottogewinn nun auch noch ihre große Liebe suchte, mit der sie ein neues Haus beziehen wollte.«

Fenna ließ die Worte auf sich wirken.

Kranich tippte energisch mit dem Kuli auf das Schreiben. »Aber erst mal versuchen, die Summe von der Steuer abzusetzen ...«, rief er aufgebracht aus. »Dabei warne ich die Leute immer. Es kommt alles raus.«

Fenna brauchte eine Weile, um all diese Informationen zu verdauen. »Sie sagten gerade, Sie haben die Pläne des Gebäudes gesehen, und Sie meinten, das wäre ein Wohnhaus geworden.«

Kranich lehnte sich zurück und schlug ein Bein über das andere. Er sah Fenna müde an und nickte.

»Das Haus existiert also noch nicht, es befindet sich im Bau?«

Der Steuerberater ließ den Kopf hängen und schüttelte ihn mit einem Ausdruck von Fassungslosigkeit, die nicht gespielt sein konnte. »Frau Paulsen hat sich auf eine seltsame Baufinanzierung eingelassen. Sie hat bereits vor dem ersten Spatenstich eine Anzahlung geleistet und das auch noch, ohne einen Kaufvertrag unterzeichnet zu haben. Mir jedenfalls hat sie keinen vorgelegt. Ich halte dieses Projekt für ziemlich abenteuerlich.«

»Puh«, machte Fenna. »Wer steckt denn hinter der Firma, die diese Rechnung ausgestellt hat?«

»Das muss einer von dieser ganz besonders windigen Sorte von Maklern sein. Den Namen kenne ich nicht. Da müssten Sie bitte selbst recherchieren. Oder in Frau Paulsens Unterlagen nachsehen. Vielleicht finden Sie etwas, mit Glück sogar einen Kaufvertrag.«

»Oder wir fragen die Freundinnen«, sagte Tammo.

»Oder so«, erwiderte Kranich. »Die könnten etwas wissen. Auch, wie der Stand mit der großen Liebe war. Ob Frau Paulsen zum Zeitpunkt der Anzahlung schon ein Auge auf jemanden geworfen hatte, weiß ich nicht.«

»Wie lange war sie Ihre Mandantin?«, wollte Fenna wissen, obwohl die Information für die Ermittlungen nicht wichtig war.

»Sie war Mandantin dieses Hauses, seit sie mit ihrer Buchhandlung selbstständig war. Ich habe die Kanzlei vor mehr als zwanzig Jahren übernommen, da gehörte sie schon längst zum Mandantenstamm.«

»Man kann also sagen, es bestand ein echtes Vertrauensverhältnis zwischen ihr und der Kanzlei.«

»Kann man so sagen, ja. Aber alles hat sie mir auch nicht gebeichtet, und auf mich gehört hat sie erst recht nicht immer, wie Sie sehen.«

»Ist Manfred Dethlefsen auch Ihr Mandant?«

»Der?« Kranich lachte laut. »Nein. Ich glaube, der kann sich gar keinen Steuerberater leisten.«

Fenna bedankte sich bei Hilmar Kranich. Der Termin war aufschlussreicher verlaufen, als sie sich das ausgemalt hätte.

»Diesen Ordner hier«, sagte sie, »den nehmen wir jetzt schon mit. Die anderen können Sie uns gerne später rüberbringen.«

»Klar, das machen wir.«

Beim Verlassen der Kanzlei von Hilmar Kranich klemmte Fenna sich den Ordner noch fester unter den Arm, als der Steuerberater es vorhin bei ihrer Begrüßung getan hatte.

Die Unterlagen würden sie sofort auf die Wache bringen und dort in einem Schrank verschließen.

12

Fenna meldete Tammo und sich selbst bei Merle ab und nannte der Kollegin eine Zeit, zu der sie voraussichtlich wieder auf der Wache sein würden.

»Was meinst du«, fragte sie Tammo beim Hinausgehen. »Ob Manno Dethlefsen Magdalene Paulsens Seemann war?«

»Du meinst, dass sie auf ihn gewartet hat wie einst Maleen auf der hohen Düne auf ihren Liebsten? Aber wer hat sie dann umgebracht? Er selbst?« Tammo zuckte mit den Schultern. »Ich blick da noch nicht durch.«

Fenna dagegen hatte schon eine Idee, wie es sich zugetragen haben könnte. »Wir dürfen die alte Sage nicht wortwörtlich nehmen. Vielleicht hat Manno Dethlefsen sich ernsthafte Hoffnungen auf Frau Paulsen gemacht und sie hat ihn lange hingehalten, aber jetzt, wo sie vermögend war, wollte sie einen anderen.«

Tammo hielt Fenna die Tür der Wache auf. Sie ließen eine junge Frau eintreten, die sich schüchtern bedankte und auf Merle zusteuerte. Dann traten sie hinaus.

Tammo setzte seine Sonnenbrille auf. »Du spielst auf die alte Geschichte bei der forcierten Partnersuche an«, sagte er. »Aus Gründen der Parität sucht ein vermögender Mensch einen vermögenden Partner.«

»So könnte ich es mir vorstellen. Dethlefsen hat viel Pech im Leben gehabt, und finanziell hat er zu knapsen. Wenn er eine gewisse Zuneigung für Magdalene Paulsen empfunden hat, werden seine Gefühle noch einmal richtig hochgeschwappt sein, als er von dem Lottogewinn erfahren hat. So was beflügelt. Umso enttäuschter dürfte er gewesen sein, als sie sich gegen ihn entschied.«

Tammo wirkte immer noch nicht vollends überzeugt von Fennas Überlegungen.

»Er könnte ihr diesen Gruß hinterlassen haben«, führte sie weiter aus. »Vergiss nicht, was Kranich uns erzählt hat: Manno Dethlefsen kocht, und vor allem: Er backt. Das war für mich eine der wichtigsten Informationen, die ich aus dem Gespräch mitgenommen habe. Das Backen und dass er einen Mutterersatz sucht.«

»Aber wer ist dann der Neue, den Frau Paulsen sich ausgeguckt hat?«, fragte Tammo.

Fenna grinste. »Das herauszufinden wäre unser Job.«

Das Reisebüro, in dem Rosemarie Uthoff arbeitete, lag in der Nähe des Seebrückenvorplatzes. Fenna schlug vor, nicht durch den Ort, sondern am Deich entlang zu gehen. »Dann kommen wir nicht an all den Restaurants vorbei, aus denen es so verführerisch duftet.«

»Ist das nicht gefährlich bei all den Radrennfahrern, die bei diesem Wetter am Deich entlang düsen dürften? Und willst du mich heute verhungern lassen?«

»Verhungern lass ich dich nicht«, sagte Fenna. »Aber das Essen müssen wir uns natürlich erst verdienen. Wir reden jetzt mit Frau Uthoff. Danach schnacken wir bei einem leckeren Arbeitsessen über den aktuellen Stand der Dinge, und anschließend befragen wir die nächste der Freundinnen. Du darfst dir aussuchen, welche.«

Die befürchteten Radrennfahrer fanden die Ermittler nicht vor, als sie über die Promenade hinter dem Deich auf die Seebrücke zugingen. Stattdessen wurden sie von entspannten Joggern und Hundebesitzern überholt.

Der Seebrückenvorplatz lag in praller Sonne. Auf den Holzbänken, die rings um die weitläufige Fläche angeordnet waren, saßen Urlauber und genossen die maritime Atmosphäre, einige von ihnen mit einem Fischbrötchen auf der Hand, andere mit einer Eistüte.

Tammos Laune stieg sichtlich. »Das ist wie Urlaub.«

»Lass uns ein heimliches Zeichen vereinbaren«, sagte Fenna, »eine Geste, mit der ich dich an diesen Satz erinnern kann, wenn wir gleich bei Frau Uthoff im Büro sitzen und dir wieder einfällt, dass du sie nicht magst.«

Sie hatten die Straße erreicht, in der Rosemarie Uthoffs Arbeitsplatz lag. Fenna suchte die Hausnummer oder ein Schaufenster mit Plakaten, die darauf hinwiesen, dass sich ein Reisebüro dahinter verbarg.

»Da vorne, das muss es sein.« Sie streckte den Arm aus und beschleunigte ihren Schritt.

Frische Luft durchströmte die Geschäftsräume. Nur eine Kundin war im Raum. Eine Mitarbeiterin des Reisebüros beriet sie. Sie unterbrach sich, als die Ermittler die Räumlichkeiten betreten hatten und sich umsahen.

»Sie möchten zu Frau Uthoff?«

»Richtig«, sagte Fenna. »Wir sind von der Kripo.«

Die Mitarbeiterin stand auf und führte Fenna und Tammo in einen Nebenraum. »Das ist Rosies Büro. Sie ist gerade unterwegs, was besorgen, kommt aber gleich wieder zurück. Einen Kaffee solange?« Sie deutete auf den Automaten, der im Verkaufsraum stand.

»Danke, nein«, sagten die Ermittler gleichzeitig.

Es dauerte nicht lange, da trat Magdalene Paulsens Freundin ein, eine Flasche Wasser und eine Tüte mit dem Aufdruck eines örtlichen Schnellrestaurants in den Händen. Sie stellte ihren Imbiss auf einem Sideboard ab.

»Sie wollten gerade essen?«, fragte Fenna.

Rosemarie Uthoff schüttelte den Kopf. »Das kann warten. Ich hatte Sie ja um diese Zeit erwartet.«

In stummer Absprache überließ Tammo seiner Frau den Einstieg in die Befragung.

»Erzählen Sie uns von Ihren Freundinnen«, sagte die Kommissarin. »Wann und wie haben Sie sich überhaupt kennengelernt?«

In ihrem Büro nahm Rosemarie eine gänzlich andere Haltung an als heute Morgen auf der Wache. Die Arbeit schien ihr in dieser Phase der Trauer gutzutun. Sicher lenkten die Gespräche mit den Kunden und der Gedanke an ferne Länder und schöne Reisen sie ab.

»Kennengelernt«, begann Rosemarie »haben wir uns vor ich weiß nicht mehr genau wie vielen Jahren auf einer Veranstaltung an der Seebrücke. Es war ein Sommerfest, das die Geschäftsleute des Ortes organisiert haben. Ich war damals ziemlich jung, hatte meine Ausbildung gerade abgeschlossen. Magdalene hatte sich einige Monate zuvor mit ihrer Buchhandlung selbstständig gemacht. Sie kannte Hanne, weil deren Mutter ihre damalige Nachbarin war. Und Hanne war schon ewig mit Insa befreundet. Die zwei haben sich als junge Mädchen in der Tanzschule miteinander angefreundet.«

»Die anderen drei waren also zusammen zu dem Fest gegangen«, sagte Fenna, »und Sie sind an dem Abend erstmalig dazugestoßen.«

»Genau. Ich hab ganz alleine an einem Getränkestand herumgelungert«, erklärte Rosemarie. »Ein aufdringlicher Typ versuchte, mich anzubaggern. Magdalene hat das bemerkt, sie hat meine hilfesuchenden Blicke gesehen und sich gleich dazwischengeworfen.«

»Damit war die Freundschaft besiegelt.«

Rosemarie nickte. »Für alle Zeiten. Ich war deutlich jünger als die anderen, und Magdalene hat eine Art Beschützerinstinkt für mich entwickelt. Sie war so ein Typ, der immer alles in die Hand nahm.« Rosemarie lächelte versonnen. »Bei ihr hätte niemand versucht, sich gegen ihren Willen aufzudrängen.«

»Von da an haben Sie sich regelmäßig getroffen?«

»Mehr oder weniger, ja. Am Anfang unserer Freundschaft hat es sich ganz zwanglos ergeben. Wir haben uns gegenseitig spontan angerufen und verabredet. Später wurden regelmäßige Treffen daraus.«

»Was haben Sie miteinander unternommen?«

»Strandspaziergänge, Cafébesuche, Abendessen.« Rosemaries Miene wirkte verträumt. »Manchmal haben wir Tagesausflüge gemacht oder Wochenendtrips, auf die nordfriesischen Inseln oder auch mal nach Dänemark. Es war immer schön. Wir gehörten einfach zusammen wie ein vierblättriges Kleeblatt.«

Fenna sah die vier Damen in einem der Strandrestaurants, die in den Pfahlbauten im Watt vor Sankt Peter-Ording zu finden waren. Sie sah die Frauen um einen Tisch sitzen, essen und trinken …

»Wenn Sie diese Ausflüge gemacht haben«, fragte Fenna, »hat jede für sich bezahlt, was sie verzehrt hat?«

Rosemarie Uthoff zog irritiert die Augenbrauen zusammen. »Ja, natürlich.«

»Und die Rechnung? Wer hat die eingesteckt?«

Die Befragte zuckte mit den Schultern. »Keine Ahnung. Ich weiß nicht, ob die überhaupt eine von uns eingesteckt hat. Ich jedenfalls nicht.«

Fenna nickte und übergab an Tammo.

Er betrachtete Rosemarie wie durch ein Mikroskop. »War es immer friedlich bei Ihren Treffen, oder gab es auch mal Differenzen? Ich meine, bei vier Frauen …«

Fenna schnaufte kräftig durch. Wenn Tammo jetzt bloß nicht mit Zickenkrieg daherkam! Er war einfach nicht davon zu überzeugen, dass Freundschaften auch unter Frauen möglich waren und nicht nur unter Kerlen.

»Differenzen? Nein, nicht, wenn Sie Streitigkeiten damit meinen. Kleine Meinungsverschiedenheiten, die gab es wohl manchmal.«

»Wo liegt denn bei Ihnen der Unterschied zwischen Differenzen und Meinungsverschiedenheiten?« Tammo klang etwas gereizt. »Ist das nicht dasselbe?«

»Differenzen«, erwiderte Rosemarie schnippisch, »bedeuten Streit. Meinungsverschiedenheiten sind einfach nur unterschiedliche Auffassungen zu einem Thema.«

»Und wenn Sie die ausdiskutiert haben, Ihre Meinungsverschiedenheiten, kam es nie zum Streit?«

»Nein.«

»Über welche Themen waren Sie denn verschiedener Meinung?«

Rosemarie blieb scheinbar ruhig, doch ihr Mienenspiel sprach Bände. Ihre Augen sahen die Kommissarin bittend an.

Doch Fenna konnte und wollte sie nicht aus der Enge befreien, in die Tammo sie getrieben hatte. Sie wusste, warum er so pedantisch auf den Meinungsverschiedenheiten herumritt. Noch war alles offen. Zu diesem Zeitpunkt kam grundsätzlich jeder aus Magdalene Paulsens Umfeld als Täter in Frage.

Sie mussten versuchen, die Hülle der Harmonie aufzubrechen, die die drei Freundinnen im Zuge der Ermittlungen über ihre Freundschaft legen würden. Je eher sie diesen Schutzwall durchbrachen, desto besser. Nur so würden sie erkennen können, ob ein Motiv für das

Verbrechen an Magdalene Paulsen innerhalb des Gefüges, das sie gebildet hatten, zu finden war.

Noch immer sah Rosemarie Uthoff die Kommissarin hilfesuchend an.

»Für die Ergreifung des Täters«, sagte Fenna in die knisternde Stille hinein, »ist das eine wirklich wichtige Frage, die mein Kollege Ihnen gerade gestellt hat.

Rosemarie nickte langsam. »Wenn das so ist ...« Ihre Augen verdunkelten sich. »Ihren Worten muss ich entnehmen, dass Magdalene umgebracht wurde – von jemandem, der eine Meinungsverschiedenheit mit ihr ausgetragen hat.« Sie blinzelte irritiert. »Aber Sie suchen den Täter doch nicht unter uns?«

»Was Sie unseren Worten entnehmen«, sagte Tammo dröge, »bleibt voll und ganz Ihnen überlassen. Aber wenn Sie etwas wissen, das uns bei der Aufklärung eines etwas mysteriösen Todesfalles weiterhelfen kann, sind Sie verpflichtet, Ihren Beitrag zu leisten.«

»Mysteriös?« Rosemarie guckte ihn verängstigt an.

»Also?« Tammo machte eine auffordernde Geste und lächelte charmant, jetzt ganz der Good Guy. »Sie haben unsere volle Aufmerksamkeit.«

»Gut, ja, ich verstehe. Wenn ich kann, helfe ich Ihnen gerne. Aber im Grunde genommen war das mit den Meinungsverschiedenheiten nie eine große Sache. Wenn die auftraten, ging es eigentlich immer ...« Rosemarie errötete. »Es ging um Männer.«

Tammo lächelte. »Das ist doch eine Aussage.«

Er zog sein Smartphone aus der Innentasche seiner Jeansjacke und blickte darauf. Stumm zeigte er Fenna das Display und schüttelte den Kopf. Er steckte das Gerät wieder weg und wandte sich Rosemarie zu.

Sie war in diesen Sekunden etwas unsicher geworden. Sie konnte nicht ahnen, dass Tammos Blick auf das Mobilgerät nichts mit ihr zu tun hatte. – Noch immer keine Nachricht von Dennis-Janine ...

»Das Tragische ist«, sagte Rosemarie, »Magdalene hat immer von einem Lottogewinn geträumt. Als sie endlich gewonnen hatte, hatte sie keinen großen Traum mehr. Aber ohne den konnte sie nicht leben.«

Fenna griff nach einem Katalog für Reisen nach Portugal, der in einem Regal neben ihrem Platz lag, und blätterte oberflächlich darin herum. »Das müssten Sie uns bitte ein bisschen genauer erklären.«

Rosemarie zeigte auf den Katalog. »Wenn Sie das interessiert, erzähle ich Ihnen gerne was dazu. Die Algarve kann ich wirklich empfehlen.«

»Lassen Sie uns vorerst in Sankt Peter-Ording bleiben«, erwiderte Tammo. »Maleens Knoll ist für uns zurzeit wesentlich interessanter als Europas Süden.«

Rosemarie nahm einen Kuli, auf dessen Minenknopf sie nervös herumdrückte. »Magdalene brauchte immer etwas, das als unerreichbar galt, um sich daran hochzuziehen, all ihre Kräfte zu mobilisieren und es allen Menschen zu beweisen – am meisten sich selbst.«

Fenna meinte, zu verstehen. »Als der Traum, den sie jahrzehntelang geträumt hatte, sich erfüllt hatte«, sagte sie, »hat sie sich einen neuen Traum gesucht.«

Gedankenverloren sah Rosemarie aus dem Fenster. »Der neue Traum war, wie Sie sich denken können, der von der großen Liebe. Ich weiß ja nicht, wie es Ihnen geht ...« Sie sah von Fenna zu Tammo und wieder zurück. »Ich weiß nicht, ob Sie die große Liebe gefunden haben oder davon träumen, dass sie sich noch erfüllt.«

Verstohlen lächelte Fenna zu Tammo hinüber. Er saß mit regloser Miene da. Typisch Mann. Er wollte sich keine Blöße geben.

»Eigentlich ist das doch ein Traum, von dem man meinen sollte, dass er sich vergleichsweise leicht erfüllen lässt«, sagte Rosemarie. »Männer gibt es genug auf der Welt. Aber Magdalene hatte ihre liebe Not damit.«

In Fenna klingelten die Alarmglocken. Wenn es jetzt um Magdalene Paulsens große Liebe gehen sollte, wuchs die Wahrscheinlichkeit, dass sie sich einem Mordmotiv näherten.

»Wie steht es mit Ihnen?«, fragte Tammo unnützerweise. »Haben Sie sich diesen Traum verwirklicht?«

»Das steht jetzt nicht zur Debatte«, sagte Rosemarie brüsk. »Was Magdalene betrifft, sie hatte eine Jugendliebe. Falk Tomfort. Sie kannten sich ewig, und Magdalene hatte immer darauf gebaut, dass er sie eines Tages heiraten würde.«

»Aber?«, fragte Tammo.

»Falk ist Versicherungskaufmann, und er war und ist ein Sicherheitsfanatiker. Magdalene mit ihrer Selbstständigkeit war aber immer ein Unsicherheitsfaktor. Sie hatte schon früh den Plan, eine Buchhandlung zu eröffnen, und das kostete viel Geld. Sie brauchte einen Kredit.«

»Das war Falk Tomfort nicht geheuer«, sagte Fenna.

Rosemarie rollte mit den Augen. »Der Mann war aber auch extrem mit seiner Existenzangst. Leider hat er auf einem Seminar, das er in Kiel besucht hat, seine heutige Frau kennengelernt, Gerda Tomfort. Sie kommt aus einer wohlhabenden Familie. Ihr Vater hatte eine gut gehende Versicherungsagentur, die sie übernommen hat. Falk hat übrigens auch ihren Namen angenommen.«

»Er hat sie also aus Vernunftgründen geheiratet«, folgerte Fenna.

»Er hat Magdalene verraten.« Rosemarie ereiferte sich, als wäre das alles erst gestern passiert. »Geliebt hat er immer nur sie, und er war so gut wie verlobt mit ihr. Aber Magdalene hatte von Anfang an große Probleme mit dem Buchladen. Da hat er Angst bekommen. Die ursprünglich geplante Hochzeit hat der feige Hund immer wieder hinausgeschoben, viele Jahre lang.«

»Frau Paulsen konnte von dem Laden leben?«, fragte Fenna.

»Sie kam zurecht, aber es war nie einfach. Als dann auch noch das Internet aufkam mit all diesen Online-Shops, wurde es wirklich heikel. Falk hat sich also für Gerda entschieden. Dabei war sie emotional nur zweite Wahl. Für Kinder war es dann auch viel zu spät. Aus dem Alter war Gerda raus. Da hätte er sich mal eher entscheiden müssen.«

Auf einmal verstand Fenna, worauf es hinausgelaufen war. »Als Magdalene Paulsen so unerwartet zur Multimillionärin wurde, hat Falk Tomfort sich wieder an seine große Liebe erinnert.«

Rosemarie lachte bitter. »Seit seiner Entscheidung für Gerda hat Funkstille zwischen Magdalene und Falk geherrscht, obwohl sie sich im Ort oft zwangsläufig begegnet sind. Gerda war furchtbar eifersüchtig. Sie hat über Falk gewacht wie ein Kampfhund. Trotzdem waren Magdalenes Gefühle für ihn nie ganz eingeschlafen.«

»Seine Gefühle für sie vermutlich auch nicht«, meinte Tammo.

»Ich finde, er hat ihre Gefühle nicht verdient.« Rosemarie sah ihn tadelnd an. »Wenn die Sehnsucht nach Si-

cherheit so viel größer ist als die nach wahrer Liebe ...
So einen Kerl kann man doch vergessen.«

Fenna lächelte. Sie hatten es offenbar mit einer Romantikerin zu tun.

»Aber ...« Rosemarie trommelte gereizt mit den Fingernägeln auf die Tischplatte. »Es blieb nicht bei einem Verehrer.«

Fenna merkte auf. Eine Frage lag ihr auf der Zunge, doch Tammo kam ihr mit einem seiner flapsigen Sprüche zuvor. »War das dann so wie früher mit den Tanzkarten? Die Verehrer trugen sich in eine Liste ein?«

Ihrem fragenden Blick nach wusste Rosemarie nicht, ob Tammo sie gerade hochnahm. »Ich sage nur: Thilo Wolfson«, erwiderte sie, als sie sich wieder gefasst hatte. »Er ist Magdalenes direkter Nachbar und natürlich auch verheiratet. All die Jahre, die sie nebeneinander lebten, hatte er kaum einen Blick, geschweige denn ein Wort für Magdalene übrig, und auf einmal, kurz nachdem die Sache mit dem Lottogewinn durchsickerte, scharwenzelte er um sie herum. Komisch, nicht?«

»Das hat dann zu den besagten Meinungsverschiedenheiten zwischen Ihnen geführt«, schloss Tammo.

Rosemarie zögerte mit der Antwort. »Sagen wir so: Wir hätten Magdalene das Glück der großen Liebe wohl gegönnt. Aber seien wir doch mal ehrlich: Alles haben kann man nicht, und so blind kann Magdalene doch nicht gewesen sein, dass sie nicht merkte, worauf die plötzlichen großen Gefühle der Herren fußten. Oder?«

Fenna ließ die Worte auf sich wirken, hütete sich jedoch davor, die Aussage zu bewerten.

Auch Tammo hielt sich wohlweislich mit einem Kommentar zurück.

Fenna stellte sich die beiden reiferen Herren vor, die sich – der eine erneut, der andere zum ersten Mal – für Magdalene Paulsen interessierten. Oder zumindest für ihr Bankkonto. »Ist es zwischen den beiden Verehrern zu einer offenen Konkurrenzsituation gekommen?«

»Das glaube ich nicht«, sagte Rosemarie Uthoff nach kurzem Nachdenken. »Lene hat mir erzählt, dass Falk Tomfort zu ihr ins Geschäft gekommen ist. Angeblich wollte er nur ein Buch bestellen.« Sie tippte sich an die Stirn. »Das hat er all die Jahre über nicht gemacht. Es hätte seiner Frau auch nicht geschmeckt, wenn sie eine Quittung der Buchhandlung im Papierkorb entdeckt hätte. Aber jetzt auf einmal war Falk das egal.«

»Und der Nachbar, dieser Thilo Wolfson?«, fragte Tammo.

»Der hat über den Gartenzaun mit ihr geflirtet und sie auf einen Drink zu sich auf die Terrasse eingeladen, als seine Frau zum Kegeln war. Birte Wolfson ist seit ewigen Zeiten eine Kegelschwester von Gerda Tomfort, ausgerechnet. Dass die beiden Herren direkt aufeinandergeprallt wären, davon hat Magdalene nichts erwähnt. Aber es wäre mit Sicherheit bald dazu gekommen, wenn Lene nicht ...« Sie schlug die Lider nieder und schluckte.

»Was meinen Sie, haben die Frauen etwas von dem Interesse ihrer Männer an Frau Paulsen mitbekommen?«

»Gerda und Birte? Das kann ich nicht sagen. Ich glaub es aber nicht. Wenn ihre Männer das nicht offen gezeigt haben, woher sollten sie es erfahren haben?«

Fenna fiel spontan eine Antwort ein. »Sie könnten ihre Göttergatten dabei erwischt haben, wie sie heimlich mit Frau Paulsen am Telefon flirteten. Oder sie haben eine verräterische SMS oder ein Schreiben entdeckt.«

»Stimmt, das kann ich natürlich nicht ausschließen. Mir ist jedenfalls nichts davon bekannt.« Verstohlen warf Rosemarie einen Blick auf ihre Armbanduhr. Im selben Moment knurrte ihr Magen deutlich vernehmbar.

»Bevor wir Sie ihrem Mittagessen überlassen«, sagte Fenna, »darf ich Ihnen noch eine Frage stellen?«

»Ja klar.«

Die Kommissarin sah ihrem Gegenüber freundlich, aber fest in die Augen. »Bei unserem Gespräch heute Morgen meinten Sie, dass Magdalene Paulsen vorgestern am späten Abend gestorben ist. Woher wussten Sie von dem Todeszeitpunkt?«

Ein Schatten legte sich auf Rosemarie Uthoffs Gesicht. Mit beiden Händen umklammerte sie die Tischkante und schob sich mit ihrem Bürostuhl ein Stück vom Schreibtisch weg.

Suchte sie Abstand zu den Ermittlern?

»Ich habe es von einem Bekannten erfahren. Er ist an dem Morgen durch Sankt Peter-Ording gelaufen und hat jedem, den er kannte, von Lenes Tod erzählt.«

»Wie heißt der Mann?« Es konnte nur einer sein ...

»Manfred Dethlefsen.«

Fenna hätte selbst nicht sagen können, wonach sie jetzt in Rosemarie Uthoffs Gesicht suchte. »Der Mann, der Frau Paulsen gefunden hat, ist mit Ihnen bekannt?«

»Ja.« Rosemarie trat offensichtlich die Flucht nach vorn an. Sie rückte wieder an den Schreibtisch heran und verschränkte die Arme auf der Tischplatte. »Er ist Grafikdesigner, und gelegentlich erstellt er Werbematerialien für unsere Filiale.«

»Herr Dethlefsen hat Ihnen gesagt, Frau Paulsen sei am Abend zuvor gestorben?«, hakte Fenna nach.

136

Rosemarie nickte.

»Woher kannte er den Todeszeitpunkt?«

»Das weiß ich nicht. Von Ihnen vielleicht?« Sie erwartete anscheinend eine Antwort von den Ermittlern, die sie jedoch nicht bekam. »Er meinte jedenfalls, dass Lene so aussah, als hätte sie schon länger dort gesessen.«

»Hat Manno Dethlefsen zu Frau Paulsens Verehrern gehört?«, fragte Fenna frei heraus.

»Nein«, erwiderte Rosemarie. »Sie war seine Kundin.«

»Was meinen Sie«, fragte Tammo, »was hat Frau Paulsen an dem Abend auf Maleens Knoll gemacht?«

Rosemarie zuckte mit den Schultern. »Sich mit einem Mann getroffen?«

»Mit welchem?«

Die Befragte ließ sich gegen die Rückenlehne fallen und strich sich mit beiden Händen übers Haar. Sie zog das Haarband von ihrem Zopf und zurrte es erneut fest. »Das kann ich wirklich nicht sagen. Vielleicht finden Sie einen Hinweis in ihrer Post. Sie hat sich mit verschiedenen Männern geschrieben, soweit ich weiß.«

»Mit was für Männern?«, schoss es aus Fenna heraus. »Woher hatte sie die Kontakte?«

»Das weiß ich nicht. Ich glaube, sie hat irgendwelche altmodischen Anzeigen aufgegeben oder darauf geantwortet. In Husum gibt es ein Blättchen, das kommt einmal im Monat heraus. Es hat eine Rubrik, die nennt sich ›Von Herz zu Herz‹.«

Wieder knurrte Rosemaries Magen.

»Eine Bitte hätten wir noch, Frau Uthoff. Unsere Kriminaltechniker suchen nach Spuren des Mörders in Frau Paulsens Haus. Sicher werden wir auch Spuren von Ihnen und Ihren beiden Freundinnen finden.«

»Und jetzt«, fiel Rosemarie ihr ins Wort, »hätten Sie gern DNA-Proben von uns dreien, damit Sie per Ausschlussverfahren die DNA des Mörders aus allen Spuren, die im Haus vorhanden sind, herausfiltern können.«

Frau Uthoff machte ihnen die Sache leicht. Fenna nickte dankbar. »Genau das ist unser Anliegen.«

»Natürlich machen wir das«, sagte Rosemarie. »Alle drei. Ich denke, da kann ich schon für meine Freundinnen mitentscheiden. Ich gebe denen gleich telefonisch Bescheid. Was möchten Sie denn haben? Eine Speichelprobe? Ein Haar?«

Erleichtert holte Fenna Latexhandschuhe aus ihrer Umhängetasche und zog sie über. Dann fischte sie ein Röhrchen mit einem Wattestäbchen darin hervor und nahm eine Speichelprobe von Rosemarie Uthoff.

Tammo und sie verabschiedeten sich und verließen das Reisebüro.

Als sie wieder in die Sonne traten, warf Fenna den Kopf nach hinten und atmete tief ein. Die salzige Nordseeluft erfrischte ihre Sinne und gab Kraft.

Triumphierend lächelte sie Tammo an.

13

Der Vater empfing Manno mit verbitterter Miene. Er saß in seinem Rollstuhl im Flur des kleinen Einfamilienhauses, auf das seine Frau und er mühselig gespart hatten und das er, nachdem er Frührentner geworden war, nur mit Hilfe der Lebensversicherung seiner verstorbenen Frau hatte abbezahlen können.

»Wo warst du denn so lange, mien Jung?«, fragte er mürrisch. »Du weißt doch, dass ich es hasse, den halben Tag alleine zu sein.«

Da war er wieder, dieser Zwiespalt, in dem Manno ständig lebte: das Mitgefühl mit seinem Vater und zur selben Zeit die Wut darüber, dass er dieses Schicksal, das er nicht verschuldet hatte, ausbaden musste.

»Du weißt doch, Pa«, brachte Manno zerknirscht hervor, »dass ich immer mal was in Husum zu erledigen habe und dass ich ab und zu auch mal zu einer Besprechung mit einem Kunden fahren muss. Und Husum ist doch wirklich nicht aus der Welt.«

»Und du weißt, dass ich um zwölf Uhr Hunger habe. Das ist immer so gewesen, und das wird sich auch für den Rest meines Lebens nicht ändern.«

Manno zeigte auf seinen Rucksack. »Ich bring nur eben die Post nach oben, dann geh ich in die Küche und koch ich dir was Leckeres.«

Bevor sein Vater etwas entgegnen konnte, war er schon auf der Treppe in den ersten Stock. Hier, unter der Dachschräge, hatte er sein Jugendzimmer, in dem er wohnte, und im ehemaligen Elternschlafzimmer hatte er sich sein Büro eingerichtet. Hier oben war seine Post sicher vor dem Vater, der nicht alles wissen musste.

Manno warf einen Blick auf das Telefon. Das rote Lämpchen blinkte auf. Während seiner Abwesenheit hatte es Anrufe gegeben. Er drückte eine Taste, um sich das Protokoll anzeigen zu lassen. Zwei der Nummern kannte er, eine dritte nicht. Ob das dieser Schilimanski gewesen war oder wie er heißen mochte?

Dass auch Hubie sich nicht genau an den Namen erinnern konnte, wunderte ihn. Hubie, der immer alles wusste und jede kleinste Information für die Ewigkeit in seinem krausen Hirn speicherte, um sie irgendwann abzurufen und jemandem um die Ohren zu hauen ...

»Mannooo! Wo bleibst du denn?«

»Bin sofort bei dir, Pa.«

Kein Spruch auf dem Anrufbeantworter, stellte Manno fest. Um die Nummer des unbekannten Anrufers würde er sich später kümmern, nach dem Mittagessen, wenn Vater schlief. Dann würde er zurückrufen.

Er sprang die Treppe hinunter, nahm immer zwei Stufen auf einmal. Das Familienoberhaupt wartete noch immer im Flur. Manno umfasste die Griffe des Rollstuhls und schob seinen Vater auf die Terrasse. »Ist so schönes Wetter, Pa. Setz dich ein wenig nach draußen. Ich dreh die Markise raus, dann bist du nicht der prallen Sonne ausgesetzt, während ich in der Küche hantiere.«

Er winkte der alten Dame zu, die nebenan wohnte und gerade im Garten ihres Hauses arbeitete.

›Was für ein Glücksfall‹, sagte die Nachbarin oft, wenn sie Mannos Vater über die Gartenhecke erblickte, ›dass Ihr Sohn bei Ihnen lebt. Dann muss ich mir nicht so viele Sorgen um Sie machen.‹

Seine Mutter hatte das mit den Sorgen anders gesehen. Vater würde auch alleine zurechtkommen, hatte sie noch auf dem Sterbebett gemeint. Aber Manno? ›Den Tag, an dem deine Existenz dauerhaft gesichert ist‹, so hatte einer ihrer letzten Sätze gelautet, ›den wird die Welt wohl nicht mehr erleben.‹.

Manno überließ den Vater der würzigen Luft, dem schattigen Platz und der Neugier der Nachbarin. Er zog sich in die Küche zurück. Aus den Zutaten, die in den Küchenschränken verborgen waren, stellte er ein Mittagsmahl für sie beide zusammen.

Er schaltete das Transistorradio ein. In den Nachrichten des lokalen Senders wurde nichts Neues über den Tod der bekannten Buchhändlerin Magdalene Paulsen erwähnt. Wie weit die Ermittlungen wohl gediehen waren? Die Polizei würde keine Spuren finden. Auf so einer Holzplattform war es selbst dem dümmsten Täter nicht möglich, sich zu verewigen. Da musste man schon seinen Personalausweis aus der Brieftasche fallen lassen.

Solange die Polizei nicht wusste, in welchem Verhältnis er zu Magdalene gestanden hatte ... Und wer sollte den Kommissaren das verraten? Niemand wusste davon. Dass Magdalene seine Kundin gewesen war, daraus konnte man ihm keinen Strick drehen. Dann müsste man auch Rosemarie, die ihn des Öfteren für das Reisebüro beauftragte, in die Mangel nehmen und noch einige Geschäftsleute aus dem Ort.

Was würde nun mit Magdalenes Millionen geschehen? Früher, bevor sie gewonnen hatte, hatte sie manchmal davon gesprochen, dass das Wenige, das sie zurücklassen würde, irgendeine wohltätige Institution erhalten sollte, bevor es sonst an den Staat fiele. Ein Tierheim, eine Kinderhilfsorganisation oder ein Hospiz. Sie wollte das entscheiden, wenn das Ende näher kam.

Manchmal kam es schneller, als man dachte.

Manno lachte hämisch in sich hinein. Das hatte sie nun davon. In den letzten Wochen ihres Lebens war sie zu anspruchsvoll geworden, was Männer betraf. Hatte die Nase zu hoch getragen.

Das Essen war zubereitet. Manno gab es in Schüsseln, stellte sie zu den Tellern und dem Besteck auf ein Tablett und trug es nach draußen.

Er füllte seinem Vater den Teller und zerteilte das Mahl in kleine Bissen. So konnte Pa es mit der einen Hand, die noch gehorchte, selbst zu sich nehmen.

»Du hast eine Kundin verloren«, sagte der Vater mit vollem Mund. »Ich hab davon im Radio gehört.«

»Ist nicht meine Schuld, Pa«, erwiderte Manno. »Ich kann nichts dafür. Menschen sterben nun mal, auch wenn sie meine Kunden sind.«

»Jetzt verdienst du noch weniger als vorher. Wärst du bei der Agentur am Husumer Schloss geblieben ...«

Manno legte das Besteck auf den Teller. »Vater, bitte, das haben wir oft genug durchdiskutiert. Ich bin nicht mehr bei der Agentur, ich kann nicht zurück, und ich will es auch gar nicht. Du weißt, warum.«

Zwischen zwei Bissen grummelte der Vater etwas, das Manno akustisch nicht verstand. Er fragte lieber nicht nach, was Pa gesagt hatte. So brauchte er nichts darauf zu erwidern.

Manno verschlang seine Portion. Dann stand er auf. »Du entschuldigst mich, Pa, ich hab heute noch eine Menge zu erledigen. Wenn was ist ...« Er ging ins Wohnzimmer, holte die Handglocke, die er seinem Vater nach dessen Rückkehr aus der Reha-Klinik gekauft hatte, und stellte sie vor ihm auf den Tisch.

»Wenn du mich brauchst, klingel einfach ganz laut, dann komm ich runter. Ansonsten hast du ja nette Gesellschaft in der Nachbarschaft.«

Nochmals nickte er freundlich lächelnd zu der Nachbarin hinüber, die Pa und ihn immer im Blick behielt. Er winkte ihr kurz zu, tätschelte dem Vater die Schulter und hechtete nach oben in sein Arbeitszimmer.

Wenn Hubie nicht so wäre, wie er war, wäre vieles anders gekommen. Dann wäre er in der Agentur geblieben, hätte sich ganz auf die Umsetzung der Aufträge konzentrieren können, die der Chef akquirierte, und hätte Monat für Monat sein Geld bekommen. Immer eine feste Summe, auf die er sich hätte verlassen können. Was für ein Ruhekissen wäre das gewesen!

Wenn Mutter nicht so früh gestorben wäre, dann wäre Vater jetzt nicht allein. Dann wäre er bei guter Laune und wahrscheinlich sogar bei bester Gesundheit. Denn eines war Manno klar: Der Schlag hatte Vater getroffen, weil Mutter so früh gegangen war.

Wenn Vater nicht den Schlaganfall bekommen hätte, dann bräuchte er selbst heute auf niemanden Rücksicht zu nehmen. Er könnte sich eine nette Frau suchen, der er nicht erklären müsste, dass sie einen Mann mit familiärem Pflegefall vor sich hatte. Er wäre frei in seiner Entscheidung, wie, wo und mit wem er lebte.

Wenn ... Wenn ... Wenn ...

Manno stützte die Ellenbogen auf und schlug die Hände vors Gesicht. Es hätte so vieles anders verlaufen können in seinem Leben.

Aber was grübelte er? Es nützte nichts. Er hob den Kopf, blinzelte einige Male. Dann griff er nach dem Rucksack und nahm die Briefumschläge heraus.

Es gab nicht allzu viele Frauen, die über ›Von Herz zu Herz‹ eine neue Liebe suchten, und die, die es taten, waren nicht die Jüngsten. Die meisten suchten heute einen Partner über das Internet. Doch nicht jeder traute der digitalen Welt. Wie lange war er selbst jetzt schon in dieser Rubrik unterwegs, mal mit eigenen Anzeigen, mal mit Antworten auf die Anzeigen von Frauen?

Und wie überrascht war er gewesen, als er auf einmal eine Zuschrift von einer Frau erhielt, die er sofort als Magdalene Paulsen identifizierte! Er kannte ihr Leben und ihre Leidenschaften gut genug, um gleich zu durchschauen, wer ihm da geschrieben hatte.

Hatte sie wirklich nicht erkannt, dass er es war, der die Anzeige aufgegeben hatte? Er war noch heute davon überzeugt, dass es doch so war, auch wenn sie es abgestritten hatte, als er sie darauf ansprach.

Siedend heiß fiel ihm Helga Dettmer ein.

Sie war Magdalene gar nicht unähnlich gewesen.

Es war ein Unglück, dass sie die Treppe hinuntergefallen war. Dass er in dem Augenblick, als es geschah, noch in ihrem Haus gewesen war, das konnte ihm bis heute keiner zweifelsfrei nachweisen.

Warum zur Hölle hatte Hubie ihn auf Helga angesprochen? Was glaubte sein Ex-Kollege, zu wissen?

Ob Hubie sich an die Polizei wenden würde? Aber was wollte er den Beamten sagen?

Manno stand auf. Unruhig lief er im Raum auf und ab. Dann genehmigte er sich einen Whiskey. Das Getränk rann die Kehle hinab, er schenkte nach.

Er atmete ein paar Mal durch, setzte sich wieder an seinen Schreibtisch, verschränkte die Hände und lockerte sie wie ein Pianist vor dem ersten Anschlag.

Lustlos nahm er sich die Briefe vor, die er heute aus dem Postfach in Husum abgeholt hatte. Es waren Antworten auf seine letzten Zuschriften an Frauen, die bei ›Von Herz zu Herz‹ Chiffre-Anzeigen aufgegeben hatten. Er überflog die Schreiben und legte sie weg.

Heute war nicht der Tag, an Liebe zu denken.

Versonnen sah er aus dem Fenster – und erschrak.

Wie war das möglich?

An seinem Elternhaus vorbei spazierte der Herr, den er am Vormittag im Café in Husum gesehen hatte. Der Mann hatte ihm den Rücken zugekehrt. Manno erkannte ihn an seiner Kleidung, seinem Haar und seiner Haltung.

Schlagartig erinnerte er sich an den einen der drei Anrufer von heute Vormittag, der ihm namentlich nicht bekannt gewesen war. Er suchte die Nummer aus dem Telefonprotokoll heraus und wählte sie.

Es klingelte vier Mal.

Manno beobachtete, wie der Herr auf der Straße sein Handy zückte. »Hallo?«, dröhnte es bis zu dem schräggestellten Fenster hinauf, hinter dem er saß.

Manno stockte der Atem. Mit genau demselben Gruß hatte die Stimme in der Leitung sich gerade gemeldet.

Manno schwieg.

Der Mann da draußen blieb stehen und drehte sich zum Haus der Familie Dethlefsen um. Er stierte zwei, drei Sekunden herüber. Dann steckte er das Handy weg, wandte sich wieder um und setzte seinen Weg fort.

Eiskalter Schweiß brach Manno aus.

Sein unbekannter Gesprächspartner hatte aufgelegt.

14

Tammo schob das letzte Löffelchen seines Himbeersorbets mit Zitronenmelisse in den Mund und leckte sich die Lippen. »Ich frage mich«, er blinzelte Fenna gegen die Sonne an, »ob es Zufall war, dass ausgerechnet Manno Dethlefsen Frau Paulsens Leiche gefunden hat.«

»Interessanter Gedanke. Ich frage mich, ob wir aus den Freundinnen etwas mehr herausbekommen, was die Männerbekanntschaften der Magdalene P. betrifft.«

»Das könnte schwierig werden«, meinte Tammo. »Sie könnten dabei in einen Interessenkonflikt geraten.«

»Wie das?«

»Sie werden versuchen wollen, den Leumund der Dame posthum zu schützen.«

»Eine hehre Aufgabe«, erwiderte die Kommissarin mit einem unüberhörbar ironischen Unterton. Sie stellte Tammos Dessertschälchen auf ihres und schob beide zusammen an den Tischrand. »Wir sollten jedenfalls ein Auge auf dieses Thema halten. Und auch auf die Frage, ob Falk Tomfort und Thilo Wolfson wirklich nur die Rolle der gierigen Geier gespielt haben, die Frau Uthoff ihnen im Gespräch mit uns zugeschrieben hat, oder ob das haltlose Unterstellungen waren.«

»Du meinst«, fragte Tammo, »die Uthoff war den beiden Männern gegenüber grundsätzlich misstrauisch, weil sie hinter jedem Lächeln ein Hecheln nach dem neuen Reichtum der Lottomillionärin vermutete?«

»So ähnlich stelle ich mir das vor«, sagte Fenna. »Solchen Frauenklübchen stehe ich grundsätzlich skeptisch gegenüber. Wenn die so lange schon zusammenglucken und eine von ihnen tanzt plötzlich aus der Reihe und wird für Männer interessant, dann kann das schnell zu Eifersüchteleien führen.«

»Sag ich doch.« Tammo zielte mit dem Finger auf sie. »Und Eifersüchteleien halten erfahrungsgemäß gut und gern für ein Mordmotiv her.« Seine Augen strahlten vor Tatendurst. »Wir gucken uns die Freundinnen ganz genau an, und wenn wir mit denen durch sind, nehmen wir uns die Männer vor.«

»Alle drei«, bestätigte Fenna. »Thilo, Falk und Manno. Darf ich dich heute einladen?«, fragte sie unvermittelt.

Tammo trank den letzten Schluck seines alkoholfreien Bieres aus. »Wenn dir dein Portemonnaie zu schwer wird, herzlich gern.«

Er winkte den Kellner heran, der zwischen den Tischen im Außenbereich des Restaurants in der Nähe der Seebrücke hindurchlief und Geschirr abräumte.

»Sie wünschen?«, fragte der Mann den Kommissar.

»Meine Frau möchte gern zahlen.«

Der Kellner zog erstaunt die Augenbrauen hoch. »Ihre Frau? Ich dachte, Sie sind Kollegen.«

»Je nach Uhrzeit sind wir das auch«, sagte Fenna und zückte ihre Geldbörse. Sie nahm die Rechnung entgegen, bezahlte und legte ein gutes Trinkgeld obendrauf.

Der Kellner bedankte sich mit einem breiten Lächeln.

»Und nun?«, wandte Tammo sich an Fenna. »Wen befragen wir zuerst? Insa Pannkok oder Hanne Matthiesen?«

»Die Wahl überlasse ich dir, so hatten wir es heute Morgen vereinbart.«

»Ah, du wälzt die Verantwortung auf mich ab. Dann würde ich sagen, wir gehen alphabetisch vor, aber von hinten nach vorn, denn zuerst hatten wir Frau Uthoff.«

»Rückwärts betrachtet kommt P vor M«, sagte Fenna. »Also suchen wir jetzt den Friseursalon auf, in dem Frau Pannkok tätig ist.«

»Friseursalon? Du Scherzkeks, daran hab ich gar nicht gedacht. Wenn Frau Pannkok gerade im Farbtopf steckt oder mitten in einer Dauerwelle ...«

»Dann machen wir einen Termin mit ihr aus und gehen weiter zu Frau Matthiesen in den Blumenladen.«

Der Friseursalon lag nur wenige hundert Meter von dem Restaurant entfernt, in dem die Ermittler gegessen hatten.

Die Kommissarin steuerte auf eine Dame zu, die nach Chefin aussah. Über einen großen Terminkalender gebeugt, stand sie hinter dem Tresen.

Mit kritischem Blick beäugte die Frau Fennas Frisur. »Sie kommen zum Schneiden?«, fragte sie und wälzte den Kalender. »Haben Sie einen Termin?«

Tammo schloss zu Fenna auf. Als sie nebeneinander vor dem Empfangstresen standen, holten alle beide ihre Dienstausweise hervor.

»Kripo Husum«, sagte Fenna. »Wir würden gerne mit Frau Pannkok sprechen. Ist sie gerade verfügbar? Sonst machen wir einen Termin mit ihr.«

»Aber nicht zum Haareschneiden, vermute ich«, sagte die chefige Dame, und ihr Tonfall wurde kühl.

»Eher nicht«, sagte Tammo. Er hielt dem stählernen Blick der Frau stand.

Innerhalb von Sekunden wandelte sich deren abweisende Miene in ein herzloses, doch professionell wirkendes Lächeln. »Es geht um den Tod von Magdalene Paulsen? Mein Name ist übrigens Uta Harms. Ich bin die Inhaberin dieses Salons.«

Fenna nickte kurz. »Wie sieht es aus?« Sie blickte sich im Raum um. »Ist Frau Pannkok für uns zu sprechen?«

»Bedaure«, erwiderte Uta Harms. »Der Tod von Frau Paulsen hat sie so mitgenommen, dass ich sie gestern nach Hause schicken musste. Bevor sie mir meine Kundinnen vergrault, weil sie zum falschen Färbemittel greift oder die Haare an der einen Seite kürzer schneidet als an der anderen, ist sie da besser aufgehoben.«

»So schlecht geht es ihr?«, fragte Fenna. »War sie denn so eng mit Frau Paulsen befreundet?«

Dass der Tod der guten Freundin den Frauen naheging, war nachvollziehbar. Doch dass Insa Pannkok auch am Tag nach der überraschenden Nachricht nicht arbeitsfähig war, warf Fragezeichen bei Fenna auf.

»Fragen Sie sie am besten selbst«, sagte Uta Harms. »Sie ist jedenfalls für heute krankgemeldet, und wir werden sie auch den Rest der Woche nicht sehen, schätze ich.« Sie lehnte sich weit über den Tresen und redete mit leiserer Stimme weiter. »Frau Pannkok ist ein bisschen sensibel.« Dann fuhr sie wieder in normalem Tonfall fort. »Wenn Sie aber ihre Telefonnummer oder ihre Privatanschrift brauchen, damit kann ich aushelfen.« Sie zog eine breite Schublade unterm Tresen auf und holte eine Karteikarte hervor.

»Danke«, sagte Fenna, »mit Adressen und Telefonnummern sind wir bestens ausgestattet.« Sie verneigten sich vor der Chefin des Salons und marschierten hinaus.

Auf der Straße fuhr Tammo sich durch die Locken, von denen Fenna sich gut vorstellen konnte, dass Frau Harms sie liebend gern frisiert hätte, lieber als ihren Pagenkopf. »Dann drehen wir das Alphabet eben um«, sagte er, »und suchen erst Frau Matthiesen auf.«

»So viel Flexibilität hätte ich dir gar nicht zugetraut«, flachste Fenna. »Gib's zu, das ist nur eine Vermeidungsstrategie. Dir graut es vor der tränenreichen Aussage einer trauernden Frau, wenn wir sie zu Hause aufsuchen, wo sie sich vor deinen Augen gehen lassen kann.«

»Wenn du so weitermachst mit deinen Frotzeleien, mach ich dir bald einen Heiratsantrag.«

»Sinnlos, Herr Kollege, ich bin schon vergeben.« Fenna hakte sich bei Tammo unter und zog ihn in die Straße, in der der Blumenladen lag, in dem die dritte der Freundinnen von Magdalene Paulsen beschäftigt war.

Vor dem Laden hantierte eine Frau mit üppiger Figur an einem Rollregal, auf dem Töpfe und Plastikvasen mit Grünpflanzen und blühenden Blumen standen.

Fenna löste sich von Tammo, ging auf sie zu und stellte sich vor. »Wir würden gern mit Hanne Matthiesen sprechen.«

Die Frau nickte Fenna kurz zu, ließ sich bei ihrer Arbeit aber nicht stören. Sie nahm Sträuße pinkfarbener Rosen aus einem Eimer und steckte sie in die Vasen auf dem Regal. Erst als der letzte Strauß untergebracht war, wischte sie sich die Hände an ihrer grünen Schürze ab.

»Hanne Matthiesen, das bin ich. Sie sind bestimmt wegen der DNA-Proben hier. Unsere Rosie hat mich vorhin angerufen und mir davon erzählt. Kommen Sie rein.« Sie winkte den Ermittlern auffordernd zu und marschierte in den Laden, dessen Tür weit offen stand.

Mitten im Raum blieb sie stehen und stemmte die Hände in die Hüften. »'ne Speichelprobe?«

Verblüfft über so viel Direktheit, holte Fenna Latexhandschuhe aus ihrer Umhängetasche hervor. Dann führte sie das Prozedere durch, das am Vormittag bereits Rosemarie Uthoff aus freien Stücken über sich ergehen lassen hatte.

»Das war aber nicht alles«, sagte Tammo. »Wir möchten uns auch ein bisschen mit Ihnen unterhalten. Können Sie gerade ein paar Minuten erübrigen?«

Hanne Matthiesen breitete die Arme aus. »Sehen Sie Kunden im Laden oder meine scharfäugige Chefin?«

Sie ging in einen Nebenraum und kehrte mit zwei Klappstühlen zurück. »Wenn Ihnen das als Sitzgelegenheit reicht?«

Sie klappte die Stühle auseinander und stellte sie neben den Verkaufstresen. Hinter der Theke holte sie einen Hocker auf Rollen hervor, auf dem sie selbst Platz nahm.

»Bitte«, sagte sie und zeigte einladend auf die Klappstühle. »Was möchten Sie denn von mir wissen?«

Die Ermittler setzten sich auf die wenig vertrauenswürdigen Sitzgelegenheiten, die leise knarzten.

»Wir sind schon ein wenig über Ihr Kleeblatt informiert«, begann Fenna. »Darüber, wie Sie vier zusammengefunden haben. Wann haben Sie selbst Frau Paulsen denn zum letzten Mal gesehen?«

»Uih, wann war das genau?« Hanne rieb sich die Stirn. »Warten Sie, das war letzte Woche, am Donnerstag. An dem Nachmittag war sie hier im Blumenladen. Wir haben uns für kommenden Samstag zum ausgiebigen Einkaufsbummel in Husum verabredet.« Hanne hob die Hände. »Aber daraus wird ja nun nichts mehr.«

»Wollten nur Sie beide shoppen gehen?«, fragte Fenna, »oder die ganze Clique?«

Hanne lachte. »Nee, nicht die ganze Clique. Eine Rosemarie Uthoff können Sie nicht durch zig Modegeschäfte schleifen. Die geht in einen Laden, sucht einen Pulli oder einen Rock, und wenn sie nicht sofort einen findet, dreht sie sich um und geht wieder nach Hause.«

»Und eine Insa Pannkok«, fragte Tammo vorwitzig.

Hanne winkte ab. »Die hat kein Geld fürs Shopping übrig. Bei Insa und ihrem Freddy stünden erst mal andere Anschaffungen an, wenn sie Kohle hätten.«

Die Ermittler warfen sich vielsagende Blicke zu.

Schnell ergänzte Hanne: »Insa war aber auch nie so der Modefreak. Wenn sie Geld hätte, würde sie es lieber für Reisen ausgeben als für schicke Klamotten. Jeder hat seine Träume«, schob sie achselzuckend hinterher.

Tammo rückte mit seinem klapprigen Stuhl, der geräuschvoll über die Fliesen schrammte, näher an Hanne Matthiesen heran, die zwischen den beiden Ermittlern saß.

»Hätte Frau Pannkok sich kein Geld bei Frau Paulsen leihen können?«, fragte er leise, als wären Kunden im Laden, die seine Worte nicht hören durften.

Hanne wich automatisch ein Stückchen zurück. »Ich denke, das war eine Ehrensache, dass keine von uns auf einmal ankam und Magdalene um Geld anbettelte. Wie hätte das denn ausgesehen?«

»Hätte ja sein können«, meinte Tammo. »Sie haben Frau Paulsen also am Donnerstag zuletzt gesehen. Und wo, wenn ich fragen darf, waren sie, als sie starb?«

Mit der Frage schien Hanne Matthiesen gerechnet zu haben. Sie zeigte sich in keiner Weise überrascht. Vermutlich hatte Rosemarie Uthoff sie vorgewarnt, dass sie ihr diese Frage stellen würden.

»Wenn es stimmt, dass Magdalene am Dienstagabend gestorben ist, also am Abend vor dem Morgen, an dem sie gefunden wurde, dann dürfte ich zu der Zeit mit meiner Dackelhündin unterwegs gewesen sein. Die genaue Uhrzeit, zu der Lene gestorben ist, kenne ich natürlich nicht. Aber Emma ist tagsüber immer bei meiner Mutter, weil sie hier im Laden nur die Kunden ankläfft. Am Abend hole ich sie ab, es sei denn, sie soll über Nacht bei Mutti bleiben. Und dann machen wir eine kleine Runde über die Promenade oder am Strand entlang, je nach Wind und Wetter.«

»Ihre Mutter kann bezeugen, dass Sie Ihre Dackelhündin an dem Abend abgeholt haben?«, fragte Fenna.

»Das wird sie wohl können. Wenn das wichtig ist«, sagte Hanne, »dann sollten Sie sich beeilen, sich das von ihr bestätigen zu lassen. Meine Mutti ist nicht mehr die Jüngste, sie vergisst schnell mal was. Ich schreib Ihnen die Adresse und die Telefonnummer auf.«

Fenna verkniff sich ein ›Das ist nicht nötig.‹. Man konnte nie wissen, wozu die Aussage von Frau Matthiesens Mutter nützen konnte.

Hanne nahm einen Quittungsblock des Blumenladens und einen Stift und kritzelte die Kontaktdaten ihrer Mutter aufs Papier. Das Blatt riss sie vom Block ab und hielt es den Ermittlern hin.

Fenna griff nach dem Papier, faltete es und steckte es in ein Seitenfach ihrer Umhängetasche. »Von wem haben Sie von Frau Paulsens Tod erfahren?«

»Von Rosie. Sie wusste es von Manno Dethlefsen. Den kennen Sie ja.«

Hanne Matthiesen schien von Frau Uthoff wirklich bestens auf die Fragen, die sie hatten, vorbereitet worden zu sein. War es ein Fehler gewesen, sich zuerst in Ruhe ein Mittagessen zu gönnen?

Fenna lächelte süßsäuerlich. »Herr Dethlefsen ist in Sankt Peter-Ording kein Unbekannter, wie wir sehen. Haben auch Sie selbst mit ihm direkt zu tun?«

»Ich?« Hanne schüttelte ihre wilde blonde Mähne. »Nein. Meine Chefin mag ihn nicht. Bei uns im Laden kriegt der keinen Fuß auf den Boden. Es sei denn, er kommt her, um Blumen zu kaufen. Aber das macht er natürlich nicht. Für wen auch?«

»Und privat?«, fragte Tammo provokant.

»Pfff«, machte Hanne. »Sehe ich so aus, als hätte ich einen wie Manno Dethlefsen nötig?«

»Wieso mag Ihre Chefin Herrn Dethlefsen nicht?«, fragte Fenna.

»Ooooch.« Hanne Matthiesen guckte verlegen auf ihre Fingernägel. »Ich glaub, die sind sich mal zufällig irgendwo begegnet, und das war für beide unangenehm. Aber Genaueres weiß ich darüber nicht.« Sie hob den Kopf wieder. »Der Dethlefsen hat nicht nur Freunde im Ort, auch wenn er an sich ein Harmloser ist.«

Fenna nahm die Äußerung zur Kenntnis und machte sich Notizen dazu. Verstohlen blickte sie zu Tammo, der ihr einvernehmlich zunickte.

Manno Dethlefsen, der zufällige Finder einer Leiche, nahm Konturen an, und die Kommissarin sah sich einmal mehr darin bestätigt, dass sie sich auf ihr Bauchgefühl verlassen konnte. Es war nicht nur der Gedanke an Fee und Dennis-Janine gewesen, der ihr am Morgen des Leichenfundes beim Gespräch mit Dethlefsen auf Maleens Knoll Bauchgrummeln verursacht hatte.

»Können Sie uns mehr über Manno Dethlefsen berichten?«, fragte Fenna. »Wie stand er zu Magdalene Paulsen? Welche Rolle hat er in deren Leben gespielt?«

Hanne guckte erschrocken. »Er hat ab und zu für Lene gearbeitet, für ihren Buchladen Werbematerialien erstellt. Mehr weiß ich nicht. Bei Magdalene zu Hause sind wir ihm nie begegnet.«

»Verstehe«, sagte Fenna.

Das Telefon, das auf einem Regal neben dem Tresen des Blumengeschäfts stand, schrillte laut.

»'tschuldigung«, sagte Hanne, stand auf und nahm das Gespräch entgegen. Sie hörte zu, griff erneut zu Block und Stift und notierte etwas. »Einen Strauß für rund fünfzig Euro zum vierzigsten Geburtstag Ihrer Frau. Gerne. Besondere Wünsche, was die Farben betrifft?« Wieder schrieb sie. Zwischenzeitlich nickte sie den Ermittlern zu und formte mit den Lippen ein Wort, das wohl ›Moment‹ bedeuten sollte. Endlich verabschiedete sie sich von dem Anrufer und legte auf.

»Es gab zuletzt zwei Herren«, sagte Fenna, während Hanne sich wieder auf dem Hocker niederließ, »die Frau Paulsen umworben haben sollen. Wissen Sie etwas darüber?«

»Ja-haaa.« Hanne guckte geradeaus. »Da gewinnt eine nicht mehr ganz jugendliche Frau im Lotto, und auf einmal werden die alten Säcke munter.« Sie prustete.

»War jedem der beiden Herren bekannt, dass er einen Konkurrenten hatte?«

Hanne wackelte mit dem Oberkörper hin und her. »Ich glaube schon. Thilo Wolfson war kürzlich hier im Laden und hat Blumen für seine Frau gekauft. Während ich den Strauß zusammengestellt hab, hat er über Falk Tomfort hergezogen und ihn als Waschlappen bezeichnet. Und Falk muss Magdalene gegenüber einige Klöpse über Thilo fallengelassen haben, als er merkte, dass ihr

Nachbar mit ihr flirtet. Das war schon komisch. Bisher waren die Paare Tomfort und Wolfson immer ein Herz und eine Seele. Die Frauen sind seit Urzeiten Kegelschwestern. Und dann auf einmal zogen die Männer übereinander her. Das hat mich ziemlich überrascht.«

Fenna nickte verständnisvoll. Spätestens morgen sollten Tammo und sie sich mit den Herren Tomfort und Wolfson auseinandersetzen.

Tammo sah auf die Uhr.

Die Zeit zerrann ihnen zwischen den Fingern. Die Kommissarin reichte Hanne Matthiesen ihre Visitenkarte. »Wenn Ihnen noch etwas zu Frau Paulsen einfällt, das für uns wichtig sein könnte, oder zu den Herren, die sich für sie interessierten, melden Sie sich bitte.«

Die Ermittler hoben sich.

»Mach ich natürlich«, sagte Hanne und stand ebenfalls auf. Sie hob einen Finger. »Ach, Moment noch.« Dann verschwand sie in einem Nebenraum des Ladenlokals.

Kurze Zeit darauf kehrte sie mit einer bauschigen Handtasche zurück, deren schmale Lederriemen sie sich um die Schulter gehängt hatte. Sie kramte ein kleines Etui daraus hervor und hielt es hoch.

»Das ist der Schlüssel zu Magdalenes Haus. Den hätte ich Ihnen heute Abend nach Dienstschluss auf die Wache gebracht, aber Sie sind mir zuvorgekommen.« Sie händigte der Kommissarin das Etui aus.

»Sie hatten Zugang zu Magdalene Paulsens Haus?«, fragte Fenna.

»Warum denn nicht?«, erwiderte Hanne. »Jede von uns hat einen Schlüssel zum Haus oder zur Wohnung jeder anderen. Wir sind doch Freundinnen. Wenn einer von uns mal was passieren sollte, wenn sie plötzlich ins Krankenhaus kommt oder so, muss jede andere ihr helfen können. So haben wir das vor langer Zeit schon abgemacht.«

»Ja, natürlich.« Fenna bemühte sich, ihr Staunen zu verbergen.

Warum hatte Rosemarie Uthoff vorgegeben, die einzige Freundin zu sein, die einen Schlüssel zum Haus von Magdalene Paulsen hatte? Hatte sie vergessen, verdrängt, dass die anderen auch einen besaßen?

»Vielen Dank für Ihre Auskünfte, Frau Matthiesen.« Fenna reichte der Blumenverkäuferin die Hand. »Den Schlüssel werden wir der Vermieterin zurückgeben.«

Hanne lächelte verliebt, als sie sich von Tammo verabschiedete. »Ihre Haare wären was für unsere Insa.«

»Mag schon sein«, sagte er verlegen und verließ Arm in Arm mit Fenna das Geschäft.

»Jetzt zu Insa Pannkok nach Hause?«, fragte er, als sie wieder auf der Straße standen.

»Moment«, sagte Fenna und nahm ihr Smartphone zur Hand. »Ich rufe mal eben auf der Wache an.«

Sie suchte die Nummer aus dem Speicher heraus und wartete wenige Sekunden, bis die Kollegin sich meldete.

»Merle, kannst du bitte eine Aussage verifizieren?« Sie nannte der Polizistin die Daten von Hanne Matthiesens Mutter und erklärte ihr, dass es um das Alibi der Freundin des Opfers ging, das sie oder ein anderer Beamter sich kurzfristig von der Dame bestätigen lassen sollte.

»Euer Privatdetektiv hat sich übrigens gerade noch mal gemeldet«, sagte Merle. »In einer Minute hätte ich euch selbst angerufen. Wenn ihr jetzt Zeit hättet, würde ihm das gut passen. Er ist gerade im Ort.«

»Wilko Störk ist in Sankt Peter-Ording?« Fenna verständigte sich kurz mit Tammo. »Hast du seine Handynummer, Merle?«

Tammo tippte die Nummer, die Fenna Ziffer für Ziffer wiederholte, in sein Handy ein. Dann rief die Kommissarin von seinem Mobilgerät aus Wilko Störk an.

»Ich melde mich wegen eines alten Falles«, sagte der Detektiv nach der herzlichen Begrüßung und einem kurzen Small Talk. »Die Sache hat mit Manno Dethlefsen zu tun.«

15

Wie besessen zog Manno jede einzelne Schublade in seinem Zimmer auf und durchwühlte sie. Irgendwo musste diese doofe alte Sonnenbrille stecken, die mit den großen, verspiegelten Gläsern.

Er ging ins Büro. Vielleicht fand er sie dort.

Natürlich. Sie lag in der alten Truhe, die zur Einrichtung seiner Eltern gehört hatte und immer noch in einer Ecke stand, weil Vater verfügt hatte, dass sie im Haus zu bleiben hatte, solange er lebte. Manno brachte all die alten Dinge darin unter, die er nicht mehr benutzte, von denen er sich aber selbst nicht trennen mochte.

Es hätte ihm auch gleich einfallen können, dass die Brille da drin liegen musste. Genauso wie die Mütze, die eine Jugendfreundin ihm mal gestrickt hatte und die so hässlich aussah, dass sie schon wieder Kult war.

Er zog die verschlissene braune Jeans und das langärmelige beigefarbene Shirt an. Brille auf die Nase, Mütze auf. Er stellte sich vor den Spiegel im Bad. Er sah nicht aus wie ein Designer. Wenn er die Schultern hängen ließ, den Rücken krumm machte und den Bauch nicht einzog, war die Verkleidung perfekt.

Er ging zurück ins Büro und wählte die Nummer, die er inzwischen auswendig kannte.

»Rosie«, sagte er, als er die bekannte Stimme hörte. »Rosie, hast du einen Termin für mich, jetzt gleich? Ich komm zu dir ins Büro.«

»Willst du verreisen, oder worum geht es?«

Zum Glück hatte sie gerade keinen Kunden vor sich. Dann hätte sie ihn gleich abgewimmelt.

»Ich brauch deine Hilfe, Rosie.«

»Meine Hilfe? Wobei?«

Begriff die Frau denn nicht? »Rosie, bitte. Ich stecke in Schwierigkeiten.«

Sie antwortete nicht. Sie blieb stumm.

Der Druck, der auf ihm lastete, war zu groß. »Bitte, Rosie. Bitte, bitte, bitte.«

»Was ist denn los? Hat es mit Magdalene zu tun?«

»Hör zu.« Seine Stimme flatterte vor Nervosität. Er griff sich an den Hals und strich sich sanft über den Kehlkopf. »Ich mach mich gleich mit dem Fahrrad auf den Weg, dann bin ich in ein paar Minuten bei dir. Sag keinem, dass ich dich angerufen habe, hörst du?«

Rosie ließ mit der Antwort auf sich warten. »Okay«, sagte sie endlich. »Aber wenn ein Kunde bei mir sitzt, wenn du kommst ...«

»Ich habe einen Termin, Rosie, verstehst du? Ich habe gleich einen Termin mit dir. Der ist fix. Wenn ein Kunde kommt – du hast eine Kollegin, oder nicht?«

Rosie seufzte laut. »Bis gleich, Manno.«

Sie hatte aufgelegt.

Noch ein Blick in den Spiegel, dann ging er hinunter.

Vater saß im Wohnzimmer.

»Pa, ich bin noch mal kurz außer Haus. Bin in einer Stunde wieder da oder anderthalb.«

»Willst du zum Skifahren«, murrte sein Vater, »oder warum dieser Aufzug mit Mütze und Spiegelbrille?«

Manno nahm die Brille ab. »Die Abendsonne steht so schräg, und der Wind ist frisch. Ich will mit dem Rad los, mich auspowern. Hab gerade ein paar gute Ideen. Wenn ich über den Deich radele und der Wind mir den Kopf frei weht, werde ich die ganze Nacht nicht zu toppen sein mit meinen Entwürfen.«

»Wenn's denn Geld bringt ... Dann fahr man los.«

Manno setzte die Brille wieder auf, holte sein Rad aus dem Schuppen und trat in die Pedale. Er mied die üblichen Strecken. Über Schleichwege fuhr er zum Deich. Dort würde er der Polizei nicht über den Weg fahren. Er wollte den Ermittlern auf gar keinen Fall begegnen.

In diesen Klamotten würden ihn selbst seine besten Freunde nicht auf den ersten Blick erkennen, und beim zweiten Blick wäre er schon längst an ihnen vorbei.

Kurz vor der Seebrücke verließ er den Deich und schlängelte sich über eine Seitenstraße ins Zentrum. Er schloss sein Rad an einem Fahrradständer ab, ohne auch nur einmal nach rechts und links zu gucken, und huschte in das Reisebüro.

Die Kollegin von Rosie war ins Gespräch mit einem Kunden vertieft. Ehe sie den Kopf hob, war er schon an ihr vorbeigeschossen.

Rosie hatte sich in ihr Einzelbüro zurückgezogen, das ihr als Filialleiterin zustand. Die Tür stand halb offen. Sie erwartete ihn.

Er atmete auf.

Sie warf ihm einen langen Blick zu. »Wie siehst du denn aus?« Selbst sie, die wusste, dass er jeden Moment eintreffen musste, hatte ihn nicht sofort erkannt.

Er nahm die Brille ab und ließ sich auf einen der beiden Stühle plumpsen, die vor ihrem Schreibtisch standen. »Du musst mir helfen. Versprochen?«

Rosie schlug einen Katalog zu, in dem sie verschiedene Seiten mit bunten Post-its markiert hatte, und schob ihn zur Seite. »Ich muss erst mal gar nichts. Vielleicht klärst du mich mal auf, was Sache ist?«

Sie schenkte ihm ein Glas Wasser ein.

»Es geht um Magdalene.« Er trank gierig.

»Das hab ich mir gedacht. Worum auch sonst?« Ihre Augen wurden düster und schmal. »Hast du sie auf dem Gewissen, und ich soll dich jetzt decken?«

Eine Sekunde lang befürchtete er, sie hätte einen dieser Schalter unter dem Schreibtisch wie Bankangestellte, die bei einem Überfall, vom Bankräuber unbemerkt, die Polizei alarmieren konnten. Aber sie hielt beide Hände über der Schreibtischplatte. Manno atmete auf.

Das T-Shirt klebte an seinem Rücken. Er spürte förmlich die nasse, dunkle Spur, die die Tropfen auf der Wirbelsäule hinterließen.

»Ich war es nicht, du musst mir glauben.«

»Warum dann dieses ganze Theater?«

Wie sollte er anfangen? Und wo überhaupt? An welchem Punkt hatte das Unglück seinen Lauf genommen?

Beschwörend hob er die Hände. »Hör zu, Rosie, es ist alles ein Missverständnis. Ein einziges, riesengroßes Missverständnis, das einfach kein Ende nimmt.«

Schnippisch spitzte Rosie die Lippen. »Und wo liegt der Anfang deiner Meinung nach?«

Er riss sich die Mütze vom Kopf. Sie roch nach feuchter Wolle. Schweißtropfen rannen die Stirn hinab.

Rosie zog eine Lade auf, holte ein Päckchen Papiertücher hervor und warf es ihm zu.

Er zupfte zwei Tücher heraus und tupfte sich Stirn, Schläfen und Hals ab. »Angefangen hat es vor knapp vier Jahren. Mit einer gewissen Helga Dettmer.«

»Ach, die Geschichte.«

Rosemarie erinnerte sich also. Es hatte damals auch einiges in der Zeitung gestanden. »Ich habe keine Schuld an Helgas Tod. Nie gehabt. Ich hatte sie über diese Annoncen kennengelernt, ja. Ich war bei ihr, ja. Ich war auch an dem Abend bei ihr, als sie starb. Aber ich hab sie nicht die Treppe runtergeschubst. Es war ein Unfall.«

Er gab es auf. Mehr wollte und mehr konnte er nicht dazu sagen. Entweder Rosie glaubte ihm, oder …

Ihm wurde schlecht bei dem Gedanken, dass sie es nicht tat. Dass sie ihn abweisen könnte.

»Rosie, mein Ex-Kollege Hubie hat heute Morgen irgendwas Komisches gefaselt. Jemand hat bei ihm angerufen und nach mir gefragt. Nach mir als Designer. Und dann hat er wissen wollen, ob die Agentur mich rausgeschmissen hat wegen der Sache mit Helga. Ich frage dich: Warum ruft der Typ ausgerechnet jetzt an, wo das mit Magdalene passiert ist? Da ist doch was faul?«

Rosie zuckte mit den Schultern. Die Geschichte schien sie überhaupt nicht zu berühren.

»Die Polizei ist unterwegs«, sagte sie kühl. »Sie befragen uns. Mich, Hanne, Insa.«

»Was fragen sie denn so?« Manno rückte näher an den Schreibtisch heran. »Was wollen die wissen? Haben sie auch nach Helga gefragt?«

»Mich nicht.« Rosie holte eine Tüte mit Traubenzuckerbonbons heraus, bot ihm davon an und nahm selbst ein Stück.

Wurde sie jetzt auch nervös? Brauchte sie was für die Nerven?

»Rosie.« Er sah sie so eindringlich an, wie es sonst nur Gejagte im Fernsehen tun. In Thrillern, in denen es um alles geht, um Leben und Tod. »Rosie, mich beschattet jemand. Ich schätze, der Typ ist von der Polizei. Er hat mich heute Vormittag in Husum verfolgt, und vorhin stand er vor unserem Haus.«

»Ja und? Was glaubst du denn, was der rausfinden will?«

Himmel noch mal. Rosie verstand ihn nicht. Sie hatte keinen Schimmer, in was für einer Situation er war.

»Ich muss damit rechnen«, sagte er und pochte mit der Faust auf den Tisch, »dass die mich als Verdächtigen befragen. Vielleicht heute Abend noch, vielleicht erst morgen.«

Rosie lutschte an ihrem Traubenzucker und nickte. Sie hatte Augen wie eine Kuh. Groß, rund und teilnahmslos.

»Ich brauch ein Alibi.« Seine Stimme krächzte vor Anstrengung. »Ich brauch ein Alibi, Rosie. Sei so gut ... Bitte.«

Sie schüttelte den Kopf. »Die haben mich schon gefragt, wo ich zu Magdalenes Todeszeitpunkt war.«

»Na und?«, fragte er.

Sie hob den Finger. »Da hast du dich übrigens in die Nesseln gesetzt, wenn ich das mal so sagen darf. Du hast überall rumerzählt, dass sie am Abend, bevor du sie gefunden hast, gestorben ist.« Wieder kniff Rosie die Augen zusammen. »Woher wusstest du das denn so genau, he? Woher?«

Es war der pure Albtraum. Wie kam er raus aus dieser Sache? Was würde mit Vater passieren, wenn sie ihn als seinen einzigen Familienangehörigen einbuchteten?

»Was hast du den Beamten gesagt, Rosie, wo du zu Lenes Todeszeitpunkt warst?«

Rosie sah ihn an, als wäre er begriffsstutzig. »Ich war hier, bis ungefähr zwanzig Uhr. Ich hab für die Geschäftsleitung die Zahlen für den Mai zusammengestellt. Dann bin ich nach Hause gegangen.«

Manno lehnte sich zurück. Er setzte seine fieseste Verbrechervisage auf. »Und dann?«, fragte er in provokantem Ton. »Was hast du zu Hause gemacht? Wer hat dich gesehen?«

»Niemand hat mich gesehen. Das hab ich denen auch gesagt. Ich hab kein Alibi.«

Er schnellte vor wie eine Schlange, die nach ihrer Beute schnappt. »Dann hast du genauso die A-Karte gezogen wie ich. Wenn sie dir an den Karren fahren wollen, wenn sie was finden, was dich verdächtig macht, dann stehst du da. Was sagst du denen dann? ›Ich hab kein Alibi‹«, äffte er ihre Stimme nach. »»Aber ich bin unschuldig, wirklich. Das müssen Sie mir glauben.‹«

Ihr Gesicht nahm einen anderen Ausdruck an. Endlich schien sie zu begreifen.

»Rosie, ich mach dir einen Vorschlag.«

Sie stierte ihn an.

»Wir beide«, sagte er und deutete abwechselnd auf seine Brust und auf Rosie, »wir haben den Abend zusammen verbracht. Okay, du hast deine Zahlen zusammengestellt, bis zwanzig Uhr. Oder sagen wir: bis neunzehn Uhr. Dann bist du nach Hause, und ich hab dich da besucht.«

»Und dann?«, fragte Rosie.

»Und dann?« Manno stützte den Kopf in die Hände und grübelte. Dann sah er sie an und sprach es aus. »Wir beide hatten Sex.«

Rosie schüttelte den Kopf und schnaufte laut.

Er streckte eine Hand aus und berührte sie am Arm. »Doch, das ist gut, Rosie: Wir hatten Sex. Dabei vergisst man die Welt und die Zeit. Man denkt an nichts anderes und guckt nicht auf die Uhr.«

Rosie schwieg. Ihre Miene war weicher geworden. Ihre Augen lächelten. Bald hatte er sie überzeugt.

»Irgendwann«, fuhr er fort, »es muss weit nach Mitternacht gewesen sein, da bist du eingeschlafen. Gegen drei Uhr morgens bist du im Halbschlaf aufgestanden, weil du zur Toilette musstest. Zu dem Zeitpunkt war ich noch bei dir. Aber als du am nächsten Morgen aufgewacht bist, war ich weg. Weil ich frühmorgens bei meinem Vater sein musste, den ich sowieso schon viel zu lange allein gelassen hatte.«

Rosie kniff die Lippen zusammen. Sie stemmte sich gegen die Schreibtischplatte und atmete laut durch. »Wie stellst du dir das vor? Soll ich morgen zur Polizei gehen und sagen: ›Ach übrigens, mir ist eingefallen, ich hab doch ein Alibi. Ich hatte Sex. Rein zufällig mit Manno Dethlefsen.‹?«

»Natürlich, Rosie, genau so machst du das. Ist doch eine ganz klare Sache. Du hast dich geschämt. Du wolltest nicht zugeben, dass du mit einem Mann Sex hattest, mit dem du gar nicht richtig befreundet bist. Dessen Kundin du bist und dessen Kundin auch Magdalene Paulsen war.«

Rosie nickte langsam. »Okay, das könnte gehen.«

Mannos Herz schlug Purzelbäume. Er hatte sie überzeugt.

»Wir müssen gar nichts weiter absprechen«, sagte er. »Wenn wir zu viele übereinstimmende Details haben, fällt das auf. Das passt nicht zu der Situation, zum Sex. Denk immer daran: Dabei vergisst man alles.«

Sie lächelte und wurde ein bisschen rot. Dann nickte sie. »Okay. Ich regle das morgen.«

»Wann morgen? Um wie viel Uhr?«

Sie sah ihn fragend an.

»Ich muss das wissen, Rosie. Und ich muss mich darauf verlassen können. Wenn die irgendwann zu mir kommen, und ich bin sicher, die kommen morgen, dann wäre es gut, wenn sie das vorher schon von dir erfahren hätten. Am besten wäre, du würdest heute noch hingehen.«

»Nee, heute nicht mehr.«

»Oder anrufen. – Rufst du heute an? Bitte! Versprich es mir.«

Wieder seufzte Rosie. »Na gut. Aber nicht jetzt sofort. Ich muss mir erst mal im Einzelnen vorstellen, wie das abgelaufen sein könnte.«

»Nicht *könnte*, Rosie. *Ist*. Wie es abgelaufen *ist*.«

Manno stand auf, und auch Rosie erhob sich. Mit hängendem Kopf ging sie um den Schreibtisch herum.

Er umschlang sie mit beiden Armen und drückte sie an sich.

Ihr Rücken versteifte sich.

Beschwingt verließ Manno das Reisebüro. Er nahm sein Rad und fuhr los.

Unterwegs kamen ihm Zweifel.

Ob die Kommissare Rosie den Sex abnehmen würden?

16

Fenna stürmte in die Wache, Tammo hastete hinter ihr her. Die Kommissarin fühlte sich, als hätte sie gerade einen Marathon absolviert, einen Strandmarathon um die Halbinsel Eiderstedt.

»Herr Störk ist schon da«, rief Merle ihr zu. »Er sitzt im Besprechungsraum.«

Aus ihrer Umhängetasche holte Fenna die Behälter mit den Wattestäbchen. Sie überreichte sie der Kollegin. »Kannst du bitte dafür sorgen, dass die DNA-Proben von Frau Uthoff und Frau Matthiesen sofort zur KTU nach Husum gebracht werden? Eike Hoböken wartet schon darauf, wir haben ihn von unterwegs informiert.«

»Klaro«, erwiderte Merle. Sie drehte sich um und winkte einen Polizisten heran, den sie bat, schnellstens zu den Kollegen in die Kreisstadt zu fahren.

Wilko Störk stand auf, als die Ermittler eintraten, und begrüßte sie mit offenen Armen. »Dass wir uns hier wiedersehen«, sagte er und drückte Fenna fest an sich. Dann reichte er Tammo die Hand. »Ich soll Sie beide ganz herzlich von Nike grüßen. Sie fühlen sich hoffentlich wohl in dem Haus, das sie Ihnen vermittelt hat?«

»Es ist ideal«, schwärmte Fenna. »Nike wusste wirklich, was am besten zu unserer Familie passt. Aber wir platzen vor Neugier. Was führt Sie zu uns?«

Mit einer Geste forderte die Kommissarin den Besucher auf, sich wieder zu setzen. Tammo und sie hockten sich ihm gegenüber auf die Stuhlkanten und starrten ihn voller Spannung an.

»Ich bin in meiner Eigenschaft als Privatdetektiv hier«, sagte Wilko Störk, »und doch auch wieder nicht.

Die Sache ist mir selbst schleierhaft.« Er schlug die Beine übereinander und schien nach dem passenden Einstieg in die Geschichte zu suchen, die er den Ermittlern erzählen wollte.

Fenna versuchte, ihm den Weg zu ebnen. »Wer hat Sie beauftragt?«

»Ich habe am Mittwochnachmittag einen Anruf erhalten, von einem gewissen Hubert Lammers. Er ist ein Ex-Kollege von Manfred Dethlefsen. Wer das ist, muss ich Ihnen ja nicht weiter erläutern.« Er schmunzelte.

Fenna versuchte, Zusammenhänge zu erkennen. »Der Anruf kam am Nachmittag des Tages, an dem Manfred Dethlefsen die Leiche von Magdalene Paulsen gefunden hat«, stellte sie fest. »Um wie viel Uhr hat Herr Lammers sich bei Ihnen gemeldet?«

»Um kurz nach fünfzehn Uhr. Zu dem Zeitpunkt war die Meldung über den Tod der Buchhändlerin Magdalene Paulsen bereits über die lokalen Radiosender gegangen. Ich selbst hatte sie nicht gehört, habe die Uhrzeit der ersten Meldung aber im Nachhinein recherchiert.«

»Was wollte Herr Lammers von Ihnen?«, fragte Tammo, der genauso wenig zu verstehen schien wie Fenna.

Wilko Störk drehte sich zur Seite und ließ einen Arm über die Stuhllehne hängen. »Der Mann hat mich regelrecht auf Manfred Dethlefsen angesetzt, natürlich ohne mir Geld für meine Recherchen bezahlen zu wollen. Er hat eine alte Sache erwähnt, in die Herr Dethlefsen verwickelt sein sollte, die aber dann ad acta gelegt wurde.«

»Worum geht es dabei?«, wollte Fenna wissen.

»Da muss ich etwas ausholen.« Wilko Störk wandte sich wieder nach vorn und fuhr sich mit der Hand über sein volles graues Haar. »Vor einigen Jahren hat eine gewisse Helga Dettmer aus Husum, eine alleinstehende, nicht unvermögende Frau reiferen Alters, über Annoncen bei einem Lokalblättchen einen Partner gesucht.«

»Ach«, sagte Tammo. »Über ›Von Herz zu Herz‹.«

Wilko guckte ihn erstaunt an. »Sie kennen die Rubrik?«

»Eine der Freundinnen von Frau Paulsen hat uns davon erzählt«, beeilte Tammo sich, zu sagen. »Daher weiß ich davon.«

Störk nickte amüsiert. »Wie dem auch sei«, meinte er, »diese Frau Dettmer hat sich, wie es heißt, für Manfred Dethlefsen interessiert und er sich für sie, obwohl sie etliche Jahre älter war als er. Er hat sich näher mit ihr angefreundet, hat sie gelegentlich in ihrem Haus besucht. Und eines Tages ist Frau Dettmer die Treppe hinuntergefallen und hat sich das Genick gebrochen.«

Tammo schüttelte irritiert den Kopf. »Sie ist einfach so runtergefallen, oder hat jemand nachgeholfen?«

»Das«, sagte Störk und schnippte mit den Fingern, »ist genau die Frage, die nie geklärt wurde. Es war eine Wendeltreppe, eng und steil. Es gab eine Zeugin, eine Nachbarin von Frau Dettmer, die behauptet hat, sie hätte ein lautes Poltern gehört, und anschließend habe Manfred Dethlefsen das Haus fluchtartig verlassen.«

»Was einerseits gewisse Gedankenverbindungen zulässt«, sagte Fenna, »andererseits aber nichts beweist.«

»Sie sagen es.« Störk nahm sein Handy hervor, das leise surrte, und drückte den Anruf weg, ohne auch nur einmal auf das Display zu gucken. Das Gespräch mit den Ermittlern schien ihm äußerst wichtig zu sein.

»Haben unsere Kollegen in Husum gegen Manfred Dethlefsen ermittelt?«, fragte Tammo.

Störk nickte. »Es wurden Ermittlungen aufgenommen, aber sie wurden bald wieder eingestellt, weil man ihm nichts nachweisen konnte. Weder ein Motiv noch die Tat selbst. Die Obduktion ergab keinerlei Hinweise, dass Gewalt gegen Frau Dettmer angewendet wurde oder dass Frau Dettmer sich gegen Herrn Dethlefsen gewehrt hätte.«

»Am besten lassen wir uns die Akte mal kommen«, sagte Tammo.

»Das wäre sinnvoll. Ich selbst kann zu diesem Fall nur recherchieren, was ich in Zeitungsarchiven finde.«

»Ich verstehe nicht«, sagte Fenna, »warum sollte Herr Dethlefsen Frau Dettmer überhaupt umgebracht haben?«

»Soweit ich in Erfahrung bringen konnte«, erwiderte Störk, »haben Ihre Kollegen unterstellt, dass er Frau Dettmer heiraten wollte. Beruflich hatte er zu der Zeit gerade einen Neuanfang gewagt. Er war lange Zeit bei einer Agentur beschäftigt, hat sich dann selbstständig gemacht und hatte finanziell wohl etwas zu knapsen. Es dauert ja meist, bis so etwas richtig ans Laufen kommt.«

»Er hatte also Existenzsorgen«, folgerte Tammo.

»Kann man so sagen. Irgendjemand hat der Kripo zugetragen, dass Frau Dettmer sich für einen anderen Mann entschieden haben soll und dass Herr Dethlefsen aus Wut darüber ihrem Leben ein Ende bereitet hat. Eine Tat im Affekt.«

»Gibt es Belege dafür, dass es einen anderen Mann neben Herrn Dethlefsen gab?«, fragte Fenna.

Wilko Störk schüttelte den Kopf. »Keine. Und es gab auch keine gegenteiligen Beweise. Es gab keine Bestätigung dafür, dass Frau Dettmer sich jemals für Manfred

Dethlefsen entschieden und beschlossen hätte, eine Ehe mit ihm einzugehen.«

»Verständlich«, sagte Fenna, »dass in dem Fall die Ermittlungen eingestellt wurden. Kein Motiv, kein Indiz, keine Anklage. Aber wieso hat Hubert Lammers die Sache jetzt noch mal zur Sprache gebracht?«

Der Privatdetektiv, der sich längst im Ruhestand befand und nur noch gelegentlich tätig wurde, lachte in sich hinein. »Er wollte unbedingt, dass ich einen Zusammenhang zwischen dem Unfall der Helga Dettmer und dem Mordfall Magdalene Paulsen herstelle. Er meinte, wenn ich rausfinde, dass Dethlefsen die Schuld am Tod von Frau Dettmer trägt, und beweise, dass er ein Serientäter ist, reißt Ihre Behörde die Schatulle auf und lässt zur Belohnung einen Geldsegen auf mich herabregnen.«

»Was für ein Witzbold«, meinte Tammo.

»Lammers«, fuhr Störk fort, »hat mich darauf hingewiesen, dass Dethlefsen an jedem ersten Donnerstag im Monat vormittags auf der Husumer Hauptpost erscheint und sein Postfach leert. Er behauptet, dass der Mann dann die Korrespondenz mit den Damen abholt, mit denen er über ›Von Herz zu Herz‹ Kontakt hat.«

»Woher will er denn das mit der Damenkorrespondenz wissen?«, fragte Tammo.

Störk lächelte selbstsicher. »Auch dazu habe ich Recherchen angestellt, und ich habe festgestellt, dass Hubert Lammers mit einer Mitarbeiterin des Blattes befreundet ist. Das Anzeigenblatt ist ein guter Kunde der Agentur, für die er als Texter tätig ist. Es hat mich keine fünf Minuten gekostet, das herauszufinden. Schließlich bin ich ein alter Hase. Ein Anruf von mir mit verstellter Stimme und falschem Namen hat gereicht, um einen gesicherten Hinweis auf die Verbindung zu erhalten, die zwischen Lammers und der Dame in der Redaktion besteht.«

Was in aller Welt wollte Hubert Lammers damit bewirken, einen Privatdetektiv auf Manno Dethlefsen anzusetzen? Fenna war ratlos. »Welches Interesse«, fragte sie, »kann dieser Mann daran haben, dass wir der Sache heute noch mal auf den Grund gehen?«

Störk zuckte mit den Schultern. »Das habe ich mir auch überlegt. Wenn Sie meine Meinung hören wollen – Manfred Dethlefsen gilt als talentierter Designer, und er schnappt den Agenturen so manchen Auftrag weg, auch wenn es finanziell keine großen Sachen sind. Der Markt ist eng geworden heutzutage. Da kommt es auf jeden kleinsten Kunden an. Ich hatte den Eindruck, Hubert Lammers will Manfred Dethlefsen als beruflichen Konkurrenten ausschalten. Aber zur Polizei zu gehen hat er sich wohl nicht getraut. Ihre Kollegen hätten ihn sicher merkwürdig angeguckt. Also hat er den Weg über mich gesucht – in der Hoffnung, dass ich Staub aufwirbele.«

»Sie haben das Mandat nicht angenommen?«, fragte Tammo.

»Nein. Aber neugierig war ich dennoch. Ich wollte mir einen Eindruck verschaffen. Also habe ich mir das Foto von Manfred Dethlefsen angesehen, das auf seiner Website zu finden ist. Auf den heißen Tipp von Hubert Lammers hin bin ich heute Vormittag ins Zentrum von Husum gefahren und um die Hauptpost herumgeschlichen, bis er tatsächlich daherkam. Lammers ist übrigens auch da aufgetaucht. Er hat Dethlefsen auf einen Kaffee eingeladen. Ich bin den beiden zum Binnenhafen gefolgt.«

»Hatten Sie keine Bedenken, dass Lammers Sie erkennen könnte?«, fragte Fenna. »Wo Sie den Auftrag doch abgelehnt hatten ...«

»Nein. Ich bin davon ausgegangen, dass er mich noch nie persönlich gesehen hat. Und wenn doch, wäre er zufrieden gewesen, dass ich seinem Hinweis folge.«

Fenna schwirrte der Kopf. Der Fall Magdalene Paulsen zog immer weitere Kreise. »Wie ist Ihre Einschätzung zum Tod von Helga Dettmer? Können Sie sich daran erinnern, was für einen Eindruck Sie damals aus der Berichterstattung in den Medien hatten?«

Es fiel Wilko Störk sichtlich schwer, sich zu einer Äußerung über den Fall durchzuringen.

Während er seine Worte abwägte, öffnete Merle die Tür einen Spalt breit und lugte hindurch.

Fenna ging zu ihr.

»Entschuldigung«, flüsterte die junge Kollegin, »aber es ist wirklich wichtig. Rosemarie Uthoff ruft gerade an. Sie sagt, ihr ist eingefallen, dass sie am Abend vor Magdalene Paulsens Tod nicht alleine war. Sie hat sich mit Manfred Dethlefsen getroffen.«

»Wie bitte? Das glaub ich jetzt nicht. Sag ihr bitte, sie soll sofort zu uns kommen.«

»Mach ich.« Merle schloss die Tür wieder.

Fenna setzte sich, sprang dann nochmals hoch und riss die Tür auf. »Und ruf doch bitte den Kollegen an, der mit den DNA-Proben nach Husum unterwegs ist. Er möchte bitte die Akte zum Fall Helga Dettmer aus dem Jahr ...« Sie wandte sich zu Störk um. »Wann ist das gewesen?«

Er rechnete nach. »Im Spätsommer oder Herbst 2015 muss das gewesen sein.«

»Die Akte Helga Dettmer aus dem Jahr 2015, die soll er bitte mitbringen.«

»Ich sag ihm sofort Bescheid«, rief Merle ihr zu.

»Wie ich die Todesumstände von Frau Dettmer eingeschätzt habe, wollten Sie wissen«, nahm der Privatdetektiv den Faden wieder auf. »Ich erinnere mich, dass ich die Sache etwas zweifelhaft fand, dass ich aber nicht aus dem Bauch heraus hätte sagen mögen: Der Dethlefsen hat sie auf dem Gewissen. Wie gesagt, ich halte es für möglich, dass Hubert Lammers den Ruf seines früheren Kollegen massiv schädigen will, um ihn auszuschalten. Aber so ganz von jeder Schuld freisprechen würde ich Manno Dethlefsen ohne nähere Prüfung auch wieder nicht.«

Merle kam noch einmal herein. »Frau Uthoff will nicht kommen. Sie sagt, sie hat keine Zeit. Sie wollte vorhin einfach nur kurz durchgeben, dass sie ...«

»Und ob sie Zeit hat«, brauste Fenna auf. »Bitte richte ihr aus, dass wir ihre Aussage unbedingt heute noch zu Protokoll nehmen müssen. Wenn sie in fünfzehn Minuten nicht hier ist, lassen wir sie abholen. Mit dem Polizeiwagen und vor den Augen aller Leute.«

»Verstanden.« Merle zog sich wieder zurück.

»Wir werden uns die Akte ansehen und die Sache mit dem aktuellen Fall abgleichen«, sagte Fenna. »Sollte es Parallelen zwischen beiden Fällen geben, kann uns das bei den jetzigen Ermittlungen vielleicht weiterhelfen.«

»Möglicherweise ernten Sie zusätzlich Lorbeeren, wenn Sie in dem früheren Fall zu neuen Erkenntnissen gelangen«, sagte Störk.

Während sie ihm zuhörte, fiel Fenna das Schreiben ein, auf das Magdalene Paulsens Steuerberater sie aufmerksam gemacht hatte. »Ich hätte noch eine Frage«, sagte sie, »Moment, ich hole schnell etwas aus meinem Büro, das ich Ihnen zeigen möchte. Ich hoffe, in der Angelegenheit kann Ihre Frau uns weiterhelfen.«

Sie rannte hinüber, schlug in dem Ordner, den sie in einen Schrank eingeschlossen hatten, das Register des Monats Mai auf und entnahm ihm die dubiose Rechnung für das Haus, das noch gar nicht existierte.

»Sehen Sie sich das an«, sagte sie, als sie wieder im Besprechungsraum stand. Sie legte das Schreiben vor Wilko Störk auf den Tisch und zeigte auf den Firmennamen im Briefkopf. »Ob Ihre Frau diese Firma kennt?«

»Das finde ich ganz schnell raus.«

Störk nahm sein Smartphone aus der Innentasche des Jacketts und suchte eine Nummer aus den Kontakten heraus. Er erklärte seiner Frau, was die Ermittler wissen wollten, hörte ihr zu und nickte dabei immer wieder.

»Danke, meine Liebe«, sagte er und beendete das Gespräch. »Diese angebliche Immobilienfirma«, erklärte er den Ermittlern, »hat einem gewissen Piet Ohm gehört. Der sitzt wegen Betrugs im Knast. Er hat gutgläubigen Kaufwilligen Grundstücke und Ferienhäuser verkauft, die es gar nicht gibt.«

»Wie hat er denn das geschafft?«, fragte Tammo.

»Er war wohl sehr geschickt«, meinte Störk. »Irgendwen gibt es immer, der auf so was reinfällt. Seine Firma existiert nicht mehr. Die Adresse, die auf der Rechnung angegeben ist«, er tippte mit dem Finger darauf, »dürfte fingiert sein – wie das ganze Briefpapier.«

Fenna stierte auf die Anschrift. Jetzt, wo Störk darauf hinwies, kam sie ihr auf einmal bekannt vor. Doch woher? – Sie beschloss, sich später darum zu kümmern.

Merle klopfte an. »Frau Uthoff wäre jetzt da.«

Wilko Störk erhob sich. »Ich möchte Sie nicht weiter aufhalten. Hoffentlich mache ich Ihnen nicht unnötig Arbeit mit meinem Hinweis auf den Fall Helga Dettmer.«

»Und wenn schon«, sagte Fenna. »Wir gehen lieber einem Hinweis zu viel nach, als dass wir eine wichtige Information vernachlässigen.«

Die Kommissare verabschiedeten sich von Wilko Störk und gingen auf Rosemarie Uthoff zu, die mit zerknirschter Miene auf einem der Besucherstühle neben dem Tresen saß.

»Plötzlich und unerwartet hat sich bei Ihnen eine Erinnerungslücke geschlossen«, bemerkte Tammo.

Rosemarie tötete ihn mit ihren Blicken. »Müssen wir hier reden?«, fragte sie und sah sich demonstrativ im Empfangsbereich um.

»Wir nehmen den Besprechungsraum«, sagte Fenna und streckte den Arm nach der Besucherin aus.

Rosemarie Uthoff entwand sich ihrem Griff und guckte irritiert, als auch Tammo mit in den Raum ging.

Alle drei nahmen an dem Tisch Platz, an dem die Ermittler eben noch mit Wilko Störk gesessen hatten.

»Dann legen Sie mal los«, sagte Fenna, die Kuli und Block bereithielt.

Rosemarie deutete mit dem Kinn auf Tammo. »Ich möchte meine Aussage nicht in Gegenwart eines Mannes machen. Es ist sehr – privat.«

Die Dame hatte also auch noch Sonderwünsche. »Tammo«, sagte Fenna und versuchte, ihre Gereiztheit am Ende dieses chaotischen Tages im Zaum zu halten. »Darf ich dich gegen Merle eintauschen?«

Mit unbewegtem Gesicht stand Tammo auf. Er sah auf seine Armbanduhr. »Wenn der Tausch nur bis zum Beginn des Feierabends gilt, okay.«

Er drehte sich um, stiefelte aus dem Raum und schickte Merle Bloom hinein.

Auch den beiden Frauen gegenüber schien Rosemarie sich in ihrer Haut nicht sonderlich wohlzufühlen.

»Wenn ich dann um Ihre Aussage bitten dürfte«, sagte Fenna. Sie klopfte mit dem Kuli auf den Block.

Rosemarie hob das Kinn. »Ich habe noch mal nachgedacht über den Abend, an dem Lene starb. Ich hab ja gesagt, dass ich im Büro und dann allein zu Hause war.«

»Richtig«, sagte Fenna. »Bis zwanzig Uhr waren Sie im Büro.«

»Neunzehn«, warf die Frau mit dem plötzlich erwachten Erinnerungsvermögen ihr zu. »Bis neunzehn Uhr.«

»Heute Morgen haben Sie gesagt, Sie waren bis zwanzig Uhr im Büro, haben Zahlen für die Firmenleitung zusammengestellt und sind dann nach Hause gegangen.«

Rosemarie sah sie erbost an. »Ich korrigiere mich. Ich war bis neunzehn Uhr im Büro. Wenn Sie das bitte so zu Protokoll nehmen würden?«

Fenna nickte. »Und was ist nach neunzehn Uhr passiert?«

»Ich bin nach Hause gegangen. Da hat mich Herr ...« Sie stockte kurz und fuhr entschlossen fort. »Manfred Dethlefsen hat mich besucht«, sagte sie mit einer Stimme so spitz wie eine Nähnadel.

»Okay.« Fenna notierte die Aussage. »Wie und wo haben Sie den Abend miteinander verbracht? Sind Sie bei Ihnen zu Hause geblieben?«

Rosemarie errötete tief. »Wir hatten Sex.«

»Aha.« Fenna unterließ es, nach Details zu fragen. Die Dame log, eindeutig.

Merle scharrte mit den Füßen übers Laminat.

Fenna interpretierte das als ein unterdrücktes Lachen, das sich auf irgendeine Weise seinen Weg bahnen musste, damit die Kollegin nicht gleich lauthals losprustete.

»Wie lange ging das?«, fragte die Kommissarin. »Ich meine, wie lange ist Herr Dethlefsen an dem Abend bei Ihnen geblieben?«

»Morgens um drei war er noch da«, sagte Rosemarie wie auswendig gelernt. »Als der Wecker ansprang, also um sechs, war er weg.«

»Sie sind um Punkt drei Uhr aufgewacht?«, hakte Fenna nach.

Die Frage warf Rosemarie aus dem Konzept.

Fenna schmunzelte. Manno Dethlefsen und Rosemarie Uthoff hatten sich also nicht in jedem Detail abgestimmt. Er hatte ihr eine grobe Strategie vorgegeben, die sie jetzt auf die Schnelle runterspulte.

»Frau Uthoff.« Fenna nagelte die Besucherin mit eiskalten Blicken fest. »Gibt es sonst noch etwas, das Sie uns mitteilen möchten?«

Rosemarie versuchte, den Blicken der Kommissarin auszuweichen, und schüttelte stumm den Kopf.

»Sie müssen sich bitte im Klaren sein«, sagte Fenna genüsslich, »dass Sie eventuell vor Gericht nähere Umstände Ihres Beisammenseins mit Herrn Dethlefsen darlegen müssen.« Sie klappte ihren Block zu und stand auf. »Schön, dass Sie sich erinnert haben. Dann bedanke ich mich für Ihre Aussage. Wir tippen das morgen früh ab. Kommen Sie bitte im Laufe der Woche noch einmal vorbei, um es zu unterschreiben.«

Rosemarie nickte und ließ sich hinausgeleiten.

Tammo stand am Empfangstresen und flachste mit einem Kollegen herum. Beide waren in Feierabendstimmung und zogen Grimassen hinter dem Rücken von Rosemarie, die die Wache eilig verließ.

»Wenn diese Frau Sex mit Manfred Dethlefsen hatte«, sagte Merle, als die Tür hinter der Besucherin zugefallen war, »dann bin ich die Angetraute von E.T., dem Außerirdischen.«

17

Hanne zählte die Tageseinnahmen. Sie legte die Geldkassette in den Tresor, machte die Theke sauber und wischte den Boden. Schließlich holte sie die rollbaren Regale herein. Sie warf einen letzten Blick auf die Kübel mit den frischen Blumen und den gebundenen Sträußen und goss hier und da Wasser nach. Nun endlich hatte sie Feierabend und Zeit für sich. Dackelhündin Emma würde heute Nacht bei Mutti bleiben.

Sorgsam schloss Hanne die Ladentür ab. Dann spazierte sie zu der Seebrücke, die so lang war, dass deren anderes Ende vom Vorplatz aus nicht zu sehen war.

Magisch zog die See, die am Horizont glitzerte, sie an.

Dort, wo die Brücke in den Strand überging, blieb Hanne stehen, die Fersen auf der letzten Bohle, die Fußspitzen im Sand. Sie stemmte die Hände in die Hüften, hob den Kopf und wippte auf und ab.

Wie oft hatten Magdalene, Rosie, Insa und sie sich abends nach Dienstschluss hier getroffen, um kilometerweit dem Himmel entgegen zu marschieren? Vorbei. Nie wieder würden sie zu viert durch den Sand stapfen und dabei über ihre Träume philosophieren.

Mit einem Mal fühlte Hanne sich beobachtet. Nicht von hinten oder von der Seite, nein ...

Scheu hob sie den Kopf.

War Magdalene da oben? Irgendwo über den Wolken? Konnte sie auf Hanne herabsehen, jeden ihrer Schritte beobachten? Sah sie, wie viel oder wie wenig die Freundinnen um sie weinten, jede einzelne von ihnen? Spürte sie, ob es aufrichtige Trauer war oder ob die Gefühle nur vorgegaukelt waren?

Gab es ein Weiterleben nach dem Tod?

Hanne beschloss, am Wassersaum entlang in Richtung Norden zu laufen, dorthin, wo die Strandbar lag, zu der das Kleeblatt am Sonntag vor zwei Wochen erst einen Ausflug gemacht hatte.

Überschwänglich hatte Magdalene ihre Freundinnen an dem Tag eingeladen. Die hausgemachte Kartoffelsuppe mit frischen Nordseekrabben hatten sie bestellt. Anschließend gab es norwegischen Lachs mit gegrilltem grünem Spargel und Süßkartoffel-Pommes. Dazu Wasser und Wein und hinterher Friesenpunsch. Magdalene konnte es sich leisten. Es tat ihr nicht mehr weh, die großen Geldscheine auf den Tisch zu werfen.

Und nun war sie tot.

Hanne blieb stehen. Es zog sie heute nicht bis zur Strandbar. Sie wollte nicht erinnert werden. Sie drehte sich gen Westen und ging auf den Flutsaum zu. Es war Ebbe, der tiefste Stand des Wassers war bald erreicht.

Sie fand es faszinierend, genau zum Zeitpunkt des Tidenwechsels an der Wasserkante zu stehen und zu beobachten, wie die Wellen sich auf einmal wieder weiter nach vorn schoben, zum Land hin. Wie sie leichthin über den Sand leckten und wie die Priele sich füllten.

Bis zum Sonnenuntergang dauerte es nicht mehr lange. Der Wind legte sich und diese seltsame Stille trat ein, die sich an Sommerabenden über Strand und Meer ausbreitete, als bedeckte jemand die Seelandschaft mit einer unsichtbaren Hülle, um sie zu schützen.

Hanne nahm Abschied von dem friedlichen Anblick. In gleichmäßigen Schritten marschierte sie zur Seebrücke und dann über dieses hölzerne Konstrukt, das sich scheinbar endlos lang dahinzog, zurück in den Ort.

Ihr Fahrrad wartete an einem der Ständer vor dem Blumenladen auf sie. Sie löste das Schloss, schwang sich in den Sattel und fuhr los.

Es ließ ihr keine Ruhe. Auf der Fahrt zu ihrer Wohnung machte sie einen Umweg zum Haus von Magdalene. Brennende Neugier war es, die sie dorthin trieb.

Lene hatte ein Haus gemietet, das einer Frau gehörte, die aus Sankt Peter-Ording stammte, aber seit Jahren in Düsseldorf lebte. Es lag jenseits der Landstraße, die den Ort der Länge nach in zwei Bereiche teilte – einen, der zur Seeseite hin lag, und einen, der zum Landesinneren hin ausgerichtet war und der an weite Felder und Wiesen grenzte. Das Haus war von einem üppigen Garten umgeben. Magdalene hatte die Natur geliebt.

Auch Falk und seine Frau wohnten in dieser Gegend. Ob Magdalene sich deshalb ein Haus auf dieser Seite des Dorfes gesucht hatte? Hatte der Wunsch, ihm nahe zu sein, über die Jahrzehnte hinweg nie nachgelassen?

Hanne brachte das Rad zum Stehen.

Vor der Gartenpforte des Hauses lagen Blumengebinde verstreut. Brennende Kerzen standen dazwischen. Grablichter mit eingebrannten Motiven – fliegenden Tauben, die einen Palmzweig im Schnabel trugen. Zeichen der Anteilnahme von Menschen, die um Magdalene trauerten.

Ein Gedanke gab Hanne einen Stich ins Herz. Wie wäre das, wenn sie selbst gestorben wäre? Würden die Bewohner von Sankt Peter-Ording auch für sie Blumen hinterlassen und Kerzen anzünden?

Unschlüssig stand Hanne da, die Hände auf dem Lenker, einen Fuß auf den Boden gestemmt, den anderen auf dem Pedal. So verharrte sie eine Weile.

Plötzlich spürte sie einen Krampf in der Wade. Sie stieg vom Rad und dehnte das Bein. Als der Muskel sich entspannte, hob sie sich wieder auf den Sattel und fuhr zum Blumenladen zurück.

Sie stellte einen Strauß aus Lilien, blauem Limonium und weißen Nelken zusammen. Dazu wählte sie Blätter der Schildblume und etwas Lederfarn. Zum Schluss entschied sie sich noch für eine blaue Distel. Sie legte die Pflanzen auf dem Tresen ab, schaltete das Radio ein, damit es nicht so unheimlich still im Ladenlokal war, und begann, den Strauß zu binden.

Das fertige Gebinde hielt sie mit ausgestrecktem Arm in die Luft und betrachtete es.

Ihr Blick wanderte weiter zum Fenster.

Ob Magdalene sehen konnte, was sie für sie tat?

Die Sonne war untergegangen, und die Dunkelheit brach ein. Es wurde Zeit, sich auf den Weg zu machen.

Sie notierte, welche Pflanzen sie entnommen hatte. Das Geld für den Strauß würde sie morgen in die Kasse legen. Sie schloss den Laden wieder ab, deponierte das Blumengebinde im Fahrradkorb auf dem Gepäckträger und machte sich erneut auf zu Magdalenes Haus.

Die Straße lag gespenstisch ruhig da.

Hanne summte vor sich hin und lachte über sich selbst. Es war ihr, als versuchte sie, Geister zu verscheuchen, die schemenhaft sichtbar um sie herum tanzten. Dunst stieg über den Feldern auf, wie sie bei fortschreitender Dunkelheit erkennen konnte. Und wer wusste schon, welche Seelen sich dahinter verbargen?

Sie würde sich nicht lange aufhalten. Mit eingezogenem Kopf hielt sie vor Magdalenes Haus an und lehnte das Rad gegen den Gartenzaun. Sie hob den Strauß aus dem Fahrradkorb. Vorsichtig wickelte sie ihn aus dem Papier und legte ihn ab.

Er war unter all den Gebinden, die dort lagen das schönste. Sie schob die anderen Sträuße etwas beiseite, legte ihre Blumen in die Mitte und ordnete einige Kerzen so an, dass sie die Blüten erleuchteten.

Ein bewegender Anblick.

Sie faltete die Hände. Was würde sie zu Magdalene sagen, wenn sie wüsste, dass die verstorbene Freundin sie hören konnte?

Hanne schrak zusammen.

Ein schwacher Lichtschein fiel durch ein Fenster im oberen Stockwerk und streifte den Gehweg. Wie der Schein eines Leuchtturms war er aufgetaucht und nach wenigen Sekunden wieder verschwunden.

Sie drückte die Hand auf die Brust.

Da, wieder ein Licht, wieder nur für zwei Sekunden. Galt das ihr? Sie blickte sich um. Das Feld gegenüber dem Haus lag völlig im Dunkeln. Etwas raschelte in den Sträuchern, die die Grenze zur Straße markierten.

In Panik griff Hanne nach dem Fahrradlenker. Sie schob das Rad auf die Straße und blickte noch einmal in das obere Stockwerk von Magdalenes Haus.

Plötzlich erhellte der Lichtstrahl für einen Moment ein Gesicht hinter dem Fenster. Das war doch ... Satan!

Sie rettete sich auf den Sattel und trat in die Pedale, als ginge es um ihr Leben.

Zu Hause angekommen, stellte sie das Fahrrad im Vorgarten ab. Vor Aufregung schaffte sie es kaum, die Haustür und ihre Wohnungstür aufzuschließen. Sie warf die Tür hinter sich zu, stürzte sich aufs Telefon und drückte eine Kurzwahltaste.

Rosie nahm sofort ab. Sie klang seltsam aggressiv. »Hanne, um diese Zeit? Was ist denn?«

Hanne traute sich kaum, der Freundin ihr Herz auszuschütten. »Ich hab was gesehen«, sagte sie und überlegte, ob sie wirklich darüber reden sollte.

»Was heißt, du hast was gesehen? Was meinst du damit? Wir alle sehen ständig was.«

»Nein, Rosie. Ich hab was gesehen ... Ich weiß nicht, was ich damit machen soll.«

»Entweder du sagst es mir jetzt, oder ich lege auf. Mein Tag war heute auch nicht gerade Gold. Ich möchte meine Ruhe haben und schlafen.«

Hanne setzte sich aufs Sofa und hielt sich die Hand auf die Brust. Ihr Herz blubberte unregelmäßig.

»Ich war bei Lenes Haus. Ich hab Blumen vorm Gartenzaun abgelegt. Es war schon dunkel, und es war so unheimlich. – Rosie, ich hab ein Licht im Haus gesehen. Es hat sich bewegt. Eine Taschenlampe.«

»Du meinst, jemand ist in Magdalenes Haus eingebrochen?«

Rosemaries Stimme veränderte sich. Sie klang nicht mehr verärgert, sie klang interessiert.

Hanne beruhigte sich ein wenig. »Ja, Rosie, da war jemand. Ganz sicher.«

»Hast du gesehen, wer es war? Ein Mann, eine Frau?«

Hanne schluckte. »Es war Freddy. Freddy Ohm.«

»Insas Freddy? Das kann nicht sein, Hanne.«

Hanne griff nach einem Sofakissen und drückte es sich gegen den Bauch, in dem es zuging wie auf einer Achterbahn. »Wenn ich es aber doch sage. Ich hab ihn gesehen. Wirklich, es war Freddy.«

Rosie schwieg.

»Rosie, was machen wir jetzt?«

»Ich mach gar nichts mehr«, sagte Rosie pampig. »Mir wird das alles zu viel. Ich hab ihn ja auch nicht gesehen. Du warst an Lenes Haus, nicht ich.«

»Dann gehe ich zur Polizei.« Hanne wusste nicht, was sie sonst hätte tun sollen. Sie hatte Freddy sowieso nie gemocht. Warum Insa sich mit diesem zwielichtigen Kerl eingelassen hatte, verstand sie bis heute nicht.

»Das machst du nicht.« Rosies sprach sehr ruhig und sicher. »Du kannst doch Insa nicht reinreißen. Und wer weiß, was Freddy da überhaupt gemacht hat?«

»Ja, das frag ich mich natürlich auch. Was wollte er in Lenes Haus? Hat er sie ermordet? Wollte er Spuren verwischen?«

»Quatsch, Hanne, deine Fantasie schon wieder! Jetzt lass uns mal ganz ruhig überlegen. Insa und Freddy haben kein Geld. Es ist bekannt, dass denen das Wasser bis Oberkante Unterlippe steht. Und die beiden wissen, dass Lene viel Geld hatte.«

»Aber sie hat ihre Millionen doch nicht im Haus versteckt. Die liegen auf der Bank.«

»Natürlich. Aber ein paar Tausender wird sie auch im Haus haben. Ich bin sicher, Freddy hat nach Bargeld gesucht. Ihm und Insa nützt im Moment jeder Zehner, den sie außer der Reihe in die Finger kriegen.«

»Dann hat Freddy die tote Magdalene bestohlen«, stellte Hanne fest. Es raubte ihr den Atem.

»Sei nicht so kleinlich«, sagte Rosie. »Sieh es mal von dieser Seite: Der Insa hilft es, und die Lene stört es nicht mehr.«

18

»Vorsicht«, rief Merle aus. »Erschreckt nicht. Bei euch im Büro sieht es aus wie auf einer Altpapierdeponie.«

Ungeachtet der Warnung stürmte der frisch ausgeschlafene Tammo ins Büro. »Ich hab gut gefrühstückt«, rief er der jungen Polizistin zu. »Ich kann was ab.«

Er drückte die Tür auf und blieb so abrupt stehen, dass Fenna ihm in die Hacken lief.

Auf jedem der beiden Schreibtische lagen Stapel von Aktenordnern. Weitere Ordner standen säuberlich aufgereiht auf einem großen rollbaren Tisch. Die Spurensicherung hatte einen Teil der Unterlagen aus Magdalenes Haus zu den Kollegen nach Husum und einen weiteren Teil auf die Wache von Sankt Peter-Ording gebracht. Seite für Seite mussten sie nun nach Hinweisen auf ein Mordmotiv oder einen Täter durchsucht werden.

»Damit werden wir eine Weile beschäftigt sein«, sagte Tammo. »Ich hätte nie gedacht, dass in so einem kleinen Haus so viele Ordner Platz finden könnten.«

»Dabei haben die Kollegen von der Spurensicherung immer noch nicht alle rausgeholt, soweit ich gehört habe«, sagte Fenna. »Dass die Frau nicht erstickt ist an all dem, was sie in ihrem Haus untergebracht hat.«

»Erstickt ist gut«, frotzelte Tammo. »Das ist sie dann an was anderem. Du bist aber reichlich makaber heute, mein Augenstern.«

Fenna bemerkte erst jetzt, was sie gerade von sich gegeben hatte. Erschrocken biss sie sich auf die Lippe.

Sie dachte an die Meldung heute Morgen im Radio. In Abstimmung mit Kriminaldirektor Timo Derichsen von der Polizeidirektion in Husum hatten sie sich dazu entschlossen, über den örtlichen Rundfunksender und über das Internet bekannt zu geben, dass der Buchhändlerin Magdalene Paulsen ein Gebäckstück zum Verhängnis geworden war, das Haselnüsse enthielt und eine tödliche allergische Reaktion bei ihr ausgelöst hatte.

Der Telefonapparat auf Fennas Schreibtisch klingelte. Die Kommissarin schob die Ordner zur Seite, setzte sich auf die Tischkante und nahm den Anruf entgegen.

Eike Hoböken begrüßte sie. »Letzte Nacht ist jemand in das Haus von Magdalene Paulsen eingedrungen«, sagte er. Er klang erschöpft und mürrisch.

»Eingedrungen oder eingebrochen?«, fragte Fenna.

»Wenn ich sage eingedrungen, dann *meine* ich das.«

»Sorry«, raunte Fenna.

Sie waren alle gereizt, die Kriminaltechniker genauso wie Tammo und sie. Der Fall bot keinen konkreten Ansatz für Ermittlungen. Wenn sie Pech hatten, würden sie zum selben Ergebnis kommen wie die Kollegen im Fall von Helga Dettmer: Es gab eine Tote, es gab mysteriöse Todesumstände, aber das Motiv war rätselhaft, und es gab kein Indiz, das eindeutig auf Mord hinwies. Noch immer bestand die Möglichkeit eines Unglücksfalles.

»Das Siegel, das wir gestern Abend nach Verlassen des Hauses erneuert haben, ist aufgebrochen worden. Das Schloss dagegen wurde ganz normal geöffnet.«

»Demnach«, sagte Fenna, »muss jemand ins Haus gelangt sein, der einen Schlüssel hatte.«

»Ihr habt die Schlüssel doch einkassiert, soweit ich weiß.« Schwang da ein Vorwurf in seiner Stimme mit?

»Nicht alle«, antwortete Fenna. »Einer fehlt noch. Den holen wir uns gleich. Könnt ihr dann feststellen, ob die Tür damit aufgeschlossen wurde?«

»Kann ich so nicht sagen«, meinte Eike. »Wir müssen uns die Verschleißspuren ansehen und einen Vergleich mit denen des Schließzylinders anstellen.«

Tammo hatte sich während des Gesprächs auf seinen Stuhl gesetzt. Er winkte Fenna zu. »Lautsprecher«, flüsterte er und zeigte auf das Telefon.

»Ich stell dich mal eben auf laut«, sprach Fenna in den Hörer. »Ist was aus dem Haus gestohlen worden?«

Eike stöhnte. »Das ist ja das Merkwürdige. Gestohlen wurde nach unserer Erkenntnis nichts. Der Fernseher steht noch da. Das Notebook haben wir in Husum. Die Untersuchung des Geräts hat übrigens nichts Nennenswertes ergeben. Frau Paulsen hat es anscheinend rein geschäftlich genutzt. Und sonst gab es nichts in dem Haus, das Einbrecher üblicherweise mitgehen lassen.«

»Es sei denn, es war irgendwo Geld versteckt, und der Eindringling wusste davon.«

»Das kann natürlich sein«, gab Eike zu. »Die Person, die sich da umgesehen hat, hatte anscheinend Interesse an den Aktenordnern. Die Ordner, die wir nach Prüfung durch die Husumer Kollegen schon wieder zurückgestellt hatten, damit der Nachlassverwalter sich drum kümmern kann, standen nicht mehr so da, wie wir sie einsortiert haben. Und auch die, die wir noch nicht rausgeholt haben, sind anders sortiert als gestern.«

»Ein Hinweis mehr darauf«, sagte Tammo, »dass es sich lohnen kann, die Order intensiv zu durchsuchen.«

»Viel Spaß dabei«, sagte Eike sarkastisch. »Meine Leute holen gleich die letzten Ordner raus, und dann muss das Haus observiert werden. Ich denke, wir sollten einen Sicherheitsdienst damit beauftragen, den Job zu übernehmen, bis die Ermittlungen abgeschlossen sind.«

»Das ist eine gute Idee«, sagte Fenna. »Wir selbst können das personell nicht leisten.«

Merle brachte noch einen weiteren Ordner herein. »Das sind die Unterlagen zum Fall Helga Dettmer.«

Fenna nahm die Akten entgegen, stellte sie in einen Schrank und guckte auf die Uhr. »Komm, Tammo, lass uns endlich zu Manno Dethlefsen fahren. Um diese Uhrzeit dürfte auch ein Designer aus den Federn sein.«

»Es sei denn«, unkte Merle, »er hat sich letzte Nacht wieder bis drei mit Rosemarie Uthoff vergnügt.«

Tammo legte den Arm um Fenna. »Wenn wir ihn nach seinem Abend mit ihr fragen, erfahre ich hoffentlich ausgleichende Gerechtigkeit und er schmeißt nicht mich raus, wie Frau Uthoff gestern, sondern dich.«

»Aber solange wir über den Fall Dettmer sprechen«, erwiderte Fenna streng, »bleib ich im Raum.«

Sie gingen zu Fuß zum Haus von Manno Dethlefsen und klingelten an. Erst nach dem dritten Klingeln öffnete sich die Tür, und ein älterer Herr im Rollstuhl öffnete ihnen.

»Sie wünschen?«, fragte er.

»Wir möchten zu Manno Dethlefsen«, sagte Fenna. »Wir hätten ein paar Fragen an ihn.«

»Mein Sohn ist unterwegs.« Mannos Vater schickte sich an, die Tür wieder zu schließen.

Tammo hielt eine Hand dagegen, und die Ermittler zeigten ihre Dienstausweise vor. »Kripo Husum.«

»Wohin ist Ihr Sohn unterwegs?«, fragte die Kommissarin. »Können wir solange warten, bis er wieder hier ist? Es ist ziemlich wichtig.«

Der Mann schnaubte spöttisch. »Wann ist die Polizei mal nicht wichtig? Kommen Sie rein. Folgen Sie mir einfach. Wie die Tür zugeht, wissen Sie ja selbst.« Er rollte zurück, drehte den Rollstuhl um und fuhr in ein kleines, beengtes Wohnzimmer. »Wo mein Sohn ist und wann er wiederkommt, kann ich nicht sagen.«

Er erreichte eine schmale freie Stelle zwischen dem Couchtisch und dem Fenster, die sein angestammter Platz zu sein schien. An der Seite des Tisches standen eine Thermoskanne, ein Becher mit Tee und eine Schale mit Gebäck. Geschickt wendete er den Rolli so, dass er den Ermittlern wieder ins Gesicht sehen konnte.

»Setzen Sie sich«, sagte er und umklammerte mit der einen Hand die andere, die offensichtlich in Mitleidenschaft gezogen war. Wohl durch einen Schlaganfall, wie Fenna vermutete. »Hat mein Jung was ausgefressen?«

»Nein«, sagte die Kommissarin. Sie stellte sich vor, wie es in diesem Mann aussehen mochte, und beschloss, ihm keine unnötige Aufregung zu bereiten.

»Aber?« Dethlefsen senior sah sie halb einvernehmlich, halb misstrauisch an.

»Kein Aber.«

Mit einer Hand fischte Dethlefsen ein großes Taschentuch aus der Hosentasche und wischte sich über den Mund. »Ist nicht immer einfach mit meinem Jungen. Er ist manchmal ein bisschen neben der Spur. Seine Mutter ist viel zu früh von uns gegangen. Er hat so an ihr gehangen. Sie war ein guter Mensch.«

Die Ermittler schwiegen betreten.

Dethlefsen redete weiter, als wollte er die unbehagliche Atmosphäre übertünchen. »Aber zum Glück hat er seinen Sport. Er ist ein leidenschaftlicher Jogger. Jeden Abend läuft er sich den Frust von der Seele – und die Sehnsucht nach seiner Mutter.«

»Jeden Abend?«, fragte Fenna. »Läuft er nicht immer morgens?«

»Morgens?« Dethlefsen sah sie erstaunt an. »Nee, abends, das ist seine Zeit. Kommt nur selten vor, dass er am Abend mal was vorhat. Dann läuft er am nächsten Morgen und am Abend auch noch mal. Manno hat eine Bombenkondition, der ist nicht kaputt zu kriegen.«

War Manfred Dethlefsen am Abend vor Magdalene Paulsens Tod also doch bei Rosemarie Uthoff? Ist er statt an dem Abend am nächsten Morgen gejoggt?«

Dethlefsen bot den Ermittlern von dem Gebäck an, das in der Schale lag und auf das Fenna wie auch Tammo wie hypnotisiert schielten, seit sie auf dem Sofa an diesem Tisch saßen. »Einen Tee kann ich Ihnen nicht aufgießen. Wenn Sie mögen, nehmen Sie einen Schluck aus meiner Thermoskanne. Ist leider nicht mehr ganz frisch. Was Sie aber unbedingt probieren sollten, ist das Vollkorngebäck. Das hat Manno gestern gezaubert. Die Aromen sind über Nacht richtig durchgezogen.«

Die Kommissare stürzten sich so auf die Schale, dass Fenna befürchtete, Dethlefsen senior müsse sie für arme, halb verhungerte Beamte halten.

Fenna machte Tammo ein Zeichen.

Durch ein stummes, angedeutetes Nicken erwiderte er es, und Fenna bemerkte aus dem Augenwinkel, wie er ein Stück des Gebäcks in seiner Jeanstasche verschwinden ließ, während Dethlefsen damit beschäftigt war, sich Tee aus der Thermoskanne einzuschenken.

»Sie wissen«, fing Fenna vorsichtig an, »dass Ihr Sohn Magdalene Paulsen auf Maleens Knoll gefunden hat?«

Dethlefsen schloss den Deckel der Kanne und nickte. »Hat er mir erzählt, allerdings erst gestern. Furchtbar.«

Fenna fragte nicht nach, was er als furchtbar betrachtete: den Tod von Frau Paulsen oder die Tatsache, dass seinem Sohn der Anblick nicht erspart geblieben war.

»Ihr Sohn kannte Frau Paulsen?«

»Sie war seine Kundin«, brach es aus Dethlefsen hervor. »Durch ihren Tod hat er wieder einen Auftraggeber verloren. Es wird immer schwieriger.«

Die Worte gaben Fenna einen Stich. Bei aller Begabung von Manno Dethlefsen hatten Vater und Sohn es sicher nicht leicht, über die Runden zu kommen. Doch sie musste das Gespräch wieder auf das Joggen zurückbringen.

»Am Dienstagabend ist Ihr Sohn also nicht gejoggt, stattdessen aber am Mittwochmorgen?«, fragte sie in der Hoffnung, dass Dethlefsen antwortete, ohne tiefer über den Hintergrund ihrer Frage nachzudenken.

Er sah sie mit großen Augen an. »Was glauben Sie, wie froh ich bin, dass er dem Mörder nicht begegnet ist?« Er hob den gesunden Arm. »Stellen Sie sich mal vor, die wären aufeinandergeprallt, und der Mörder hätte meinem Jungen eins über den Schädel gezogen. Dann säß der jetzt auch im Rollstuhl, und wir müssten beide ins Pflegeheim.« Er lachte bitter. »Wenigstens könnten wir uns dann ein Doppelzimmer nehmen, ohne uns an einen fremden Mitbewohner gewöhnen zu müssen.«

Fenna kapitulierte. Aus dem Mund des Vaters würden sie nicht erfahren, ob Manno am Mittwochabend joggen war oder nicht. Sie konnten ihn auch nicht auf Helga Dettmer ansprechen. Und sie konnten ihn nicht fragen, ob sie DNA seines Sohnes mitnehmen durften, ein benutztes Glas oder ein Haar, das sich im Bad fände. Das ginge dann doch zu weit.

Die Zeit drängte. Demonstrativ blickte Fenna auf die Uhr. »Ihr Sohn, Herr Dethlefsen, wir müssten ihn dringend sprechen.«

»Warum rufen Sie ihn nicht einfach an? Warten Sie, ich geb Ihnen seine Handynummer.«

»Die haben wir«, sagte Tammo. »Danke, aber wir brauchen Ihren Sohn persönlich.«

»Persönlich, soso.« Dethlefsen rieb sich die Stirn und beäugte die Ermittler misstrauisch. »Hat er doch was ausgefressen?«

Fenna rang sich dazu durch, ihm die Geschichte aufzutischen, die sie auch Rosemarie Uthoff erzählt hatten. »Da Ihr Sohn Kunde von Frau Paulsen war«, erklärte sie, könnte es durchaus sein, dass er auch mal bei ihr zu Hause war und DNA dort hinterlassen hat. Wir bräuchten eine Probe von ihm, um ein Ausschlussverfahren mit allen gefundenen Spuren durchführen zu können.«

»Er hat sie aber doch immer im Geschäft aufgesucht«, erwiderte Dethlefsen.

»Sind Sie da sicher?«, fragte Tammo.

Dethlefsen zuckte die Achseln. »Nicht hundertprozentig.« Er stützte sich mit dem gesunden Arm auf und rückte sich in seinem Rolli zurecht. »Warten Sie, ich ruf Manno an. Mehr als stören kann ich ihn nicht.«

Er nahm ein Smartphone von der Fensterbank, legte es auf sein Bein und wählte die Nummer seines Sohnes. Dann schaltete er den Lautsprecher ein.

»Ist gerade schlecht, Pa. Ich bin bei einem Kunden in Husum.«

»Wann kommst du nach Hause?«

»Das kann etwas dauern. Wenn ich hier fertig bin, hab ich noch einen Termin.«

Dethlefsen senior erklärte seinem Sohn, wen er gerade bei sich hatte und welche Bitte die Ermittler hatten.

Fenna hielt die Luft an und tastete unauffällig nach Tammos Hand.

Manno Dethlefsen ließ sich auffällig lange Zeit mit der Antwort. Dann gab er sein Okay.

Der Vater verließ wortlos seinen Platz und rollte zum Bad. Er stieß die Tür auf und sah Fenna an. »Sie werden schon ein Haar finden«, meinte er. »Sie sehen ja, meine sind grau, und wenn Sie meinen Sohn kennen, wissen Sie, dass seine dunkelbraun sind, trotz seiner fünfundvierzig Jahre.«

Fenna vollzog die übliche Prozedur. Latexhandschuhe, Pinzette, Asservatentütchen. Sie suchte auf dem Boden, dann in einer Bürste, die in einem Korb auf einer Ablage lag, und fand, was sie brauchte.

Als sie zu Dethlefsen ins Wohnzimmer zurückkehrte, beendete Tammo gerade ein Telefonat. Mit einem Mal hatte er es eilig. Er bedankte sich bei Dethlefsen senior schneller, als die Kommissarin das tun konnte, verabschiedete sich von ihm und zog Fenna mit sich hinaus.

»Falk Tomfort ist überfallen worden«, erklärte er ihr, als sie sich weit genug vom Haus entfernt hatten.

»Die Jugendliebe von Frau Paulsen?«, fragte Fenna.

Tammo nickte. »Er wurde im Streit mit einer Frau in den Gartenteich seines Hauses geschubst, ist ohnmächtig liegen geblieben und wäre fast ertrunken.«

»Im Streit mit einer Frau? Was ist denn da schon wieder los?«

19

Das Haus der Tomforts lag am östlichen Ortsrand, unweit des Hauses von Magdalene Paulsen. Die Ermittler ließen sich auf der Wache den Schlüssel und die Papiere eines der Dienstwagen aushändigen. Tammo setzte sich ans Steuer. Fenna, die sich im Ort besser auskannte als er, übernahm die Rolle der Dame im Navigationsgerät, das somit ausgeschaltet bleiben konnte.

Merle war an Ort und Stelle, als die Ermittler eintrafen, und fing sie an der Gartenpforte ab. Als die Einsatzzentrale den Fall durchgegeben hatte, war sie sofort zu dem Grundstück gefahren.

»Falk Tomfort lag mit dem Gesicht nach unten im Gartenteich«, berichtete sie den Ermittlern. »Die Ehefrau hat ihn gefunden. Sie kam gerade vom Einkaufen zurück und sah die mutmaßliche Täterin weglaufen. Sie hat ihren bewusstlosen Mann aus dem Wasser gezogen und die Rettung angerufen. Rettungswagen und Notarzt waren in kürzester Zeit hier. Falk Tomfort wird gerade in die Klinik gefahren. Seine Frau findet ihr im Haus.«

»Danke, Merle.« Fenna bewunderte die Souveränität und Ruhe, mit der die junge Kollegin den Einsatz meisterte. »Dann gehen wir mal hinein.«

Gerda Tomfort war völlig aufgelöst. Sie riss die Eingangstür auf, als die Kommissare zwei Schritte davon entfernt waren. »Haben Sie das Weibsbild verhaftet? Was wollte diese Person überhaupt? Kommen Sie doch rein. Das war ein Attentat, ein Mordversuch.«

Sie lotste die Ermittler in die großzügige Wohnküche, die Fenna an Fotos aus einer Zeitschrift für stilvolles rustikales Wohnen erinnerte.

Fenna legte der kleinen, zierlichen Dame beruhigend eine Hand auf die Schulter. »Unsere Kollegin sagte, Sie hätten die Frau gesehen, die Ihren Mann in den Teich geschubst hat.«

»Ja, aber nun nehmen Sie doch endlich Platz.« Geräuschvoll zog Gerda Tomfort zwei Stühle vom Tisch und deutete darauf, ehe sie sich selbst hinsetzte.

Die Ermittler folgten der Aufforderung. Fenna überlegte, mit welchen Worten sie die Zeugin dazu bewegen konnte, sich zu beruhigen und sich auf das zu konzentrieren, was sie beobachtet hatte. Sie beschloss, die völlig aufgelöste Frau erst einmal drauflos reden zu lassen.

Gerda Tomfort knetete ununterbrochen ihre zitternden Hände. »Diese Person ... Ich habe sie gesehen, als ich von da drüben kam.« Sie zeigte auf die Straße hinaus. »Ich war mit dem Fahrrad unterwegs, hab ein paar Kleinigkeiten eingekauft. Als ich zurückkam, hab ich schon von Weitem gesehen, dass mein Falk am Gartenteich stand. Da steht er oft und guckt sich die Goldfische an. Aber diesmal stand er nicht alleine da.«

Eine Kollegin von der Spurensicherung klopfte gegen den Türrahmen. In der Hand hielt sie eine Metallschale, in der ein goldenes Armband lag, wie Fenna erkennen konnte. Die Beamtin hielt der Hausbesitzerin die Schale hin. »Frau Tomfort, gehört das Ihnen?«

Gerda schlug die Hände vor den Mund. »Gott! Das gehörte meiner Mutter. Ein Erbstück. Wo haben Sie denn das gefunden? Das ist ja ...«

»Es lag im Teich«, sagte die Kollegin. »Sind Sie sicher, dass es aus Ihrem Familienbesitz stammt?«

»Wollen Sie das etwa anzweifeln?«, fauchte die Dame des Hauses die Polizistin an.

»Nein, Frau Tomfort«, schaltete Fenna sich ein. »Das will meine Kollegin keinesfalls. Sie will nur sicherstellen, dass es nicht der Frau gehört, die Ihren Mann mutmaßlich überfallen hat.«

»Ja, soweit kommt das noch, dass Sie der das geben, weil Sie meinen, dass es ihr gehört. Und was heißt hier *mutmaßlich*? Es bestehen keine Zweifel daran, dass sie ihn ermorden wollte.«

»Haben Sie etwas von dem Streit mitbekommen?«, fragte Tammo, während die Kollegin von der Spurensicherung sich wieder zurückzog.

»Nein«, erwiderte Gerda Tomfort, die nun auf einmal erstaunlich einsilbig blieb.

»Haben Sie eine Ahnung, worum es zwischen den beiden gegangen sein könnte?«, fragte Tammo weiter.

»Nein.«

»Haben Sie die Person erkannt?«, fragte Fenna.

Falks Ehefrau verstummte. Sie faltete die Hände im Schoß zusammen, sah mit halb geöffnetem Mund zur Zimmerdecke und blinzelte nervös mit den Lidern. »Sie kam mir irgendwie bekannt vor. Aber einen Namen hätte ich jetzt nicht parat.«

Tammo rückte mit seinem Stuhl näher an sie heran.

Das unangenehm schabende Geräusch auf den Fliesen ließ sie zusammenschrecken. Sie richtete den Blick wieder auf die Kommissare.

»Können Sie die Dame beschreiben?«, fragte Tammo.

»Phhh«, machte Gerda Tomfort. Feine Spucketröpfchen flogen durch die Luft, und Tammo wich wieder zurück. »Das Wort *Dame* verbitte ich mir als Bezeichnung für diese Person.«

»Okay.« Tammo nickte. »Wie sah die Person aus?«

Gerda spitzte die Lippen und stierte einen Punkt an der Wand an. »Mmmh, nicht allzu groß. Also eher so mittelgroß. Nicht sehr schlank. Blond. Blond? Ja, ich glaube schon. Oder eher ins Brünette. So zwischen straßenköterblond und braun, sagen wir mal.«

»Was hatte sie an?«, fragte Tammo, dessen Gesicht Fenna ansah, dass er von Gerda Tomforts Personenbeschreibung dasselbe hielt wie sie. Solche Schilderungen waren dehnbar und interpretierbar und trafen im Endeffekt auf ungefähr die Hälfte der weiblichen Bevölkerung von Schleswig-Holstein zu. Weitere Nachfragen würden ergeben, dass die Person auch ein Gesicht hatte, dass die Nase mittendrin gesessen hatte und von einem Augenpaar und roten Lippen umrahmt worden war, die Ohren rechts und links des Kopfes nicht zu vergessen.

»Was hatte sie an? Gute Frage.« Gerda Tomfort stand auf und lief in der Wohnküche hin und her. Sie zupfte die Sitzkissen auf den freien Stühlen am Tisch zurecht und sortierte die Dosen im Gewürzregal um.

»Jeans hatte sie an. Und ein helles T-Shirt.«

Die Kommissarin guckte Tammo an und schüttelte kaum merklich den Kopf. Es war sinnlos, nach einer genaueren Beschreibung der Person oder der Kleidung zu fragen. Sie konnten nur hoffen, dass Falk Tomfort sich bald von dem Schock und dem Sturz erholte und vernehmungsfähig war.

Fenna wandte sich an Gerda Tomfort, die sich wieder hinsetzte. »Erzählen Sie uns bitte ganz genau, was vorgefallen ist. Sie sagten, Sie hätten die Person bei Ihrem Mann am Goldfischteich stehen sehen.«

»Hab ich.« Gerda nickte übertrieben und pochte mit den Fingerkuppen auf den Tisch. »Gestritten haben sie.

Die Person hat die Fäuste gehoben und meinem Falk gedroht. Er hat sich halb von ihr weggedreht. Da hat sie ihn am Arm gepackt und in den Teich geworfen. Dabei hat sie selbst das Gleichgewicht verloren. Oder hat Falk sich an ihr festgehalten und sie mitgezogen? Das weiß ich nicht mehr so genau. Jedenfalls lag er auf einmal mit dem Gesicht im Wasser. Sie wurde einen Schritt weit mit reingezogen, hat sich aber mit einer Hand abgefangen. Dann ist sie weggelaufen, genau in dem Moment, als ich mit meinem Fahrrad aufs Grundstück fuhr.«

»Sind Sie sich begegnet?«

»Nicht direkt. Ich bin wie immer durch den Vorgarten gefahren.« Gerda zeigte auf den breiten gepflasterten Weg, der zwischen den Blumenbeeten zum Hauseingang führte. Dann wandte sie sich zur anderen Seite und zeigte wieder hinaus. »Und diese Person ist da vorne lang, wo wir mit dem Wagen zur Garage fahren. Als sie daher lief, hab ich mein Rad einfach hingeschmissen. Dabei ist mir die Schachtel mit den Eiern aus dem Korb gepurzelt. Nun sind die Eier hin. Zehn Stück.«

»Das ist natürlich bedauerlich«, sagte Tammo. »Und dann sind Sie trotz der Eier, die auf dem schönen Pflaster ausgelaufen sind, sofort zu Ihrem Mann gelaufen und haben ihn aus dem Gartenteich gefischt?«

»Ja, was denken Sie denn? Irgendjemand musste ihm das Leben retten, und sonst war keiner da. Es war gar nicht so einfach, ihn aus dem Sumpf zu ziehen, denn wenn ein Mensch ohnmächtig ist, hilft er ja nicht mit.«

»Anschließend haben Sie die Rettung gerufen«, sagte Fenna. »War Ihr Mann noch bewusstlos, als die Sanitäter kamen?«

»Nein, da war er wieder wach.«

»War er ansprechbar?«

»So einigermaßen. Er hat gelallt wie besoffen.«

Fennas Hoffnung stieg, dass sie heute oder morgen mit Falk Tomfort würden sprechen können und dass er die Täterin benennen konnte. »Frau Tomfort«, sagte sie, »Sie wissen vom Tod von Magdalene Paulsen.«

»Wer in Sankt Peter-Ording wüsste nicht davon?«

Gerdas Mienenspiel verriet Fenna, dass es nicht deren Lieblingsthema war, das sie angeschnitten hatte. Doch angesichts der Tatsache, dass Frau Tomfort sich um ihren Mann weniger Sorgen machen musste, als zuerst zu befürchten stand, fuhr sie mit der Befragung fort.

»Es heißt, Ihr Mann und Frau Paulsen seien in früheren Zeiten eng miteinander befreundet gewesen.«

Mit einem Ruck bog Gerda die Schultern zurück. »Na und? Geredet wird viel in einem Ort wie unserem.«

»Es ist aber auch was dran, an dem Gerede«, sagte Tammo in einem Ton, der Frau Tomfort nichts weniger, aber auch nichts weiter als ein Nicken entlockte.

»Halten Sie es für möglich«, fragte Fenna vorsichtig, »dass der Überfall auf Ihren Mann etwas mit Magdalene Paulsen zu tun haben könnte?«

Gerdas Augen wurden genauso schmal wie ihre Lippen. Die Schultern hoben und senkten sich mit jedem Atemzug. »Nein«, sagte sie, »wirklich nicht. Dann müsste mein Mann ja mit dem Mord an Lene zu tun haben.«

Tammo reichte es. Energisch schob er seinen Stuhl zurück und stand auf. »Fenna, wir müssen dringend noch ein paar Telefonate führen.«

Die Kommissarin war dankbar für die Erlösung, auch wenn sie davon ausgehen musste, dass dies nicht das letzte Gespräch mit Gerda Tomfort war.

Auch sie erhob sich. »In welche Klinik ist Ihr Mann gebracht worden«, fragte sie, »Husum oder Heide?«

Gerda zuckte mit den Schultern. »Das konnten die Sanitäter mir so schnell nicht sagen. Sie wollten sich auf der Fahrt erkundigen, wo was frei ist.«

»Okay, wir finden das raus. Wenn Ihnen noch was zu der Person einfällt, die Ihren Mann angegriffen hat ...«

»Dann melde ich mich natürlich.«

Fenna konnte das Haus nicht schnell genug verlassen. Draußen blieb sie stehen und atmete tief durch.

Tammo kraulte sie am Nacken. »Lass uns in den Garten gehen und hören, ob die Kollegen uns mehr sagen können als Frau Tomfort.«

Die Beamten von der Spurensicherung waren eifrig am Goldfischteich zugange. Das Gelände durfte nicht betreten werden.

»Der mutmaßliche Täter ist über den Rasen geflüchtet«, erklärte ein Kriminaltechniker, der zu Tammo und Fenna an den Gartenzaun kam. »Die Schuhe sind nass geworden. Die Person ist offenbar im Kampf mit dem Opfer am Rand des Teichs ins Wasser getreten und halb im Matsch versunken. Wir brauchen noch einige Zeit, um die Spuren zu sichern.«

»Okay«, sagte Fenna. »Könnt ihr anhand der Schuheindrücke schon Rückschlüsse auf die Person ziehen? Geschlecht, Größe, Gewicht?«

»Eine Frau«, sagte der Kollege. »Die fragliche Person trug Sneakers mit einem Profil, das wir von einer bestimmten Marke kennen, die nur Frauen tragen.«

»Das stimmt mit der Aussage von Frau Tomfort überein. Sie behauptet, eine Frau gesehen zu haben, kann sie aber leider nicht näher beschreiben.«

»Schuhgröße 38, würde ich sagen. Und die Gewichtsklasse dürfte bei sechzig bis fünfundsechzig Kilo liegen. Wir haben auch ein Haar gefunden, schulterlang, das definitiv nicht dem Opfer oder seiner Frau gehört.«

»Welche Farbe?«, fragte Fenna.

»Dunkelblond oder braun. Das müssen wir uns unter dem Mikroskop noch mal ansehen. Wir berichten, sobald wir fertig sind.«

»Danke.« Fenna nickte dem Kollegen zu.

Tammo fasste sie am Ellenbogen und zog sie mit sich zum Wagen. »Lass uns drei Telefonate führen, und dann sehen wir weiter.«

»Wen zuerst?«, fragte Fenna.

Tammo betätigte den Funkschlüssel. Die Türen entriegelten sich, und die Ermittler stiegen ein.

Fenna klappte die Sonnenblende am Beifahrersitz herab und betrachtete sich im Kosmetikspiegel. »Ich hab wirklich schon mal frischer ausgesehen.«

Tammo war taktvoll genug, ihre Bemerkung nicht zu kommentieren. »Wen zuerst, wolltest du wissen. Lass uns überlegen. Ein längeres dunkelblondes oder braunes Haar, das könnte Rosemarie Uthoff gehören.«

»Oder Insa Pannkok«, ergänzte Fenna. »Den Anruf bei Hanne Matthiesen können wir uns sparen.«

»Moment, das Haar könnte vorher schon da gelegen haben. Es könnte Frau Paulsen gehören.«

Seufzend lehnte Fenna den Kopf zurück. »Nun mach schon, ruf alle drei an.« Dann schlug sie sich vor die Stirn. »Stopp! Was ist mit der Frau von Thilo Wolfson?«

»Die hatte ich gar nicht mehr auf dem Schirm«, sagte Tammo. Er wählte die Nummer, die er im digitalen Telefonbuch fand, und fragte nach Birte Wolfson.

»Meine Frau ist zur Dauerwelle im Salon von Uta Harms«, antwortete Thilo hörbar irritiert. »Worum geht es denn?«

»Das erklären wir Ihnen später in aller Ruhe.« Tammo verabschiedete sich und wählte die Nummer des Salons. »Ist Frau Wolfson gerade bei Ihnen?«, fragte er, als die Inhaberin sich meldete.

»Die sitzt unter der Haube. Warten Sie, ich geb sie Ihnen.«

»Vielen Dank, hat sich erledigt. Auf Wiederhör'n« Tammo legte auf und setzte die Suche nach der Person, die Falk Tomfort angegriffen hatte, gleich darauf fort.

Der Anruf im Reisebüro ergab, dass Rosemarie Uthoff im Gespräch mit einem Ehepaar war, das sich seit anderthalb Stunden nicht entscheiden konnte, ob es auf die Malediven oder nach Barbados fliegen wollte. »Lange kann es aber nicht mehr dauern«, verriet Rosemaries Kollegin dem Kommissar. »Wenn es noch fünf Minuten so weitergeht, wird das Paar sich nämlich eher für die Trennung als für eine gemeinsame Urlaubsreise entscheiden. Soll Frau Uthoff Sie gleich zurückrufen?«

»Danke«, sagte Tammo, »unser Anliegen hat sich gerade in Luft aufgelöst.«

Der nächste Anruf galt Hanne. Sie stöhnte, dass sie den ganzen Vormittag schon alleine im Laden sei und die Kunden Schlange stünden, da es aufs Wochenende zuging und Blumensträuße für Geburtstagsfeiern und sonstige Festivitäten in Auftrag gegeben würden. »Ich rotiere wirklich, seit ich den Laden heute früh aufgeschlossen habe. In der Mittagspause kommt meine Chefin und vertritt mich. Wenn es unbedingt sein muss, können wir dann miteinander reden.«

»Danke«, sagte Tammo im selben freundlichen Ton wie beim vorherigen Anruf. »Das ist sehr lieb, aber wir wollen Sie nicht allzu sehr beanspruchen. Wir melden uns später wieder, falls es dann noch nötig ist.«

»Den letzten Anruf sparen wir uns«, sagte Fenna. »Gib Gas und fahr zu Insa Pannkok. Die schuldet uns sowieso noch ein Interview. Sie ist die Einzige der drei Freundinnen, die wir noch nicht befragt und von der wir keine DNA erhalten haben.«

»Und ihren Schlüssel zu Magdalene Paulsens Haus haben wir auch noch nicht«, erinnerte Tammo sie.

20

Tammo ließ den Motor an, während Fenna das Blatt mit den Adressen von Magdalene Paulsens Freundinnen aus ihrer Umhängetasche fischte. »Geradeaus weiter oder wenden?« Er trat aufs Gaspedal, noch bevor sie ihm die Antwort gab.

»Stopp mal eben«, sagte Fenna. »Halt noch mal an. Ich glaub, ich träume.«

»Was ist denn?«, fragte der Kommissar. »Hat dir jemand den Namen des Mörders mit Geheimtinte auf das Blatt gezaubert?«

»Das nicht«, erwiderte Fenna, »aber du bist nah dran. Die Anschrift, die auf dem Briefkopf der Rechnung an Magdalene Paulsen über den Ankauf des Hauses stand, kam mir doch gleich bekannt vor. Es ist die Adresse von Insa Pannkok. Ich habe sie auf diesem Zettel gesehen, als Merle ihn uns am Donnerstag gegeben hat.«

Tammo streckte den Daumen. »Das nenne ich einen Volltreffer! Die Fahrt dahin lohnt sich also doppelt. Wohin jetzt, geradeaus oder in die andere Richtung?«

»Die andere Richtung. Frau Pannkok wohnt im Ortsteil Dorf, ein Stück weiter südlich.«

Tammo wendete abenteuerlich und ließ sich wieder von Fenna den Weg weisen. In voller Konzentration auf das, was ihnen bevorstand, faltete sie das Blatt mit den Adressen zu einem winzigen Rechteck zusammen.

»Bevor du es verschluckst«, sagte Tammo, »verstau es lieber in der Tasche.«

Das Haus, in dem Insa Pannkok und Freddy Ohm wohnten, war ein schmuddeliger Bungalow. Das Gebäude und das Grundstück machten einen erbärmlichen

Eindruck. Es schien, als hätten die Bewohner nicht die Kraft, sich ein gepflegtes Zuhause zu schaffen. Oder als hätten sie einfach nicht die finanziellen Mittel dafür.

Die Ermittler verweilten einen Moment im Auto. Wäre dies eine Szene aus einem Kinofilm gewesen, so hätte jetzt ein riesiger Kampfhund mit sabberndem Maul um die Ecke hechten, sich vor dem Wagen postieren und laut bellen und knurren müssen, jederzeit zum Angriff bereit, sollten die Insassen des Autos es wagen, auch nur einen Zeh auf das Grundstück zu setzen.

Nichts rührte sich.

»Bleib sitzen«, sagte Tammo und öffnete die Tür. Vorsichtig stieg er aus, streckte sich und sah sich um. Dann guckte er zu Fenna in den Wagen hinein. »Keine Gefahr zu erkennen. Du kannst rauskommen.«

Nicht weniger vorsichtig als Tammo wagte die Kommissarin sich hinaus.

Sie schlichen um das Haus herum und entdeckten Insa im Garten. Die mittelgroße dunkelblonde Frau kehrte ihnen den Rücken zu. Ein Plastikkorb mit Wäsche stand neben ihr im Gras. Sie klaubte Stück für Stück heraus und klammerte es an einer Wäschespinne fest.

»Frau Pannkok?«, rief Fenna ihr zu.

Insa fuhr herum. Eine Sekunde war sie sprachlos. »Sie haben mich vielleicht erschreckt«, rief sie dann.

»Haben Sie unseren Wagen nicht kommen gehört?«, fragte Tammo.

»Den Wagen?« Unsicher schüttelte sie den Kopf. »Ich war in der Waschküche, vielleicht deshalb.« Sie ließ eine Herrenunterhose von stattlicher Größe in den Korb zurückfallen. »Sie wollen zu mir?«

»Haben Sie uns nicht längst erwartet?«, fragte Fenna.

Insa stakte auf ihre Besucher zu, als ginge sie auf rohen Eiern. Sie war barfuß. Ihre Jeans wiesen dunkle Flecken auf wie von nasser Erde. Große Stellen an den Waden und unzählige kleinere, die ungleichmäßig über die Oberschenkel gesprenkelt waren. Auch das beigefarbene T-Shirt hatte Spritzer abbekommen.

Es bestanden wenig Zweifel, aus welcher Quelle die Flecken stammten.

Insa fühlte sich anscheinend genötigt, etwas zu sagen. »Ich hab im Radio gehört, woran Magdalene gestorben ist. Es kam heute Morgen in den Regionalnachrichten.«

»Wir würden uns gerne mit Ihnen unterhalten, Frau Pannkok«, sagte Fenna. »Ist Ihr Lebensgefährte auch da, Herr Ohm?«

»Freddy?« Insa schüttelte den Kopf. »Nein, der ist mit dem Wagen weg.«

»Ist er beruflich unterwegs«, fragte Tammo, »oder hat er heute frei?«

Insa senkte den Blick. Die Frage war ihr sichtlich unangenehm.

»Können wir bei Ihnen im Haus reden?«, fragte Fenna. »Da haben wir mehr Ruhe. Wir hätten ein paar Fragen an Sie, die Magdalene Paulsen und ihr privates Umfeld betreffen.«

Insa zuckte mit den Schultern. »Meinetwegen«, murmelte sie und ging auf die Terrassentür zu.

Draußen neben der Tür stand ein Paar Sneakers. Ursprünglich mussten die Schuhe wohl pinkfarben gewesen sein. Jetzt waren sie nass und mit Schlamm bedeckt.

»Die haben Sie heute Vormittag getragen?«, fragte Fenna und deutete auf die Schuhe.«

Insa nickte.

»Wo sind die so nass geworden?«

»Ich war am Strand.« Hastig nahm Insa die Schuhe in die Hand und sah sich um, als suchte sie ein Versteck, für das es doch bereits viel zu spät war.

»Lassen Sie sie doch einfach stehen«, sagte Fenna.

Später, wenn sie das Haus verließen – ob mit oder ohne Insa –, würden sie die Schuhe mitnehmen. Eike Hoböken und seine Leute würden dann untersuchen, ob der Schlamm aus dem Gartenteich von Falk und Gerda Tomfort stammte. Auch die Kleidung, die Insa trug, würden sie mitnehmen.

Aber ein Schritt nach dem anderen. Insa Pannkok war der Typ, der keinen Widerstand bot. Sie würden ein leichtes Spiel mit ihr haben, und Fenna wollte es nicht übertreiben, um sie nicht vollends einzuschüchtern.

Insa stolperte über die Schwelle an der Terrassentür. Tammo fing sie auf und führte sie zu einem Stuhl am Esstisch.

Die Ermittler sahen sich im Raum um, verstohlen, aber nicht verstohlen genug, um ihre skeptischen Blicke vor Insa Pannkok verbergen zu können.

»Wir müssen renovieren«, sagte Insa. »Es wird mal wieder Zeit.«

»Sie leben beide hier im Haus«, vergewisserte Fenna sich, »Sie und Freddy Ohm?«

»Ja.«

»Herr Ohm hat auch seinen Firmensitz an dieser Adresse«, sagte Tammo.

»Seinen Firmensitz?«

»Er verkauft Häuser«, fuhr er unerbittlich fort.

Insa gab es nicht zu, doch ihr war anzusehen, dass sie von Freddy Ohms dubiosen Geschäften wusste.

»Er verkauft Häuser«, sagte Tammo, »die gar nicht existieren und die auch niemals existieren werden. Er lässt sich den Baufortschritt anteilig bezahlen, weiß aber bei Vertragsabschluss schon, dass mit dem Bau niemals begonnen wird.«

Insa guckte ihn mit großen Augen an. »Wie soll denn das funktionieren?«, fragte sie. »Das fällt doch irgendwann auf.«

»Ja«, sagte Tammo und grinste zynisch. »Das fällt irgendwann auf. Erst recht einer Magdalene Paulsen, die als Geschäftsfrau mit Zahlen und Fakten umzugehen versteht.«

Er machte eine Kunstpause.

»Ist Frau Paulsen kürzlich aufgefallen, dass Ihr Lebensgefährte sie über den Tisch gezogen hat?«

Insa war den Tränen nah. Ihre Finger spielten nervös mit der Gürtelschnalle, die Lippen zitterten, und ihre Blicke irrten umher.

»Nein«, hauchte sie. »Aber es wäre bestimmt bald passiert. Geht ja gar nicht anders, oder?« Sie guckte die Ermittler mit wässrigen Augen an. »Wenn man ein Haus bezahlt, das es gar nicht gibt – irgendwann will man es mal sehen.« Sie schluchzte laut, schluckte und fuhr dann fort: »Aber ich selbst steck in der Sache nicht drin.«

Fenna legte ihr eine Hand auf den Arm und drückte sanft zu. »Wir glauben Ihnen, dass Sie selbst nicht in die Geschäfte Ihres Lebensgefährten involviert sind. Aber Sie wussten davon.«

»Nur ganz wenig«, flüsterte sie. »Mir war immer klar, dass er was macht, was nicht ganz legal ist. Er hat diese Dinge mit seinem Bruder besprochen. Wie das genau läuft, darüber weiß ich nichts.«

»Nennt Freddy Ohm sich eigentlich Makler, oder was macht er beruflich?«, fragte Fenna.

»Im Moment macht er nicht viel«, erwiderte Insa.

Tammo lehnte sich über den Tisch. »Wie viel macht er denn?«

Insa sah ihn aus dem Augenwinkel an. »Er ist arbeitslos, seit zwei Jahren schon. Aber er jobbt stundenweise in der Gastronomie, als Küchenhelfer oder Reinigungskraft, je nachdem, was er gerade bekommen kann.«

»Wo war er gestern Abend?«

»Da hat er gearbeitet, in Tating.«

Tammos Gesicht drückte Zweifel aus.

»Ehrlich.« Insa nannte ihm das Restaurant.

»Bin gleich wieder da«, sagte Tammo.

Fenna wusste, dass er da draußen im Garten, außer Hörweite von Insa Pannkok, in dem Restaurant anrufen würde, um das Alibi zu überprüfen.

»Sie selbst«, fragte Fenna, »wo waren Sie gestern Abend?«

Insa zeigte mit dem Daumen nach nebenan. »Drüben, bei der Nachbarin. Die hat zwei kleine Kinder. Sie und ihr Mann waren zu einem runden Geburtstag eingeladen, in Heide, bei der Schwester der Frau. Ich hab auf die Kinder aufgepasst, von sechs Uhr abends bis kurz nach Mitternacht.«

Fenna glaubte ihr aufs Wort. Diese Frau war kaum in der Lage, zu flunkern.

»Wie war das an dem Abend, als Magdalene Paulsen starb? Wo waren Sie und Ihr Lebensgefährte da?«

Insa verschränkte die Arme vor der Brust. Es sah aus, als wollte sie sich in sich selbst verkriechen. »Wir waren hier, glaube ich. Ja, am Dienstag waren wir hier. Freddy hat Fernsehen geguckt, und ich war im Garten, hab das Unkraut zwischen den Steinplatten weggezupft.«

Und von einem besseren Leben geträumt, ergänzte Fenna still. Ohne Freddy Ohm zu kennen, konnte sie sich vorstellen, wie sich das Leben der beiden gestaltete. Man musste sich nur die Umgebung ansehen, in der sie lebten. Waren sie überhaupt ein Paar, ein Liebespaar? Oder bildeten sie nur eine Zweckgemeinschaft – eine WG, die zusammengehalten wurde durch die Angst vor dem Alleinsein und den chronischen Mangel an Geld?

Tammo kehrte ins Wohnzimmer zurück. Seiner ernsten Miene sah Fenna an, dass das Alibi sich nicht bestätigt hatte.

Er setzte sich, und sofort übertrug sich seine Anspannung auf Insa. Sie japste leise nach Luft.

»Wir hätten gerne Ihren Schlüssel zu Magdalene Paulsens Haus«, sagte Tammo in einem Ton, der dermaßen fordernd war, dass Insa erschrak.

Sie sah an den Ermittlern vorbei. »Ich hab keinen.«

»Jede von Ihnen«, sagte Fenna, »hatte einen. Frau Uthoff, Frau Matthiesen und Sie. Wo ist Ihrer?«

»Ich hab ihn verloren«, antwortete Insa leise. »Das ist schon eine ganze Zeit her. Es ist nur nicht aufgefallen, weil ich nie in die Situation kam, ihn zu brauchen.«

»Warum haben Sie Frau Paulsen das nicht gesagt?«

Insa dachte nach. Ihre Überlegungen dauerten zu lange. Warum tischte diese Frau, die beinahe unfähig war, zu lügen, ihnen heute Unwahrheiten auf?

Plötzlich hob Insa Pannkok das Kinn. »Ich hätte ein neues Schloss kaufen und alle Schlüssel neu machen lassen müssen. Das Geld dafür hatte ich nicht, und meine Haftpflichtversicherung übernimmt so was nicht.«

Eine plausible Erklärung. Und doch glaubte Fenna ihr nicht. Tammos nervös zuckendes Augenlid bestätigte ihr, dass er denselben Gedanken hegte wie sie. Sie würden sich ihre Erkenntnis für das Finale aufsparen, das sie mit Insa Pannkok aufführen würden.

»Gut«, sagte Fenna. »Den Schlüssel können wir also nicht bekommen. Aber eine DNA-Probe werden Sie uns hoffentlich nicht verweigern. Frau Uthoff hat Ihnen sicher schon erzählt ...«

»Das hat sie, aber ich sage Nein.« Insa wurde laut. Ein untrügliches Zeichen dafür, dass sie sich in die Enge getrieben fühlte.

»Dürfen wir fragen, warum Sie sich weigern?«

»Ich weiß, Sie wollen unsere DNA von den anderen Spuren, die Sie in Lenes Haus finden, abgrenzen, um zu sehen, ob jemand bei ihr war, den Sie noch nicht auf dem Zettel haben. Aber Freddy hat gesagt, ich muss das nicht. Es ist Ihre Sache, zu klären, wer alles bei Lene ein- und ausgegangen ist. Ich hab nichts mit ihrem Tod zu tun, ich bin nicht verdächtig, also muss ich auch keine DNA-Probe abgeben.«

»Sie tun es auch nicht für Ihre tote Freundin?«, fragte Tammo. »Nicht, um uns zu helfen, deren Mörder ausfindig zu machen?«

Insa befand sich in einem Zwiespalt. Fenna sah ihr an, wie sie innerlich mit sich kämpfte.

»Und wer sagt überhaupt, dass Sie selbst nicht verdächtig sind?«, schleuderte Tammo ihr um die Ohren.

Damit löste er einen Schwall von Tränen bei ihr aus.

»Jetzt sage ich Ihnen mal, was ich denke«, fuhr Tammo fort, während Insa ein Päckchen Papiertaschentücher aus einem Sideboard holte und sich wieder setzte.

»Freddy Ohm, Ihr Lebensgefährte, ist im Besitz Ihres Schlüssels zu Magdalene Paulsens Haus. Er ist letzte Nacht in das Gebäude eingestiegen. Verraten Sie uns, was hat er da gesucht? Geld? Hat er geglaubt, Frau Paulsen hat ihre Millionen unter der Matratze deponiert?«

Insa schluchzte.

»Herr Ohm hat Sie in eine ziemlich unangenehme Situation gebracht, Frau Pannkok. Welches Gericht soll Ihnen glauben, dass Sie von den Geschäften, die er betrieb, keine Ahnung hatten? Vergessen Sie nicht: Er hat ihre beste Freundin betrogen. Glauben Sie, er wird die volle Schuld auf sich nehmen, zu seinem Bruder in den Knast wandern und Sie ganz aus dem Spiel lassen?«

Tammo übergab an Fenna, die jetzt auch in einen strengeren Ton verfiel.

»Wissen Sie, wo wir waren, bevor wir zu Ihnen gekommen sind? Sie erraten es vermutlich: Wir waren bei Falk und Gerda Tomfort.«

Insa hörte schlagartig auf zu weinen. Ihr Mund blieb offen stehen.

»Wir haben Augen im Kopf, Frau Pannkok. Wir haben Ihre Schuhe gesehen, die im Garten stehen. Wir sehen Ihre Jeans und Ihr T-Shirt. Woher kommen die Flecken, woher stammt der Schlamm, wenn nicht aus dem Gartenteich der Tomforts? Sicher nicht vom Strand.«

Insa schüttelte verschüchtert den Kopf.

»Was Sie heute Morgen veranstaltet haben, kann Ihnen als Mordversuch angelastet werden«, setzte Fenna fort. »Was hat Falk Tomfort Ihnen getan? Warum haben Sie ihn angegriffen? Wollten Sie ihn töten? Haben Sie und Freddy auch Frau Paulsen auf dem Gewissen?«

»Nein!« Insa klammerte sich an der Tischkante fest.

»Dann reden Sie endlich«, brüllte Fenna sie an.

»Mit Magdalenes Tod haben wir nichts zu tun, ehrlich nicht. Aber ich war so wütend auf Falk. Wenn er ...« Sie stockte.

»Wenn er was?«, fragte Tammo.

»Wenn er Magdalene damals nicht für Gerda verlassen hätte, dann wäre das alles nicht passiert.«

»Die Logik verstehe ich nicht«, sagte Tammo in aller Sachlichkeit. »Das müssen Sie uns bitte erklären.«

»Magdalene hat ihn wirklich geliebt«, sagte Insa mit einem kindlichen Trotz in der Stimme. »Und er sie auch. Er hätte sie geheiratet, wenn sie sich nicht in das Abenteuer mit der Buchhandlung gestürzt hätte und wenn er nicht so furchtbar auf Sicherheit bedacht gewesen wäre. Er war ja fast panisch, wenn es um die finanzielle Absicherung ging.«

»Ein bisschen verstehen kann ich ihn schon«, sagte Fenna. »Wer träumt nicht von einem sorglosen Leben? Das hat Frau Paulsen schließlich auch getan. Sonst hätte sie nicht so konsequent ihr Glück im Lotto versucht.«

Insa ließ das nicht gelten. »Dass Magdalene ihren Falk an eine Frau verloren hat, die er viel weniger liebte als sie, die ihm aber mit einem Schlag Wohlstand garantieren konnte, das hat sie niemals weggesteckt. Das war der Grund, weshalb sie im Lotto gespielt hat. Sie war wie besessen davon, das große Geld zu gewinnen.«

»Es hat dann ja auch geklappt«, warf Tammo ein.

»Ja, es hat geklappt«, schrie Insa ihn an. »Und auf einmal wollte Falk sie dann doch. Sie oder besser ihr Geld.«

»Ich verstehe Ihre Wut über diese Ungerechtigkeit«, sagte Fenna. »Aber das waren ganz allein die Entscheidungen von Falk Tomfort und Magdalene Paulsen.«

»Aber wenn Falk sich damals anständig benommen hätte, dann wäre Lene sicher heute noch am Leben.«

Fenna staunte über so viel Naivität. »Sie können doch Herrn Tomfort nicht für Magdalene Paulsens Tod verantwortlich machen. Und es berechtigt Sie nicht zu so einem Angriff auf ihn. Er hätte dabei sterben können.«

Insa guckte beschämt vor sich hin. »Werde ich jetzt verhaftet?«, fragte sie.

»Verhaftet nicht«, sagte Fenna. »Aber wir nehmen Sie mit auf die Wache und protokollieren Ihre Aussagen.«

Sie und Tammo standen auf.

»Kommen Sie«, sagte Fenna. »Wir beide gehen jetzt in Ihr Schlafzimmer und nehmen Kleidung für Sie mit. Auf der Wache werden Sie sich umziehen müssen. Ihre Jeans und das T-Shirt wird die Kriminaltechnik untersuchen, genauso wie Ihre Schuhe.«

»Wozu?«

Tammo verdrehte die Augen. »Als Beweis dafür, dass Sie am Gartenteich waren. Für den Fall, dass Sie später vor Gericht etwas Gegenteiliges behaupten. Wer weiß, wozu Ihr Anwalt Ihnen raten wird?«

Fenna folgte der Hausbewohnerin ins Schlafzimmer. Sie konnte sich zwar nicht vorstellen, dass Insa versuchen würde, zu fliehen. Aber niemand guckte einem anderen Menschen in den Kopf, und Insa war ein Typ, der in Panik auf die dümmsten Ideen kommen konnte.

Tammo verstaute unterdessen die Sneakers in einer großen Asservatentüte. Die Frage nach der DNA von Insa Pannkok war damit gelöst.

Auf dem Weg zum Auto nahmen die Ermittler Insa in ihre Mitte.

Insa drehte sich zum Garten um. »Und die Wäsche?«

Tammo hielt ihr die Autotür auf. »Die wird von alleine trocken, und bis heute Abend sind Sie wieder hier.«

Schmunzelnd nahm Fenna zur Kenntnis, dass Tammo das Navigationsgerät einschaltete und die Adresse der Wache eingab. Sie schloss daraus, dass er vor Insa Pannkok nicht als derjenige dastehen wollte, der sich schlechter in Sankt Peter-Ording auskannte als sie.

Die Kommissarin lehnte den Kopf zurück und rekapitulierte, an welchem Punkt der Ermittlungen sie angekommen waren.

Manno Dethlefsen stand erheblich weniger im Verdacht als Freddy Ohm, letzte Nacht in Magdalene Paulsens Haus eingedrungen zu sein. Doch vom Verdacht, ihren Tod verursacht zu haben, war er nicht frei.

Mit Ungeduld erwarteten Tammo und sie das Ergebnis der Untersuchung des Gebäcks, das sie von ihrem Besuch bei Manno Dethlefsens Vater heimlich mitgenommen hatten. Was der Abgleich mit dem Mageninhalt von Magdalene Paulsen wohl ergeben würde?

Große Hoffnungen setzten sie auch auf die Analyse der DNA-Proben der drei Freundinnen und von Manno Dethlefsen. Wenn die DNA von einem von ihnen mit der auf dem Pappbecher aus dem Abfalleimer auf Maleens Knoll übereinstimmen sollte, hätten sie den Mörder vermutlich durch Indizien weitgehend überführt.

Dann bräuchten sie nur noch ein Geständnis.

Auf der Wache angekommen, gab Insa ihre Aussage noch einmal zu Protokoll. Die Schuhe und die Kleidung brachte Merle Bloom gleich auf den Weg zu Eike Hoböken nach Husum. Der Kriminaltechniker versprach, einen DNA-Schnelltest zu machen und ihnen noch am Wochenende das Ergebnis mitzuteilen.

Der Verdacht gegen Manno Dethlefsen erhärtete sich an diesem Nachmittag umso mehr, als sein Vater auf der Wache anrief, während Tammo und Fenna über den Aktenordnern von Magdalene Paulsen saßen und Blatt für Blatt nach einem Hinweis auf ein Mordmotiv durchforsteten.

»Mein Sohn ist weg«, sagte er und wartete auf eine Reaktion der Ermittler.

»Er hatte doch noch einen Termin bei einem weiteren Kunden«, versuchte Fenna, den Mann zu trösten und sich selbst zu beruhigen.

»Der Termin muss schon lange vorbei sein«, erwiderte Dethlefsen senior. »Manno hätte mir sonst gesagt, dass er erst nach dem Mittagessen nach Hause kommt.«

»Haben Sie ihn noch mal auf dem Handy angerufen?«, fragte die Kommissarin, die die Antwort ahnte.

»Darüber erreiche ich ihn nicht. Ich hab ihm einen Spruch hinterlassen, aber er ruft nicht zurück.«

»Wenn er sich meldet, geben Sie uns bitte sofort Bescheid«, sagte Fenna. »Wir werden ebenfalls versuchen, ihn zu erreichen.«

»Danke, das ist sehr freundlich von Ihnen.«

Der Mann irrte. Es war nicht Freundlichkeit, es war der Fahndungsdruck, der den Ermittlern im Nacken saß. Doch Fenna sah im Moment vor allem Dethlefsen senior im Rollstuhl vor sich. »Wer versorgt Sie denn überhaupt, wenn Ihr Sohn weg ist? Brauchen Sie Hilfe?«

Manno Dethlefsens Vater lachte leise. »Wer eine gute Nachbarin hat, ist nie allein.«

Sie beendeten das Telefonat.

»Wir schreiben ihn zur Fahndung aus«, sagte Tammo. »Nicht, dass der uns noch das Land verlässt.«

»Wir hätten ihn gestern schon festnehmen sollen«, sagte Fenna zerknirscht.

»Wie denn, Madame?«, Tammo guckte sie zweifelnd an. »Er war nicht anwesend, und wir hatten keine Beweise für seine Schuld.«

Wie Insa beim Verlassen der Wache versprochen hatte, meldete sie sich noch einmal, nachdem sie zu Hause angekommen war. »Ich hab Freddy angerufen und ihm gesagt, dass er zu Ihnen auf die Wache kommen soll. Er hat aber heute noch zwei Vorstellungsgespräche, eins in Dagebüll und eins in Heide. Er kommt erst am späten Abend zurück. Passt es bei Ihnen morgen Vormittag?«

»Dann ist zwar Samstag«, sagte Tammo. »Aber leider kein freies Wochenende für uns. Morgen um elf und keine Minute später.«

»Ich sag es ihm«, erwiderte Insa kleinlaut.

21

Fee weigerte sich am Samstagmorgen, gemeinsam mit der Familie in der großen Wohnküche zu frühstücken. Sie war es leid, bei jeder Gelegenheit von allen Seiten darauf angesprochen zu werden, dass Dennis-Janine die Woche, die der Rest der Familie dem neuen Mitglied über den Stichtag hinaus im Mutterleib zugestand, bald überschritten haben würde.

Fiona leistete ihrer Schwester Gesellschaft. So waren es nur Frido, Magda und Buddy, die sich laut beklagten, als Tammos Handy bei der ersten Tasse Tee klingelte.

»Eike Hoböken«, erklärte Tammo den anderen. Er nahm das Gespräch entgegen und verließ die Küche.

Fenna hörte ihn auf dem Flur leise reden.

Kurz darauf kam er wieder herein. »Bis gleich, Eike«, sagte er, und Fenna wusste, dass das gemütliche Frühstück damit beendet war.

»Ist Wochenendarbeit für Beamte nicht verboten?«, fragte Frido, als Tammo und Fenna sich ihre Brötchen auf die Hand nahmen und im Stehen den Rest Tee aus ihren Bechern tranken.

»Du kannst ja mal eine entsprechende Petition beim Bundestag einreichen«, rief Tammo ihm zu, bevor sie das Haus verließen.

»Was hat Eike denn erzählt?«, fragte Fenna atemlos. Mit Tammos Schritten konnte sie kaum mithalten.

»Er ist mit einem ganzen Sack voller spannender Erkenntnisse zu uns unterwegs«, informierte Tammo sie.

Eike traf kurz nach ihnen auf der Wache ein, in der Hand seinen metallenen Aktenkoffer, mit dem er eher wie ein Diplomat wirkte als wie ein Kriminaltechniker.

Er rieb sich die Hände, als Merle, die sich ebenfalls bereit erklärt hatte, am Wochenende einige der Aktenordner von Magdalene Paulsen durchzusehen, ihm und den Ermittlern einen frisch aufgesetzten Tee servierte.

»Das lässt sich gut an.« Er holte seine Unterlagen aus dem Aktenkoffer. »Womit beginnen wir?«

»Mit dem Pappbecher am besten«, entfuhr es Fenna spontan.

»Mit dem Pappbecher, okay. Dazu kann ich Folgendes sagen.« Er räusperte sich, Fennas Blutdruck stieg. »Die DNA von Rosemarie Uthoff, Hanne Matthiesen und, soweit wir nach dem ersten Schnelltest beurteilen können, auch die von Insa Pannkok stimmt nicht mit der auf dem zweiten Pappbecher überein.«

Fenna atmete auf und fühlte sich dennoch elend.

»Eine Übereinstimmung konnten wir aber mit der Probe von Manfred Dethlefsen feststellen.«

»Deshalb ist er verschwunden«, sagte Tammo.

»Und deshalb«, fügte Fenna schweren Herzens hinzu, »hat er so lange gezögert, als sein Vater ihn gefragt hat, ob wir DNA-Proben mitnehmen dürfen. Ich hab es mir gleich gedacht, auch wenn ich gehofft hatte ...« Sie stellte sich vor, wie der Vater reagieren würde, wenn sie seinen Sohn verhafteten. Wie würde er weiterleben? Auf sich allein gestellt konnte er nicht in dem Haus bleiben.

»Fenna, hörst du zu?« Tammo schnippte mit den Fingern vor ihren Augen herum.

»'tschuldigung, ich war schon zwei Schritte weiter.«

»Das hab ich dir angesehen«, sagte Tammo. »Aber denk dran, die Unschuldsvermutung gilt bis zum Beweis des Gegenteils.«

Er hatte ihre Gedanken erraten.

»Was ist mit dem Gebäck, Eike?«, fragte Fenna. »Habt ihr das schon analysiert?«

Eike nickte. »Es ist nach derselben Rezeptur gefertigt wie das Gebäck, das Gerhild bei der Obduktion im Rachen und im Magen von Magdalene Paulsen vorgefunden hat. Die Zutaten stimmen in ihren Anteilen nicht hundertprozentig überein, aber man kann ruhigen Gewissens vom selben Rezept sprechen. Es ist eben Handarbeit, kein Industrieprodukt. Da weichen die Anteile minimal voneinander ab.«

Fenna war fassungslos. »Das muss man sich auf der Zunge zergehen lassen – im wahrsten Sinne des Wortes. Da stellt jemand ein Haselnussgebäck als Mordwaffe her. Dieser Fall geht bestimmt eines Tages in die Kriminalgeschichte des Landes Schleswig-Holstein ein.«

»Um von einem Mord sprechen zu können«, überlegte Tammo, »muss der Täter gewusst haben, dass Magdalene Paulsen allergisch auf Haselnüsse reagierte.«

Fenna wurde heiß. »Danach konnten wir Manfred Dethlefsen noch nicht fragen. Dieses Wissen müssten wir ihm nachweisen, sonst ist die ganze Erkenntnis für den Papierkorb.« Verärgert warf sie sich auf ihrem Stuhl zurück. »Das gibt der Mann doch nie im Leben zu.«

Eike lächelte die beiden Kollegen an. »Wie ich euch kenne, werdet ihr euch was Intelligentes einfallen lassen, um den Täter zu überführen.«

Beide nickten stumm, doch Fenna fragte sich, wie sie das anstellen sollten.

»Falls euch das noch interessiert«, fuhr Eike fort. »Die Spuren an den Schuhen und der Kleidung von Insa Pannkok stammen einwandfrei aus dem Gartenteich von Falk Tomfort. Der eingetrocknete Schlamm stimmt in seiner Zusammensetzung genau mit dem im Gartenteich überein, und sogar das Fischfutter, das die Tomforts verwenden, hat sich bei dem unfreiwilligen Bad in der Kleidung festgesetzt.«

»Na, Glückwunsch«, sagte Fenna sarkastisch. »Wenigstens die Nebensache haben wir damit aufgeklärt.«

»Nicht so schnell aufgeben, liebe Kollegin«, sagte Eike. »Ein dickes Bonbon hab ich noch für euch.«

Tammos Gesicht hellte sich auf, doch Fenna fiel es im Moment schwer, noch an ein Wunder zu glauben. »Nun rede schon«, sagte sie matt.

»Ich weiß nicht, wie weit ihr mit euren Ordnern seid.« Er deutete auf den Tischwagen mit den Aktenordnern aus Magdalene Paulsens Haus. »Eine unserer Kolleginnen hat eine Nachtschicht eingelegt. Heute Morgen um vier hatte sie einen sensationellen Fisch an der Angel.«

Mit einem Mal wurde Fenna wieder zuversichtlicher.

Eike beugte sich noch einmal zu dem Aktenkoffer hinab, der neben seinem Stuhl auf dem Boden stand. Triumphierend zog er ein Blatt Papier daraus hervor, das in einer Plastikhülle steckte. Er schob es den Ermittlern über den Tisch zu.

»Ein handschriftliches Testament«, sagte er feierlich.

Die Ermittler stießen mit den Köpfen zusammen, als sie sich hektisch darüber beugten.

Stumm las es jeder für sich durch.

Tammo blickte auf. »Das ist der Hammer. Eine echte Überraschung.«

Eike nickte ihm zu. »Sehe ich auch so.«

Fennas Hände waren eiskalt. »Das Motiv haben wir. Die Waffe haben wir auch. Fehlt nur noch der unwiderlegbare Beweis.«

»Ich sag doch«, erwiderte Eike, »ihr müsst jetzt eine intelligente Strategie ausklamüsern, und schon habt ihr den Fisch im Netz.« Er stand auf. »Dann überlass ich euch mal eurem kriminalistischen Genie. Am Wochenende werdet ihr wenigstens nicht so abgelenkt wie an einem Wochentag, wenn es hier zugeht wie in einem Taubenschlag.«

Er hob seinen Aktenkoffer hoch und zeigte auf die Ordner auf dem Tischwagen. »Vielleicht sind darin auch noch Fakten verborgen, die den Fisch nach dem Fang zu einem umfassenden Geständnis anregen können.«

Tammo tippte mit dem Finger auf das Testament. »Ich denke, das hier ist schon Anregung genug.«

Eike verabschiedete sich per Handschlag von den Kommissaren und verließ die Wache.

Tammo stierte in Gedanken versunken auf das Testament. »Das schließen wir gut ein, wenn wir nachher die Wache verlassen.«

»Wenn wir sie verlassen, ja«, erwiderte Fenna genervt. Wie konnte Tammo jetzt ans Nachhausegehen denken? »Noch ist es aber nicht soweit. Der Tag fängt gerade erst an. Wo ist eigentlich Freddy Ohm abgeblieben? Wollte der nicht um Punkt elf hier sein?«

Tammo sah auf seine Armbanduhr. »Es ist drei Minuten nach. Lassen wir ihm Zeit bis Viertel nach elf. Wenn er dann nicht hier ist, schicken wir Merle los.«

»Spinnst du?« Fenna schüttelte ungläubig den Kopf. »Bei allem Respekt vor Merle, lass lieber zwei kräftige Kerle zu ihm fahren. Hast du nicht die überdimensionalen Boxershorts auf der Wäschespinne gesehen?«

22

»Wer kommt denn da?«, fragte Fenna verwundert. Sie guckte auf die Uhr. Es war vierzehn Minuten nach elf, und Freddy Ohm war immer noch nicht auf der Wache erschienen.

Auch die Person, die gerade mit dem Fahrrad auf das Gebäude zufuhr, konnte der Figur nach unmöglich der Mann sein, auf den Tammo und sie von Minute zu Minute mit größerer Ungeduld warteten.

Die erhöhte Anspannung, unter der die Ermittler seit Eike Hobökens Berichterstattung standen, hatte sie bisher daran gehindert, auch nur einen Gedanken auf die Strategie zu verwenden, die sie sich zurechtlegen mussten, um die Person, die Magdalene Paulsen auf dem Gewissen hatte, dazu zu bringen, freiwillig ein Geständnis abzulegen oder den entscheidenden Fehler zu begehen.

Die Radfahrerin draußen vor der Wache nahm Helm und Sonnenbrille ab.

»Das ist Insa Pannkok.«, stellte Tammo grimmig fest. »Warum kommt sie? Warum nicht Freddy Ohm?«

Fenna musterte die Besucherin, die sich mit ungewohnt kraftvollen Schritten fortbewegte.

»Guck mal genau hin«, sagte sie. »Sie hat ein blaues Auge. Wenn sie uns bloß nicht weismachen will, dass sie bei der Gartenarbeit mit einem Zaunpfahl kollidiert ist.«

Insa betrat die Wache und marschierte auf das Büro der Kommissare zu, dessen Tür weit geöffnet war. Sie knallte den Fahrradhelm auf den Besprechungstisch.

»Ich hab die Nase voll«, posaunte sie aus. »Ich decke Freddy nicht mehr. Ich hab keine Lust, ins Gefängnis zu gehen, nur weil dieser Kerl ständig Mist baut.«

Die Ermittler kamen zu ihr an den Tisch. Fenna wies sie mit einer Geste an, sich zu setzen. »Guten Morgen, Frau Pannkok. Dann erzählen Sie mal.«

Es arbeitete heftig in Insa. Sie rutschte unruhig auf dem Stuhl herum und zog ihre Unterlippe zwischen die Zähne. Endlich hatte sie ihre Sitzposition gefunden.

»Freddy hat Magdalene Paulsen auf dem Gewissen«, sagte sie. »Ich hab Ihnen gestern nicht die ganze Wahrheit gesagt.«

»Was hat Sie dazu bewogen«, fragte Tammo, »das heute zu tun?«

Fenna erwartete, dass Insa Pannkok ihre Antwort damit begründen würde, dass Freddy Ohm ein Schwein sei und sie zum wiederholten Mal geschlagen habe. Sie rechnete fest damit, dass die Besucherin sich im weiteren Gespräch als Racheengel entpuppen würde, der den ungeliebten Lebensgefährten lieber heute als morgen loszuwerden wünschte und ihm daher einen Mord an den Hals hängen wollte.

Doch ganz so einfach machte Insa es ihnen nicht.

»Ich sag doch, ich will nicht als seine Mitwisserin in den Knast.«

Tammo guckte sie an, als wäre sie ein unbekanntes Insekt, von dem er nicht abzuschätzen vermochte, ob es harmlos oder giftig war.

Fenna wollte die Frau mit dem überquellenden Herzen nicht bremsen, konnte ihre eigene Skepsis jedoch ebenfalls nicht verbergen. »Sind Sie sicher, dass Freddy Ohm den Mord begangen hat?«, fragte sie.

»Säße ich sonst hier?«

Insas unverletztes Auge blitzte, das andere war leicht zugequollen.

Fenna wollte sie nicht auf das blaue Auge ansprechen, nicht in diesem Moment. »Aus welchem Grund soll er Frau Paulsen umgebracht haben?«

»Das wissen Sie doch längst«, sagte Insa, und Fenna wunderte sich über die plötzlich vorhandene Sicherheit dieser Frau, die gestern noch das Selbstbewusstsein einer Amöbe hatte.

»Sie haben es mir gestern selbst vorgehalten. Ich meine die Sache mit dem Haus.«

Fenna nickte, noch immer voller Skepsis. Welche Geschichte hatte Insa Pannkok, die doch bisher von nichts etwas wusste, heute auf Lager?

»Frau Paulsen ist also doch dahintergekommen, dass sie betrogen wurde«, mutmaßte Tammo.

Insa nickte.

Die Kommissarin verlor die Geduld. »Frau Pannkok, jetzt mal Butter bei die Fische. Wie ist dieses Geschäft zustande gekommen, und wie ist es eskaliert?«

»Es fing mit dem Lottogewinn an«, sagte Insa.

Konnte solch ein Gewinn das Leben eines Menschen und seines Umfeldes wirklich dermaßen umkrempeln? »Natürlich«, sagte Fenna scheinbar gelassen. »Der Lottogewinn war der Anfang allen Übels. Und was war der nächste Schritt?«

Insa drückte das Kinn auf die Brust und atmete tief ein, als müsste sie Anlauf nehmen. Dann legte sie los. »Freddy hat sich überlegt, wenn Magdalene jetzt so viel Geld hat, könnte er sie anzapfen. Er hat sie um ein zinsloses Darlehen angehauen. Sie war nicht begeistert davon. Sie hat ihm vorgeschlagen, er sollte es doch selbst mal mit Lottospielen versuchen.«

»Nicht ganz unlogisch, die Reaktion«, sagte Tammo.

»Das ist Ansichtssache«, widersprach Insa. »Jedenfalls hat Lene uns, also Rosie, Hanne und mir, kurz darauf erzählt, dass sie darüber nachdenkt, ein Haus zu kaufen. Eins, in das sie mit ihrer großen Liebe einziehen würde.«

»Hatte sie sich schon für jemanden entschieden?«, fragte Fenna in der Hoffnung, einen Namen zu hören, den sie in den Kreis der Verdächtigen aufnehmen könnten. Das würde die weitere Suche in den Unterlagen von Magdalene Paulsen im Optimalfall unnötig machen.

»Das nicht«, sagte Insa. »Sie hat sich jemanden gewünscht, einen Ersatz für Falk, den sie auf einmal nicht mehr wollte. Sie sah ja, dass sie jetzt, wo sie stinkreich war, für viele Männer eine attraktive Partie war.«

»Das hat sie dazu angespornt«, fragte Fenna, »sich nach weiteren Männern umzusehen?«

Insa nickte. »Rosie hat nur gelacht und gesagt: ›Du hast doch gerade erst das große Los im Lotto gezogen. Jetzt beanspruchst du auch noch das große Glück in der Liebe für dich?‹. Da hat Magdalene ganz ernst geguckt und uns gestanden, dass sie seit vier Wochen intensiv über Anzeigen nach einem Mann sucht und dass sie das ›Projekt Liebe‹, wie sie es nannte, genauso konsequent angehen werde wie das ›Projekt Lottogewinn‹. Sie wollte so lange suchen, bis sie jemanden gefunden hatte, der ihr Herz erobern kann. Aber sie hat uns geschworen, dass es nicht so lange dauern würde wie mit dem Lottogewinn. Kürzlich hat sie angedeutet, es gäbe jemanden, den sie gar nicht mal für so uninteressant hielt.«

»Hat sie einen Namen genannt?«, hakte Fenna, in der wieder diese Hoffnung aufkeimte, noch einmal nach.

»Nein. Namen hat sie uns nie genannt. Aber wir alle wussten, dass auch Manno Dethlefsen Interesse an ihr hatte. Die beiden kennen sich schon ewig, und da er vierzehn Jahre jünger ist als Lene, fand sie es ganz schmeichelhaft, dass er sich für sie interessierte.«

Fenna sah verstohlen zu Tammo hinüber. Er nickte ihr zu. – Und dann war wieder das Bild von Mannos Vater im Rollstuhl da ...

»Die beiden waren aber nicht fest zusammen, Manno Dethlefsen und Frau Paulsen?«, fragte die Kommissarin.

»Nein, ich sag doch, sie hatte noch andere auf der Liste. Alles nichts Festes, soweit ich weiß. Sie hat sich nur erst mal intensiv umgesehen. Sie war so eine, die zuerst die Chancen checkte, und dann auf einmal schlug sie zu. Ungefähr so wie mit dem Lottogewinn.«

»Wobei sie sich den nicht selbst hat zuschanzen können«, wandte Tammo ein. »Insofern hinkt der Vergleich.«

»Kommen wir zu dem schmutzigen Geschäft mit dem Haus zurück«, sagte Fenna. »Wir waren an dem Punkt abgeschweift, an dem Frau Paulsen überlegte, sich ein Haus zu kaufen, um mit ihrer späteren großen Liebe da einzuziehen.«

»Ohne zu wissen, ob die große Liebe mit darin wohnen wollen würde«, gab Tammo wieder von sich.

Fenna warf ihm einen Blick zu, der ihm bedeutete, dass er einfach schweigen möge. Was nützte es, philosophische Diskussionen zu führen? Sie hatten eine Frau vor sich sitzen, die ihnen einen Mörder liefern wollte, auch wenn das letzte Wort darüber, ob es sich tatsächlich um den Mörder von Magdalene Paulsen handelte, noch nicht gesprochen war.

Insa ließ sich zum Glück von Tammos Einwürfen nicht bremsen. Sie senkte den Blick und gab sich

Mühe, ein reumütiges Gesicht zu machen. »Ich hab dummerweise zu Hause von Lenes Plänen erzählt. Daraufhin hat Freddy seinen Bruder im Gefängnis besucht. Als er zurück war, hatte er schrecklich gute Laune. Piet hat ihm erklärt, wie man Leuten ein Objekt verkaufen kann, nach dem sich angeblich jeder die Finger leckt, und wie man einem Kunden dann, wenn er ungeduldig wird und den Rohbau sehen will, verklickert, dass die Baufirma leider pleite gegangen und von dem vorausbezahlten Geld nichts mehr übrig ist.«

»Sie haben stillschweigend geduldet«, warf Tammo ihr vor, »dass Ihr Lebensgefährte so einen Vertrag mit Frau Paulsen abschließt. Und nach einer gewissen Zeit ist Ihrem Freddy der Betrug um die Ohren geflogen, weil Frau Paulsen den Baubeginn kontrollieren wollte.«

»So ungefähr war es«, sagte Insa kleinlaut.

»Hätte Herr Ohm ihr das Geld nicht zurückzahlen können?«, fragte Fenna.

»Das war schon weg«, gestand Insa freimütig.

»Wie kam denn das?«, fragte die Kommissarin. »Was haben Sie dafür angeschafft?« Gemäß Rechnung hatte es sich um zwanzigtausend Euro gehandelt. Peanuts für Millionärin Magdalene Paulsen. Aber bei Insa Pannkok und Freddy Ohm hätte die Summe für eine große Anschaffung gereicht. Hatten sie das Geld in das Auto investiert, mit dem Ohm gestern unterwegs gewesen war?

»Nichts haben wir gekauft«, sagte Insa. »Freddy hatte Spielschulden. Die hat er beglichen.«

»Ach nee.« Tammo schlug mit der Faust auf den Tisch. »Über Magdalene Paulsen schimpfen, weil sie aufs Lottospiel versessen war, aber sich dann selbst beim Glücksspiel verzocken.«

Fenna brauchte Luft und eine kleine Pause, um all die Gedanken zu sortieren, die ihr durch den Kopf schwirrten. Sie stand auf und öffnete das Fenster. Der Tee, den Merle zubereitet hatte, stand noch auf ihrem Schreibtisch. Sie schenkte sich nach, ohne Insa davon anzubieten. Mit dem Rücken zu der Besucherin blieb sie an ihrem Schreibtisch stehen, in der einen Hand den Teebecher, die andere in die Hüfte gestützt.

Die Geschichte, die Insa Pannkok ihnen erzählte, konnte stimmen, sie konnte aber auch Hirngespinsten entsprungen sein.

Fenna stellte den Becher ab und setzte sich wieder hin.

Daraufhin stand Tammo auf und schloss das Fenster.

Insa grinste. »Sie sind ein eingespieltes Team.«

Fenna ließ sich von der Besucherin nicht foppen. Die Situation war zu ernst.

»Frau Pannkok«, nahm sie das Gespräch wieder auf. »Haben Sie stichhaltige Beweise dafür, dass Ihr Lebensgefährte Frau Paulsen umgebracht hat. Sind Sie vielleicht sogar Augenzeugin?«

»Gesehen hab ich es nicht«, gab Insa zu. »Aber als Rosie in den Salon kam und erzählte, dass Magdalene tot ist, hab ich sofort gewusst, dass sie nicht an einer Krankheit gestorben sein konnte. Sie war kerngesund.«

»Bis auf diese Haselnussallergie«, schob Fenna ein. »Wussten Sie eigentlich davon?«

Insa nickte heftig. »Das ist es ja. Wir wussten es alle. Auch Freddy. Ich blöde Kuh hab es ihm mal verraten. Das ist zwar schon lange her, aber ein Typ wie er vergisst so was nicht.«

»Warum haben Sie es ihm gesagt?«, fragte Tammo.

»Es hat sich so ergeben. Das war ganz am Anfang, als ich mit ihm zusammen war. Wir haben darüber geredet, wer meine Freundinnen sind. Wenn man jemanden im Freundeskreis hat, der so allergisch auf etwas reagiert, muss man ja höllisch aufpassen, dass einem bei einer Geburtstagsfeier nichts unterkommt, wo ein paar Haselnüsse drin versteckt sind.«

»Kann Freddy Ohm denn backen?«, fragte Fenna.

Insa prustete laut los. »Der und backen? Der kann nicht mal Teewasser kochen. Der lässt sich von vorne bis hinten bedienen.«

Ohne ihn zu kennen, hatte Fenna geahnt, dass die Küche ein Bereich war, den dieser Mann bestenfalls betrat, um sich ein Bier aus dem Kühlschrank zu holen. Es passte zu dem Bild, das sie sich von ihm machte.

Auch das blaue Auge passte zu diesem Bild. Warum verlor Insa kein Wort darüber? Warum sprach sie die Ermittler nicht darauf an, dass er sie geschlagen hatte? Gehörte sie zu den Frauen, die die Kraft nicht fanden, sich aus solch einer Beziehung zu befreien? Oder waren die Anschuldigungen, die sie ihnen heute vortrug, der Weg dorthin?

Fenna sah auf die Uhr. »Wo ist Herr Ohm eigentlich abgeblieben? Er sollte um elf Uhr bei uns sein. Wir hatten nicht elf Uhr abends gemeint.«

Insa wandte sich zum Fenster. »Er ist auf Tour.«

»Schon wieder?«, fragte Tammo. »Das war er doch gestern erst. Hat er wieder ein Vorstellungsgespräch?«

»Nee.« Insa deutete auf ihr blaues Auge. »Wir haben gestritten, als er gestern zurückkam. Ich hab ihm nicht mehr gesagt, dass Sie ihn heute sprechen wollen. Ich hab im Bett geschlafen, er auf dem Sofa. Heute Morgen, als ich wach wurde, war er mit dem Wagen weg. Aber er kommt bestimmt bald zurück, das läuft immer so. Ich sag ihm, dass er am Montag zu Ihnen gehen soll.«

Tammo schob ihr seine Visitenkarte zu. »Nicht erst am Montag. Sobald er zurück ist, sagen Sie ihm, er soll er anrufen. Sofort. Dann kommen wir zu Ihnen.«

Insa biss sich auf die Lippen und atmete mehrmals laut ein und aus. »Okay«, sagte sie. »Also sofort. Verhaften Sie ihn dann?«

»Wir werden ihn verhören«, antwortete Tammo.

»Und wie geht es danach weiter?«

»Wegen des Betruges mit dem Haus, das nicht existiert, wird er sich auf jeden Fall verantworten müssen.«

Insas Augen leuchteten auf. »Wird er dafür ins Gefängnis kommen?«

Fenna legte ihre Hand auf die von Insa. »Mein Kollege und ich sind von der Mordkommission, Frau Pannkok. Betrugsfälle bearbeiten wir nicht. Wir nehmen Ihre Aussage zu Protokoll und geben sie an die Kollegen vom Betrugsdezernat weiter. Die werden Herrn Ohm sagen, mit welcher Anklage er rechnen muss.«

»Und der Mord an Magdalene?«

Fenna drückte Insas Hand. »Darüber werden wir befinden, nachdem wir mit Freddy Ohm gesprochen haben. Wer außer Ihnen«, fragte sie weiter, »kann bezeugen, dass Ihr Lebensgefährte während der Tatzeit nicht zu Hause war?«

Insa setzte an, zu sprechen, verstummte aber sofort wieder. Einen Augenblick später sah sie zu der Teekanne hinüber. »Kann ich einen kleinen Schluck haben?«

Tammo stand auf, holte einen Becher aus der Küche und schenkte ihr von dem Tee ein.

»Unsere Nachbarin«, meinte Insa, während sie sich hinter dem Becher versteckte. »Ich müsste sie fragen.«

»Die Dame ist gut mit Ihnen befreundet?«, fragte die Kommissarin in der Hoffnung, dass Insa verstand.

Insa wurde unsicher. »Ja, schon. Wie gesagt, ich pass öfter mal auf die Kinder auf.«

»Wo waren Sie, als Magdalene Paulsen starb?«

»Ich?«

»Sie.« Fenna lächelte die Besucherin unverbindlich an.

»Zuhause.« Insa stellte den Becher ab.

»Wie standen Sie selbst zu Frau Paulsen?«, fragte Tammo.

Erstaunt sah Insa zu ihm hinüber. »Wie ich zu ihr stand? Sie war eine gute Freundin. Wir alle waren Freundinnen.«

Bei dem Wort schlug eine Idee wie ein Blitz bei Fenna ein. Die Strategie, von der Eike meinte, dass sie sie entwickeln müssten, lag nun klar vor ihren Augen.

»Haben Sie noch etwas auf dem Herzen, das Sie uns mitteilen möchten?«, fragte die Kommissarin.

Insa überlegte kurz, dann schüttelte sie den Kopf.

»Gut, dann habe ich noch eine Information für Sie.«

Insa sah sie aufmerksam an.

Fenna blickte zu Tammo hinüber und nickte ihm zu, damit er mitzog, auch wenn er im Moment nicht wusste, welcher Gedanke sich hinter ihren Worten verbarg.

»Frau Uthoff hatte die Bitte geäußert, dass jede von Ihnen sich ein Erinnerungsstück an Ihre Freundin Magdalene Paulsen aus deren Haus holen dürfe. In Absprache mit dem Nachlassverwalter haben wir das geregelt. Sofern es sich um kein wertvolles Stück handelt, dürfen Sie das tun. Und zwar morgen früh um elf Uhr.«

Insa klatschte in die Hände. »Das ist aber eine nette Idee. Toll, dass Rosie daran gedacht hat. Ich glaube, ich weiß schon, was ich gern hätte.«

Fenna hob die Hände und stoppte Insas Ausbruch. »Das werden wir morgen gemeinsam besprechen. Sie sind die Erste, die davon erfährt. Ihre Freundinnen werden wir gleich informieren. Wir treffen uns alle vor Frau Paulsens Haus. Und bitte seien Sie pünktlich. Wer nicht rechtzeitig erscheint, hat Pech gehabt. Montag in aller Frühe wird das gesamte Haus in Gegenwart des Nachlassverwalters ausgeräumt, und die Sachen werden in einem Lager verschlossen, zu dem nur er den Zugang hat.«

Insa wischte sich über das gesunde Auge. »Ich bin pünktlich, ganz bestimmt.«

Fenna begleitete die Besucherin zur Tür und winkte ihr hinterher, als sie mit dem Rad losfuhr.

»Jetzt bin ich gespannt, was du im Sinn führst«, sagte Tammo. Er hatte Fennas Becher auf den Besprechungstisch gestellt und Tee nachgefüllt. »Sei so gut, setz dich zu mir und klär mich auf.«

23

Am Sonntagmorgen traf Rosemarie Uthoff zeitgleich mit den Ermittlern, doch aus der entgegengesetzten Richtung in Magdalene Paulsens Straße ein. Die Kommissare erkannten sie aus einiger Entfernung an dem geflochtenen Zopf, der ihr über die Schulter nach vorn gefallen war.

»Die hat es aber eilig«, meinte Tammo, als er vom Gaspedal ging, um gegenüber dem Haus zu parken.

Es war wenige Minuten vor elf. Den Nachlassverwalter hatten sie am Samstag telefonisch vom Büfett einer Silberhochzeit weggeholt, um ihn nachträglich über den Plan mit den drei Freundinnen zu unterrichten und sein Okay einzuholen. Nach kurzer Diskussion hatte er ihnen erlaubt, die Aktion ohne seine Anwesenheit durchzuziehen. Er hatte ihnen klare Instruktionen gegeben, was aus dem Haus entfernt werden durfte.

Hanne Matthiesen kam zu Fuß, als Tammo und Fenna aus dem Wagen stiegen, und Insa Pannkok war wieder mit dem Fahrrad unterwegs.

»Was ist denn mit dir los?«, fragte Rosemarie Uthoff entsetzt, als Insa die Sonnenbrille abnahm, um ihre Freundinnen zu begrüßen.

Hanne legte ihren Arm um die Lädierte und drückte sie vorsichtig an sich. »Doch nicht schon wieder?«, raunte sie ihr zu. »Willst du nicht endlich mal Konsequenzen ziehen?«

Fenna tat, als hätte sie die Worte nicht gehört.

»So, meine Damen«, sagte Tammo. »Ich schließ dann mal auf. Es kann immer nur eine von Ihnen mit rein. Die anderen beiden müssen bitte draußen warten.«

Er öffnete die Tür und hielt sie weit auf.

»Rosie«, sagte Hanne, »du warst ihre beste Freundin, geh du mal zuerst.«

Die Angesprochene fühlte sich sichtlich unwohl. Sie hielt sich eine Hand an die Schläfe. »Geht ihr ruhig vor, mir ist heute nicht gut. Ich bin am frühen Morgen mit einem Anflug von Migräne aufgewacht.«

Hanne ließ sich das nicht zweimal sagen.

Fenna folgte ihr ins Haus, während Tammo bei den anderen beiden Freundinnen im Vorgarten stehen blieb.

Im Nachbarhaus stand ein älteres Paar am Fenster im ersten Stock und drückte sich die Nasen platt.

Hanne steuerte im Wohnzimmer auf eine Blumenvase zu. »Die hätte ich gern«, sagte sie und strahlte die Kommissarin an. »Die Vase habe ich Lene zum fünfzigsten Geburtstag geschenkt. Das Zwillingsstück dazu steht bei mir zu Hause. Wenn ich die mitnehmen könnte ...« Sie lächelte verlegen. »Dann hätte ich immer das Gefühl, Magdalene und ich sind wieder vereint.«

Die Vase war ein schlichtes Stück aus Porzellan, nicht wertvoll, aber mit einem hübschen Blumenmotiv in zarten Farben handbemalt.

»Nehmen Sie die gerne mit«, sagte Fenna. »Sie werden sicher viel Freude daran haben.«

Sie begleitete Hanne wieder hinaus.

Auf dem Treppenabsatz wartete Insa Pannkok. Aufgeregt guckte sie auf Hannes Hände und schien erleichtert, die Blumenvase zu sehen. »Das ist schön, dass du die mitnimmst.«

Sie stürzte ins Haus.

»Sie wissen genau, was Sie haben möchten?«, fragte Fenna sie im Flur. Es war nicht zu übersehen gewesen,

dass Insa Angst gehabt hatte, Hanne könnte das Erinnerungsstück mitgenommen haben, das sie selbst sich gewünscht hatte.

»Na klar weiß ich das. Ich hab die ganze Nacht davon
geträumt.«

Sie marschierte in Magdalene Paulsens Schlafzimmer.
Gegenüber dem Bett stand auf einem Tischchen ein
hübscher goldfarbener Bilderrahmen. Er zeigte ein Foto
der vier Freundinnen auf der Seebrücke von Sankt Peter-Ording.

»Das Foto haben wir vor zwei Jahren aufgenommen,
als wir unseren Freundschaftsjahrestag gefeiert haben.
Darf ich das haben?«

Fenna lächelte. »Natürlich, nehmen Sie es mit.«

Kaum war Insa draußen, fiel sie Hanne um den Hals.

Rosemarie Uthoff zögerte. Noch immer massierte sie
sich sanft die Schläfe. Fenna spürte die Überwindung,
die es die Frau kostete, das Haus zu betreten.

»Es hängen so viele Erinnerungen daran«, sagte Rosemarie, als sie an der Kommissarin vorbei die Stufen zum
Eingang hinaufstieg. »Wir haben unendlich viele schöne
Stunden in diesem Haus verbracht, und jetzt wird es
einfach ausgeräumt und alles wird entsorgt.«

Ihre Worte schienen eine Anklage zu sein.

Langsam ging Rosemarie durch die kleinen, vollge-
stellten Räume. Mit dem Finger fuhr sie an Regalböden
und Tischkanten entlang. Sie nahm einzelne Gegenstän-
de in die Hand und legte sie wieder weg.

Vor Magdalenes Schreibtisch blieb sie stehen. »Den
Füllfederhalter, den hätte ich gern.«

»Tut mir leid«, sagte Fenna, die auf den ersten Blick
erkannte, dass es sich um ein kostbares Schreibutensil

einer noblen Marke handelte. »Das wird der Nachlass-verwalter nicht genehmigen. Ich kann ihn gern anrufen und fragen. Ich fürchte aber, seine Antwort kenne ich bereits.«

Sie suchte in ihrer Umhängetasche nach dem Smart-phone.

Rosemarie hob die Hand. »Nein, lassen Sie nur. Ich gucke mich weiter um.«

Sie setzte ihren Rundgang fort. Plötzlich legte sie bei-de Hände an die Schläfen, schloss die Augen und lehnte sich gegen die Wand.

»Ihnen geht es wirklich nicht gut«, sagte Fenna. »Soll ich einen Arzt rufen?«

Rosie ließ die Hände sinken. »Danke, es geht schon wieder. Ich glaube, ich muss einfach nur hier raus. Heu-te geht ein schönes Kapitel meines Lebens auf furchtbar traurige Weise zu Ende.«

Stumm drehte sie sich einmal um die eigene Achse.

»Ja, ich denke, am besten behalte ich Magdalene so in Erinnerung. Ich habe viele Bilder von ihr im Kopf und viele Worte. Ich brauche keinen Gegenstand, der mich an die gemeinsame Zeit erinnert.«

»Wie Sie meinen«, sagte Fenna. »Es war Ihre Idee. Sie wissen, dass dies die letzte Gelegenheit ist.«

Rosemarie senkte die Lider im Schmerz und nickte. Dann ging sie hinaus.

24

Birte Wolfson, die Nachbarin von Magdalene Paulsen und eifersüchtige Gattin von Thilo, legte einfach auf.

»Das gibt's doch nicht«, schimpfte Fenna. »Ich sag, ich bin von der Kripo und habe eine Bitte, da schmeißt sie wortlos den Hörer auf die Gabel.«

Tammo hatte es sich in seinem Bürostuhl scheinbar bequem gemacht, die Füße auf den Schreibtisch gelegt und den Teebecher, den er in der Hand hielt, auf dem Bauchansatz abgestellt. Doch auch ihm war die innere Anspannung anzusehen. Den Kopf hatte er zur Seite geneigt, die Stirn angestrengt in Falten gezogen. »Versuch es noch mal. Wenn das nichts bringt, fahren wir hin.«

Die Kommissarin drückte auf die Wahlwiederholung.

Das erste Klingeln war gerade erst ertönt, da fauchte Birte Wolfson sie an: »Wir haben mit dem Mord nichts zu tun. Mein Mann hat eine weiße Weste.«

»Zack«, sagte Fenna, »wieder aufgelegt.«

»Es reicht«, beschloss Tammo. Er stellte die Füße auf den Boden, knallte den Becher auf den Tisch und sprang auf.

Fenna klaubte Notizblock, Handy und Umhängetasche zusammen und stob auf den Flur der Wache. Kurz bevor sie die Ausgangstür erreichte, schrillte ihr Telefon.

Sie stoppte ab. »Was ist denn jetzt schon wieder los?«, rief sie und rannte an Tammo vorbei ins Büro zurück.

Ein Anrufer mit Rufnummernunterdrückung.

Genervt riss sie den Hörer vom Apparat. »Fenna Stern, Kriminalpolizei.«

Niemand meldete sich.

»Hallo?«, rief sie ungeduldig. »Wer ist denn da?«

»Frau Stern? Thilo Wolfson hier.« Der Anrufer schwieg wieder.

Fenna ließ sich auf ihren Stuhl fallen. »Und?«

Wolfson räusperte sich. »Meine Frau hat ein bisschen überreagiert.«

»Kann man so sagen«, erwiderte Fenna, während Birte Wolfson im Hintergrund zeterte.

»Sie – ähm – hatten eine Frage an uns?«

»Eine Bitte, ja.«

»Aber kein Verhör, oder?«, schob Thilo ängstlich hinterher. »Es geht nicht um ein Verhör im Zusammenhang mit dem Mord an unserer Nachbarin? Ich bin nämlich unschuldig, und wenn Sie mich in der Sache verdächtigen würden, würde ich meinen Anwalt dazu rufen. Als Vorsichtsmaßnahme.«

Fenna schnaubte höhnisch. Das waren die Richtigen. Als verheirateter Mann mit der Nachbarin flirten, und wenn es ernst wurde, die Hosen voll haben.

»Sie gelten nicht als Tatverdächtiger«, beruhigte die Kommissarin ihn. »Wir müssen Sie dringend wegen einer notwendigen Maßnahme sprechen.«

»Wegen einer Maßnahme?«

»Könnten Sie kurzfristig zu uns auf die Wache kommen? Wir würden die Aktion gern außerhalb Ihres Hauses mit Ihnen besprechen. Ihre Frau bringen Sie ruhig mit, aber den Anwalt lassen Sie bitte da, wo er gerade steckt. Den brauchen Sie nicht.«

»Ja, wenn Sie meinen ... Aber wenn es anders kommt, behalte ich mir vor, umgehend die Wache zu verlassen.«

»Das steht Ihnen jederzeit frei«, sagte Fenna. »Wann dürfen wir mit Ihnen rechnen? In einer Stunde?«

»Das passt«, meinte Thilo Wolfson. »Unser Nudelauf-
lauf braucht noch fünf Minuten im Backofen. Nach
dem Essen machen wir uns sofort auf den Weg.«

Die Zeit bis zum Eintreffen der Wolfsons sahen die
Ermittler sich auf der Satellitenaufnahme noch einmal
das Haus und den Garten von Magdalene Paulsen, das
Grundstück der Wolfsons und die gegenüberliegende
Straßenseite an, die an Felder grenzte und unbebaut war.

»Im Haus der Wolfsons sollte bis Mitternacht Licht
brennen«, meinte Fenna. »Am besten in einem der Räume, die der anderen Seite zugewandt sind. Der Täter
darf nicht in das Gebäude sehen dürfen, aber er muss
den Eindruck haben, dass die Bewohner zu Hause sind
und gemütlich Fernsehen gucken oder lesen.«

Tammo brummte etwas dazu, das Fenna als Bestätigung ihres Vorschlags interpretierte. »Wir beide, wo
warten wir am besten?«, fragte er. »Wenn wir im Erdgeschoss sind, haben wir beim Zugriff den kürzesten Weg,
aber vom ersten Stock aus haben wir die bessere Sicht.«

»Genau.« Fenna kaute auf einem Stift herum. Sie
tippte auf die Stelle, an der das Dach vom Haus der
Wolfsons zu sehen war. »Wir warten im ersten Stock,
und wenn die Zielperson in Frau Paulsens Haus ist,
schleichen wir uns nach unten. Wir müssen nur aufpassen mit der Treppe. Licht anzünden ist nicht. Wir dürfen nicht mal eine Taschenlampe einschalten.«

Tammo zeichnete mit dem Finger die umgebenden
Straßen nach. »Die Kollegen können sich, wenn es dunkel genug ist, über die Parallelstraße anschleichen, dann
in die Querstraße rein und von dort aufs Feld. Hinter
den Sträuchern hier am Straßenrand können sie die Szene bis zum Zugriff verdeckt beobachten.«

»Das ist perfekt.«

»Jetzt müssen nur noch die Wolfsons mitmachen.«

Fenna sah Tammo kopfschüttelnd an. »Du, das können die uns nicht verweigern. Notfalls nehmen wir behördliche Hilfe in Anspruch. Aber der Thilo Wolfsen spielt schon mit. Das Problem dürfte eher die Frau Gemahlin sein.«

»Ich sag doch, die Weiber sind immer das Problem.«

Fenna zwickte ihn in die Rippen. »Am besten bieten wir ihnen eine Übernachtung in einem First-Class-Hotel an, dann wird auch die Gattin nicht Nein sagen.«

»Super Idee. Das ist auch sicherer, für den Fall, dass es zu einer Schießerei kommen sollte.«

»Damit rechne ich nun wirklich nicht«, sagte Fenna. »Aber auf der sicheren Seite wären wir damit auf jeden Fall.« Bei einem Blick aus dem Fenster bemerkte sie auf der Straße ein älteres Ehepaar, das sich zielstrebig der Wache näherte. »Guck mal, da kommen sie schon.«

Tammo sah auf die Uhr. »Du hast doch erst vor einer guten halben Stunde bei denen angerufen. Dann haben sie ihren Auflauf aber brandheiß hinuntergeschlungen.«

Die Kommissarin ging in den Eingangsbereich der Wache und empfing das Ehepaar mit überschwänglicher Freundlichkeit. Schließlich hatten sie eine ungewöhnliche Bitte, und Birte Wolfson machte nicht den Eindruck, eine kulante Person zu sein.

Sie bat das Paar in den Konferenzraum, wo Merle Tee, Kaffee, Wasser und Saft und die teuersten Besprechungskekse bereitgestellt hatte.

Tammo überließ es der weiblichen List von Fenna, mit unbändig vielen Worten gerade so viel zu erläutern, dass die Wolfsons verstanden, wie äußerst wichtig ihre

Bereitschaft war, der Kriminalpolizei ihr Haus für eine Nacht zu überlassen.

»Und wofür das alles jetzt genau?«, fragte Birte Wolfson am Schluss noch einmal nach.

Thilo legte seine Hand auf ihre und tätschelte sie. »Birte, das haben sie doch alles erklärt. Es geht um Magdalene und darum, ihren Mörder überführen.«

»Der kommt mir aber nicht in unser Haus«, rief Birte aus. »Nicht, dass Sie ihn auf meinem Sofa verhören.«

Fenna breitete die Arme aus. »Für Verhöre haben wir die Wache. Die Person, die wir suchen, wird keinen Fuß in Ihr Haus setzen, so weit käme das noch.«

»Und für Sie beide«, sagte Tammo und schmachtete Birte Wolfson an, »werden wir ein Hotelzimmer mieten, in dem sie sich fühlen werden wie während Ihrer Flitterwochen.«

Damit war nun auch Birte Wolfson überzeugt.

Die Ermittler bedankten sich herzlich und drückten den Wolfsons zum Abschied die Hand.

»Für Magdalene tun wir das gerne«, sagte Thilo.

»Für wen wir das tun«, wies Birte ihn zurecht, »darüber werden wir noch ein Wörtchen zu reden haben.«

Fenna verabredete mit ihnen die Zeit, zu der sie am Abend zu den Wolfsons ins Haus kommen würden, und versprach, sich sofort um das Hotelzimmer zu kümmern. Ein Taxi würde sie nach Übergabe des Hauses abholen und am nächsten Tag wieder nach Hause bringen. »Da werden Sie dann alles so vorfinden«, versprach Fenna, »wie Sie es verlassen haben.«

»Kompliment, meine Liebe«, raunte Tammo, als sie nebeneinander an der Tür standen und den Wolfsons hinterher sahen.

Fenna ging in den Besprechungsraum zurück.

Merle wollte gerade das Geschirr abräumen.

»Stopp«, sagte Fenna und griff in die Keksschale. »Die lass man stehen, die haben wir uns redlich verdient.«

Tammo setzte sich zu ihr an den Tisch. »Lass uns die Sache noch mal zu zweit durchgehen, und dann besprechen wir alles mit den Kollegen, die uns bei dem Einsatz unterstützen.«

»Die kommen in einer Stunde«, sagte Merle. »Sie sammeln sich jetzt in Husum und fahren dann hierher.«

Immer wieder gingen die Ermittler die Szene durch, die sie voraussichtlich erwarten würde.

Die Beamten vom MEK trafen pünktlich ein. Sie besprachen sich gemeinsam ein letztes Mal.

Bis zum Beginn des Einsatzes waren es nur noch wenige Stunden.

»Lass uns einen Spaziergang zur Seebrücke machen«, schlug Fenna vor. »Ein bisschen Luft und eine Mahlzeit auf der Arche Noah werden uns guttun. Wir haben voraussichtlich eine lange Nacht vor uns.«

Tammo stellte die benutzten Tassen und Gläser auf ein Tablett und brachte es in die Küche. Dann postierte er sich vor dem Ortsplan von Sankt Peter-Ording und sah sich den Einsatzbereich noch einmal an.

»Dass es eine schrecklich lange Nacht wird«, sagte er, »glaube ich nicht. Ich denke, unsere Zielperson wird kurz nach Einbruch der Dunkelheit eintreffen.«

»Dein Wort in der Zielperson Ohr«, sagte Fenna. »Komm, lass uns gehen.«

Sie spazierten durch den Kiefernwald in den Ortskern von Sankt Peter-Bad und bogen in die Straße ein, die zur Seebrücke führte. Ein sanfter Sommerwind wehte ihnen die milde, salzige Luft entgegen.

»Hmmm, diese Brise tut gut«, sagte Fenna. »Die macht den Kopf frei.«

Hand in Hand marschierten die Ermittler über den sonnigen Vorplatz zur Seebrücke, dann weiter über die Bohlen dem Strand entgegen. Fenna fühlte sich an ihren ersten Einsatz in diesem Ort erinnert. Sie spürte wieder die Sehnsucht, die sie damals davon überzeugt hatte, dass sie sich keinen schöneren Wohnort als diesen suchen könnten. Ihre Wahl hatte sie keine Sekunde bereut.

Tammo schubste sie mit der Schulter an. »Guck mal, dahinten. Das sind doch die Freundinnen von Magdalene Paulsen.«

»Das nunmehr dreiblättrige Kleeblatt«, raunte Fenna. »Ja, das sind sie.«

Zwei der drei Frauen schien die Begegnung mit den Ermittlern unangenehm zu sein.

Rosemarie Uthoff grüßte verhalten.

»Ist es besser geworden mit Ihrer Migräne?«, fragte die Kommissarin.

Rosemarie nahm ihre Sonnenbrille ab, hielt sich die Hand über die Stirn und blinzelte. Sie war blass und ihre Augen wirkten erschöpft. »Ja«, sagte sie. »Ein Spaziergang am Strand tut immer gut.«

Insa Pannkok behielt die Sonnenbrille auf und grinste die Ermittler verkniffen an.

Hanne Matthiesen wirkte locker und unbeschwert. »Lenes Vase hat einen Ehrenplatz bekommen. Ich hab auch schon Blumen hineingestellt. Tja, dann nochmals Danke, dass Sie sich um die Erinnerungsstücke gekümmert haben, und Ihnen noch ein schönes Wochenende.«

Auch Fenna wünschte den dreien ein erholsames Wochenende, verabschiedete sich und lief mit Tammo weiter auf den Strand zu.

»Was ist«, fragte Tammo mit düsterer Miene, als sie an der Arche Noah vorbeigingen und den Strand betraten, »wenn heute Nacht gar nichts passiert?«

»Ganz einfach«, sagte Fenna und versuchte, dabei gelassen zu bleiben. »Dann sind wir beide morgen früh genauso schlau wie heute und setzen die Suche nach dem Täter fort.«

Warum mussten Männer bloß immer so schwarzsehen?

25

Die Wolfsons hatten getrennte Schlafzimmer, wie die Ermittler bei dem Erkundungsgang durch deren Haus erfuhren. Das erleichterte die Sache. In dem Raum, der von Magdalene Paulsens Haus abgewandt war, ließen sie das Licht brennen. Die Zielperson würde es bei der Ankunft in der Straße sehen können und sich denken, dass das Ehepaar im Bett lag und las. Die Ermittler selbst wollten sich auf zwei Räume zu beiden Seiten des Hauses verteilen, um die Zielperson nicht zu verpassen.

Die Wolfsons stiegen in das Taxi, das Fenna ihnen bestellt hatte. Beide hatten eine kleine Reisetasche dabei. Sie würden in eins der großen Hotels fahren, die an der Seebrücke lagen, und eine Suite mit Seeblick beziehen.

Tammo atmete auf, als das Taxi mit dem Ehepaar aus seinem Blickfeld verschwand.

Fenna ging mit dem Proviant, den sie für die Wartezeit vorsorglich mitgenommen hatte, nach oben. »Die Treppe ist gut«, sagte sie. »Eine Wendeltreppe, aber an beiden Seiten mit Geländer. Da kann uns in der Dunkelheit nichts passieren, wenn wir eilig runter müssen.«

»Und zum Glück haben wir oben eine Toilette. Im Prinzip könnten wir es uns richtig gemütlich machen.«

»Im Prinzip ja«, sagte Fenna. »Wenn der Einsatz nicht wäre. Nicht, dass du mir aufs Bett fällst und schnarchst und ich die Sache alleine wuppen muss.«

»Wo liegt das Problem?«, fragte Tammo und drückte ihr einen Kuss auf die Stirn. »Im Ernstfall hast du die Jungs vom MEK an deiner Seite.«

Fenna schaltete das Licht in Birte Wolfsons Schlafzimmer ein. Sie sah auf die Uhr. Noch war es zu hell für künstliches Licht. Doch sie könnte es später vergessen, also ließ sie es brennen. Sie musste nur daran denken, es um Mitternacht auszuschalten, um so zu tun, als wollten die Nachbarn nun schlafen.

Die Zeit verging im Schneckentempo. Sonst wurde es immer viel schneller dunkel. Heute zog sich der Sonnenuntergang mindestens doppelt so lange hin wie an anderen Tagen. Der Abendhimmel war heller als üblich, und der Zeiger auf der Uhr bewegte sich kaum.

Tammo behielt die Straße von dem kleinen Gästezimmer auf der anderen Seite des Hauses aus im Auge, während Fenna sich in Thilo Wolfsons Schlafzimmer verkrochen hatte. Beide gaben sich Mühe, eine Art Unterhaltung zu führen, damit jeder vom anderen wusste, dass er nicht eingeschlafen oder aus irgendeinem anderen Grund nicht einsatzfähig war.

Endlich überlistete die Dämmerung den Tag. Nun wurde es spannend. Fenna konnte zusehen, wie es von Minute zu Minute düsterer wurde. Bis Mitternacht war es noch ein wenig hin. Vorher rechneten sie nicht mit dem Erscheinen der Zielperson.

Fenna nahm Kontakt mit den Leuten vom MEK auf. Sie hatten ihre Positionen erreicht. Hinter der dichten Bepflanzung am Straßenrand gegenüber von Magdalene Paulsens Haus hatten sie sich aufgestellt und hielten Funkkontakt mit den Ermittlern.

»Tammo?«, rief Fenna, als die Zeit voranschritt.

»Ja?«

»Kannst du die Straße überblicken?«

»Geht so. Die Laternen geben nicht viel Licht ab.«

»Magst du eben die Lampe in Birte Wolfsons Zimmer ausschalten?«, fragte die Kommissarin.

»Mach ich«, sagte Tammo. Drei Sekunden später rief er: »Schon geschehen.«

»Danke. Auf meiner Seite ist es noch totenstill. Aber halt, dahinten bewegt sich was.« Sie schob ihr Mikrofon näher an den Mund und rief den Kollegen des MEK. »Eine Person im Anmarsch«, sagte sie.

»Verstanden«, meldete der Kollege zurück.

Fenna hielt den Atem an. Ihre Schultern waren derart verspannt, dass es im Nacken schmerzhaft zog.

Die Person näherte sich dem Haus von Frau Paulsen. Gleich hatte sie die Gartenpforte erreicht. Jetzt ...

Die Person marschierte an dem Haus vorbei.

»Tammo? Siehst du die Person? Wo geht sie hin?«

»Ja, ich sehe jemanden«, sagte Tammo. »Die Person scheint einen Schlüssel aus der Tasche zu kramen. Ja, jetzt biegt sie auf ein Grundstück ein, geht auf die Eingangstür zu und schließt auf.«

Welche Enttäuschung! Fenna legte den Kopf nach hinten. Es knackte laut. Sie fuhr sich mit den Händen an den Nacken und massierte die verspannte Muskulatur.

»Die Zielperson war ein Irrläufer«, sagte sie zu dem Kollegen vom MEK.

»Verstanden.« Der Kollege klang so locker, als säße er vor einem Fernsehgerät. Er und sein Team waren aus ganz besonderem Holz geschnitzt, und Fenna beneidete diese Leute um ihre Nerven.

»Da«, rief sie erneut, um sich gleich darauf wieder zurückzunehmen. Nicht, dass es wieder nur ein harmloser Nachbar war.

Doch diesmal irrte sie nicht.

»Zielperson im Anmarsch auf das Haus«, rief sie ins Mikrofon, als die Person sich umsah und dann die Gartenpforte öffnete. Vorsichtig schloss die Person das schmiedeeiserne Gitter wieder und schlich mit erstaunlich sicherem Schritt über das Pflaster zur Eingangstür.

»Die Zielperson geht nicht zum ersten Mal in dieses Haus«, raunte die Kommissarin Tammo zu, der nun zu ihr ins Schlafzimmer von Thilo Wolf gewechselt war.

Schulter an Schulter beobachteten sie, wie die Zielperson die Tür aufschloss und das Haus betrat.

Ein kaum wahrnehmbarer Lichtstrahl wanderte kurz im Erdgeschoss herum und verschwand dann, um im ersten Stock wieder aufzublitzen.

»Die Zielperson befindet sich gerade im Arbeitszimmer«, gab Fenna den Kollegen durch. »Tammo und ich gehen jetzt nacheinander ins Erdgeschoss.«

Tammo ging voran, während Fenna den Lichtstrahl weiter im Auge behielt. Als Tammo unten war, rief er ihr zu, dass er das Licht lokalisiert habe und sie herunterkommen solle.

Vom Küchenfenster aus beobachteten sie, wie eine Taschenlampe auf dem Schreibtisch abgelegt wurde und der Lichtstrahl ein Regal erhellte. Zwei Hände nahmen einen Ordner heraus und blätterten darin herum.

Im Schein der Taschenlampe glänzte eine Plastikhülle mit einem Blatt Papier. Die Hände nahmen die Hülle heraus, legten sie ab und stellten den Ordner wieder ins Regal zurück.

Der schwache Lichtstrahl bewegte sich dem Flur zu. Er verschwand.

»Zielperson geht ins Erdgeschoss«, meldete Fenna dem MEK.

Der Lichtstrahl tanzte im Erdgeschoss auf die Eingangstür zu.

»Zugriff«, rief Fenna.

Tammo und sie stürzten aus dem Haus.

Die Tür öffnete sich.

Im Vorgarten standen die Kollegen vom MEK. Ein mobiler Scheinwerfer wurde eingeschaltet. Er richtete sich auf die Eingangstür.

»Hände hoch, Polizei«, rief Tammo aus.

Manno Dethlefsen hob die Hände und ließ die Beute auf den Boden gleiten.

26

»Ich habe Magdalene Paulsen nicht umgebracht.«

Manno Dethlefsen schien erstaunlich gefasst, als er den Ermittlern auf der Wache gegenübersaß. Übernächtigt, erschöpft und zitternd, aber seiner Sache sicher.

»Jeder, der nach so einer Aktion mit uns zusammensitzt, behauptet, er sei unschuldig«, erwiderte Tammo.

Manno starrte vor sich hin. Sein Kopf bewegte sich ununterbrochen auf und ab. Kurz und zackig wie der eines Wackeldackels auf der Hutablage eines alten, über Kopfsteinpflaster rumpelnden Käfers.

Fenna hob das Papier in der Plastikhülle hoch und las vor, was darauf stand:

»Hiermit vermache ich, Magdalene Paulsen, geboren am 21. März 1960, meiner Freundin Rosemarie Uthoff, geboren am 7. Juli 1975, meinen gesamten Besitz, wie klein oder groß er bei meinem Ableben auch immer sein mag. Bedingung hierfür ist, dass sie sich bis zu meinem Tod nachweislich um mich kümmert. Sollte ich eine große Summe im Lotto gewinnen, ist meine Bitte an Rosemarie Uthoff, das von mir ererbte und nicht verbrauchte Vermögen im Fall ihres Todes einer wohltätigen Organisation zu vermachen.

Magdalene Paulsen

Sankt Peter-Ording, den 30. April 2015«

Tammo zeigte auf Manno Dethlefsen. »Sie haben es für Rosemarie Uthoff gemacht«, sagte er ihm auf den Kopf zu. »Sie haben Magdalene Paulsen im Auftrag von Frau Uthoff umgebracht.«

»Nein«, sagte Manno, »so war es nicht.

»Wie lautet Ihre Version?«, fragte Fenna.

»Rosemarie hat mich erpresst.«

»Ach Gott, ja«, sagte Tammo, »diese Variante hatten wir in so einem Fall noch nicht.«

»Lass ihn mal erst reden«, sagte Fenna. Sie erinnerte sich an ihre anfängliche Abneigung gegen diesen Mann im ersten Gespräch nach dem Fund der toten Magdalene Paulsen. Ein ähnliches Gefühl machte sich vermutlich gerade in Tammo breit.

Doch Fenna fragte sich seit Freitag immer wieder: Würde dieser Mann das Risiko eingehen, dass sein Vater für die nächsten fünfzehn Jahre ohne ihn zurechtkommen müsste?

»Sie haben recht«, begann Dethlefsen, »dass Rosemarie Uthoff mich zu diesem Einbruch animiert hat.«

»*Animiert* ist in diesem Zusammenhang ein schönes Wort«, sagte Tammo.

»Frau Uthoff ist meine Kundin, genauso wie Magdalene Paulsen es war.« Manno schlug sich vor die Stirn. »Ich bring doch meine eigene Kundin nicht um«, brüllte er, um dann ruhiger fortzusetzen. »Rosemarie kennt meine finanzielle Situation. Sie weiß, dass die goldenen Zeiten für Designer vorbei sind. Die Leute glauben heute, mit der Software, die sie standardmäßig auf dem PC haben, alles selbst erstellen zu können. Und Rosie weiß, was es meinen Vater und mich gekostet hat, das Haus so umzubauen, dass er weiter darin leben kann.«

»Hat sie Ihnen von diesem Testament erzählt?«, fragte Fenna und deutete auf das Blatt, das vor ihr lag.

»Ja, das hat sie«, bestätigte Manno. »Und sie hat mich gebeten, es aus dem Haus zu holen, bevor der ganze Krempel demnächst vom Nachlassverwalter abtransportiert und vernichtet wird.«

»Moment«, rief Tammo aus. »Sie sind untergetaucht. Warum haben Sie das getan, frage ich Sie, wenn Sie so ein reines Gewissen haben?«

Manno ließ sich von Fenna, die ihm mit fragendem Blick eine Flasche Mineralwasser hinhielt, ein Glas einschenken. Er kippte das Wasser hinunter, bevor er Tammo antwortete. »Ich hab Schiss gekriegt, als Sie bei meinem Vater waren und eine DNA-Probe wollten.«

»Daraus schließe ich«, erwiderte Tammo, »dass Sie genau wussten, wovor Sie Angst haben mussten.«

Manno schüttelte den Kopf. »Es war einfach nur eine Kurzschlussreaktion. Ich war in Husum bei einem Kunden. Da rief mein Vater an. Ich dachte: Was wollen die mit meiner DNA? Ich hatte noch einen Termin bei einem anderen Kunden in der Nähe von Husum. Danach bin ich wieder in die Stadt zurückgefahren und bei einem alten Kumpel untergetaucht, der in der Nähe meines früheren Arbeitgebers wohnt.«

»Was hatten Sie sich gedacht, wie es dann weitergehen sollte?«, fragte Fenna.

Manno zuckte die Achseln. »Ich dachte, ich bleib zwei, drei Tage bei ihm, dann haben Sie den Täter vielleicht gefasst.«

Fenna blickte zu Tammo hinüber. Auch er schien nicht mehr sicher, ob sie einen Mörder vor sich hatten.

»Herr Dethlefsen«, sagte die Kommissarin, »wir haben im Abfalleimer auf Maleens Knoll zwei Pappbecher gefunden. In beiden waren getrocknete Kaffeereste. Der eine Becher war mit der DNA von Magdalene Paulsen behaftet, der andere mit Ihrer.«

»Und im Mageninhalt der Leiche von Frau Paulsen«, ergänzte Tammo, »hat unsere Gerichtsmedizinerin eine verräterische Substanz gefunden. Spuren eines Gebäck-stücks, das Haselnüsse enthielt. Die Zusammensetzung des Teigs stimmt mit der des Gebäcks überein, das Ihr Vater uns bei unserem Besuch in Ihrem Haus angeboten hat. Irrtum ausgeschlossen.«

Manno schob energisch seinen Stuhl zurück und fluchte. »Dieses Biest!«

Fenna sah ihn eindringlich an. »Herr Dethlefsen, was genau ist geschehen? Erzählen Sie es uns.«

Manno brauchte einige Atemzüge, um sich zu fassen. Seine Blicke irrten umher. Schließlich rückte er mit dem Stuhl wieder an den Tisch heran. Er verschränkte die Hände und rieb sie unruhig gegeneinander, während er seine Geschichte erzählte.

»Das lief in mehreren Schritten ab«, begann er. »Am Donnerstag war ich in Husum. Ich hatte da zu tun, und auf einmal läuft mir mein Ex-Kollege Hubert über den Weg. Hubert Lammers, ein übler Kerl. Er hat mich auf einen Kaffee eingeladen. Ich weiß nicht, warum ich darauf überhaupt eingegangen bin. Es war ein blödes Gespräch, das wir geführt haben, und auf einmal fing er mit einer alten Sache an, die mir mal angehängt werden sollte.«

»Der Tod von Helga Dettmer«, sagte Fenna ihm auf den Kopf zu.

Manno sah sie erstaunt an. »Sie wissen davon?«

»Wir haben uns die Akte kommen lassen«, erklärte die Kommissarin. »Wir werden sie uns ansehen und nach Parallelen zum Fall Magdalene Paulsen suchen.«

Manno lachte kurz. »Ja, das machen Sie mal. Dann werde ich hoffentlich mal rehabilitiert. Sie werden nämlich keine Parallelen finden. Ich kannte Helga. Ich hatte einen kurzen Flirt mit ihr. Ich hab sie in ihrem Haus besucht. Eines Tages wollte sie mir an die Wäsche, ob sie es glauben oder nicht, und ich wollte das nicht. Ja, so was gibt es auch. Es kam zum Streit. Ich hab ihr offen gesagt, dass ich nichts für sie empfinde und dass ich den Kontakt nicht mehr weiterpflegen will. Sie hat gesagt, sie zeigt mir was, ich soll kurz warten. Dann ist sie die Treppe rauf gerannt, und in der Zeit bin ich aus dem Haus gelaufen. Als ich die Tür zuschlug, hab ich was poltern gehört. Ich hab mir nicht viel dabei gedacht, ich wollte nur weg, weg, weg. Am nächsten Tag erfuhr ich, dass sie tot ist. Und eine Nachbarin hat mich aus dem Haus laufen sehen. Der Rest ist Ihnen wohl bekannt.«

Die Ermittler hatten ihm aufmerksam zugehört. Mit dem Fall hatten sie sich bisher nicht beschäftigt, die Akte lag in ihrem Büro. Was Dethlefsen erzählte, klang plausibel. Sie hatten sich Notizen gemacht und würden seine Aussagen mit den Aufzeichnungen abgleichen.

»Kommen wir zu Ihrer Geschichte mit Magdalene Paulsen zurück«, sagte Fenna. »Wie ging es weiter?«

Manno schluckte. »Hubie hat mich also auf Helga Dettmer angesprochen. Er hat mir eine merkwürdige Story erzählt. Ein potenzieller Kunde hätte in der Agentur angerufen, nach meiner Reputation gefragt und sich erkundigt, ob Helga Dettmer der Grund war, weshalb ich nicht mehr bei denen tätig bin. Ob man mich deshalb entlassen hat. Das Merkwürdige war: Während wir am Binnenhafen saßen und klönten, saß am Nebentisch ein älterer Herr, der mir vorher schon aufgefallen war. Er stand vor den Schaufenstern in der Altstadt, als ich auf dem Postamt war. Und am Nachmittag habe ich ihn vor meinem Elternhaus in Sankt Peter-Ording gesehen.«

Fenna blinzelte Tammo zu. Die Einschaltung von Wilko Störk. Hubert Lammers hatte seinem Ex-Kollegen Dethlefsen ein schönes Märchen aufgetischt.

»Sie haben Panik bekommen«, folgerte Fenna. »Sie haben sich in die Enge gedrängt gefühlt.«

Manno stützte die Stirn in beide Hände. »Mir war auf einmal klar, dass ich in der Sache mit Magdalene ein Alibi brauchen würde, und ich hatte keins.«

»Sie hatten nicht nur kein Alibi«, warf Tammo ein. »Sie haben meine Kollegin und mich auch noch angelogen. An dem Morgen, als Sie Magdalene Paulsen gefunden haben, haben Sie uns vorgegaukelt, dass Sie immer morgens joggen. Ihr Vater hat uns aber erzählt, dass Sie das normalerweise abends tun.«

»Ja« gab Manno zu, »mein Vater hat recht. »Aber ich bin doch nicht blöd. Ich kannte Magdalene, ich habe ihre Leiche gefunden. Was hätten Sie sich denn gedacht, wenn ich gesagt hätte, dass ich üblicherweise abends jogge und an diesem Tag ausnahmsweise mal morgens unterwegs war?«

»Wo waren Sie an dem Abend, als Magdalene Paulsen starb?«, fragte Fenna.

Manno Dethlefsen ballte die Fäuste. Er schien verzweifelt über sich selbst. »Ich hab mich mit einer Frau getroffen, die ich über eine Chiffre-Anzeige kennengelernt hab. Ich kenne weder ihren richtigen Namen noch ihre Adresse, und ich werde sie auch nicht wiedersehen.«

»Wo haben Sie sich getroffen?«

»In Tating, in einem kleinen Restaurant.« Sein Gesicht erhellte sich. »Wir können zusammen dahin fahren. Die Kellnerin wird sich vielleicht an uns erinnern.«

»Okay, das machen wir«, sagte Fenna. »Erzählen Sie weiter. Sie brauchten schnell ein plausibles Alibi für Dienstagabend.«

»Ja«, sagte Manno, »und damit hab ich mich praktisch erpressbar gemacht. Ich bin zu Rosemarie Uthoff ins Reisebüro gefahren und habe sie gebeten, mir ein Alibi zu geben. Ich habe ihr gesagt, sie soll Ihnen einfach erzählen, wir hätten uns bei ihr getroffen und wir hätten Sex gehabt.« Er sah die Ermittler treuherzig an. »Damit erübrigen sich doch alle weiteren Fragen. Man weiß im Nachhinein nicht mehr, wie der Rest der Nacht genau verlaufen ist.«

Tammo hielt sich die Faust vor den Mund, sichtlich bemüht, sein Schmunzeln zu verbergen. »Frau Uthoff ist mit der Story bei uns auf der Wache aufgeschlagen.«

»Waren Sie öfter bei Frau Uthoff im Büro?«, fragte Fenna, der nun ein Licht aufging, was den Pappbecher und das Gebäck betraf.

»Natürlich. Sie war meine Kundin. Ich hab nicht sonderlich viel für sie gemacht, ab und zu mal einen Flyer oder ein Plakat, wie für Frau Paulsen auch.«

»Hat sie Ihnen Kaffee gekocht?«, fragte Fenna.

»Rosie und Kaffee kochen?« Manno lehnte sich lächelnd zurück. Mit jeder Frage, die die Ermittler stellten, und mit jeder Antwort, die er geben konnte, wurde er entspannter. »In den Geschäftsräumen steht ein Automat. Da kann man sich einen Kaffee ziehen. Die Kunden brauchen ja manchmal recht lange, bis sie sich für eine Reise entscheiden, und Rosie hat keine Lust, sich während der Beratung als Kaffeekocherin zu betätigen.«

»Das heißt«, folgerte Fenna, »wenn Sie bei ihr waren, haben Sie einen Becher aus dem Automaten gezogen.«

»Ja«, sagte Manno, der nun offensichtlich verstand, worauf die Kommissarin hinauswollte. »Hinterher hab ich ihn bei ihr in den Papierkorb geworfen. Und da ich von Haus aus gerne backe, habe ich Rosie manchmal auch von Vaters und meinem Lieblingsgebäck mitgebracht, den Vollkornriegeln mit Haselnüssen.«

»Einen Becher«, sagte Fenna, »hat Frau Uthoff aus dem Papierkorb herausgefischt und später in den Abfalleimer auf Maleens Knoll geworfen. Und von Ihrem Gebäck muss sie etwas zurückgelegt und Frau Paulsen zu essen gegeben haben.«

»Kannte Frau Paulsen denn Ihre Backwerke nicht?«, fragte Tammo.

Manno schüttelte den Kopf. »Nee. Ich hab ihr vor vier Jahren, als ich das erste Mal als Designer bei ihr war, eine Tüte voll mitgebracht. Aber sie hat gleich abgewinkt, noch bevor ich die ausgepackt hatte. Erstens, hat sie gesagt, darf sie keine Haselnüsse essen, und zweitens wollte sie keine Krümel oder Fettflecken in den Büchern haben.«

Tammo nickte langsam. »Das klingt alles plausibel, was Sie uns erzählen. Aber wie hat Frau Uthoff Sie dazu gebracht, das Testament für Sie aus Magdalene Paulsens Haus zu entführen?«

»Sie hat mir gedroht, das Alibi zu widerrufen. In der Zeit, als ich untergetaucht war, hat sie mich mehrmals auf dem Handy angerufen. Ich hatte es ausgeschaltet, weil ich eine Handy-Ortung befürchtet habe. Ich hab es nur ab und zu kurz eingeschaltet, um Nachrichten abzuhören. Vom Festnetz meines Kumpels aus habe ich am Abend meinen Vater informiert, dass ich ein paar Tage verschwinden muss.« Manno lächelte peinlich berührt.

»Er war darüber informiert, wo Sie sich aufhielten?«

»Ja, er hat mitgespielt, ohne nach meiner Schuld zu fragen. Ich habe Rosie zurückgerufen. Sie kam mir auf einmal mit dem Haselnussgebäck an, von dem es hieß, dass Lene daran gestorben sei. Und ich hatte die Geschichte mit Helga Dettmer im Kopf, die wieder ganz groß vor mir auftauchte. Wenn ich jetzt erneut in der Zeitung gestanden hätte als jemand, der in Verdacht geraten ist, und wenn die Sache wieder ungeklärt ausgegangen wäre, dann wäre ich beruflich erledigt gewesen.«

»Eine berechtigte Sorge«, sagte Tammo.

»Rosie hat mir einen Schlüssel zu Magdalene Paulsens Haus gegeben und angeboten, das Erbe mit mir zu teilen. Ich sollte ein sattes Stück von dem Geld bekommen. Eine fünfstellige Summe hat sie mir versprochen. Damit wären Vater und ich aus dem Schneider gewesen. Wir hätten unsere Schulden mit einem Schlag abbezahlen können und noch etwas übrig behalten.«

»Fünfstellig«, sinnierte Tammo. »Das ist in Anbetracht des gesamten Gewinns so großzügig nicht.«

Dethlefsen zuckte gleichgültig mit den Schultern. »Für meinen Vater und mich wäre es ein dicker Happen gewesen.«

»Aber sagen Sie mal«, wandte Fenna ein, »haben Sie sich überhaupt keine Gedanken darüber gemacht, welche Rolle Rosemarie Uthoff in der Mordsache Magdalene Paulsen gespielt haben könnte?«

Verblüfft guckte Manno sie an. »Sie meinen, dass sie selbst es war, die Magdalene ...? Nein, ich wäre nie auf die Idee gekommen, dass Sie eine Mörderin sein könnte. Sie war doch Lenes beste Freundin.«

Fenna musterte ihn lange. Sollte sie ihm glauben?

Nein, für so naiv hielt sie ihn nicht. Aber jeder Anwalt würde ihm raten, bei dieser Aussage zu bleiben. Andernfalls würde er als Mitwisser, der eine Mörderin dabei unterstützt hatte, ihr perfides Ziel zu erreichen, eine Anklage riskieren und möglicherweise für einige Zeit im Gefängnis landen. Und Dethlefsen senior ...

Fenna beschloss, es dabei zu belassen. Widerlegen konnten sie Dethlefsens Aussage ohnehin nicht.

»Okay, Herr Dethlefsen«, sagte sie forsch. »Mit juristischen Konsequenzen müssen Sie trotzdem rechnen, da Sie unbefugt in ein Haus eingedrungen sind und ein wichtiges Dokument entwendet haben. Verraten Sie uns noch eins: Woher hatten Sie den Schlüssel zu dem Haus von Frau Paulsen?«

»Den hat Frau Uthoff mir gegeben.«

27

Es war kurz vor drei Uhr morgens, als die Ermittler an dem Haus ankamen, in dem Magdalene Paulsens ehemals beste Freundin wohnte. Sie klingelten Sturm. Doch das wäre nicht nötig gewesen.

Rosemarie Uthoff öffnete ihnen. Sie war angezogen. In der Hand hielt sie eine Reisetasche. »Sie sind gekommen, um mich mitzunehmen«, sagte sie emotionslos.

Sie stieg in den Dienstwagen ein und ließ sich auf die Wache bringen.

Noch während der Fahrt klingelte Fennas Handy. Es war die Nummer von Insa Pannkok. Fenna meldete sich, ohne die Anruferin namentlich anzusprechen.

»Manno Dethlefsen hat mich gerade aus dem Bett geklingelt«, sagte Insa. Vor Aufregung war ihre Stimme ganz heiser. »Der Schlüssel, mit dem er bei Lene ins Haus eingestiegen ist, der gehört mir. Das wusste er. Aber ich hab ihm den nicht gegeben. Ich habe mit der Sache nichts zu tun, wirklich nicht.«

»Wie ist er daran gekommen?« Fenna drückte sich bewusst so aus, dass Rosemarie Uthoff ihren Worten nicht entnehmen konnte, worum es genau ging.

»Rosie hat mich erpresst, und Freddy ist schuld.« Insa schnappte nach Luft. »Er war in Magdalenes Haus, am Donnerstagabend, als es schon dunkel war.«

»Was wollte er da?« Fennas Geduld mit dem Freundeskreis von Frau Paulsen ging definitiv zur Neige.

»Er hat nach Geld gesucht. Aber er hat keins gefunden«, schob Insa schnell hinterher. »Aber Hanne hat ihn beobachtet. Sie stand vorm Haus und hat Blumen abgelegt. Anschließend hat sie Rosie brühwarm erzählt, dass sie Freddy gesehen hat. Am nächsten Morgen hat Rosie mich ganz früh angerufen und gedroht, sie verpfeift Freddy, wenn ich ihr den Schlüssel nicht überlasse.« Einen Moment lang schwieg Insa. »Das war der Grund, weshalb ich Ihnen den nicht geben konnte.«

»Danke für die Information«, sagte Fenna. »Wir nehmen das zu Protokoll und brauchen bis heute Abend Ihre Unterschrift dazu.«

Sie erreichten die Wache und führten Rosemarie Uthoff in den Raum, in dem sie vorhin noch mit Manno Dethlefsen gesessen hatten.

»Sie haben damit gerechnet, dass wir Sie noch in dieser Nacht festnehmen«, sagte Fenna mit Blick auf die Reisetasche.

»Ich wusste es«, sagte Rosemarie, »weil Manno nicht kam. Als er sich auch telefonisch nicht meldete, war mir klar, dass er es verbaselt hat.«

»Natürlich«, sagte Tammo, »Dethlefsen ist schuld.«

Die Verhaftete reagierte nicht auf die ironische Bemerkung. Ihre Kiefer mahlten. »Ich denke«, setzte sie fort, »es ist in dieser Situation das Vernünftigste, wenn ich ein Geständnis ablege. Es wird mir vor Gericht Pluspunkte einbringen.« Sie sah die Ermittler hoffnungsvoll an. »Das wird es doch, oder?«

Tammo hielt ihr die Plastikhülle mit Magdalene Paulsens letztem Willen hin. »Das sollte Manno Dethlefsen für Sie retten, bevor es mit all den anderen Unterlagen möglicherweise unentdeckt vernichtet würde.«

Rosemarie nickte andeutungsweise.

»Sie selbst konnten so kurz nach Frau Paulsens Tod nicht darauf hinweisen, dass es existiert, weil es Ihnen dann als Mordmotiv hätte ausgelegt werden können.«

Wieder nickte die Verhaftete kaum merklich.

»Das ist übrigens eine Abschrift«, sagte Fenna. »Eine sehr gut gemachte handschriftliche Kopie. Das Original liegt sicher aufbewahrt in Husum.«

Die Geständige zuckte gleichgültig mit den Achseln.

»Warum«, fragte Fenna, »musste Frau Paulsen sterben? Sind Sie in akuter Geldnot?«

Rosemarie Uthoff lehnte sich zurück und verschränkte die Arme. »Magdalene ist mir untreu geworden.«

»Sie waren ein Paar?«, fragte Fenna ungläubig.

Rosemarie winkte ab. »Um Himmels willen, nein. Aber sie hatte mich auserkoren, mich später um sie zu kümmern, wie Sie dem Testament schon entnommen haben. Ich bin fünfzehn Jahre jünger als sie und auch deutlich jünger als die anderen aus dem Kleeblatt. Lene war sicher, ich würde alle drei um viele Jahre überleben.«

»Eine Vorsorgevollmacht hatten Sie aber nicht?«, fragte Tammo.

»Nein, die wollte sie mir irgendwann geben. Aber das ist im Sande verlaufen. Hätte es die gegeben, wäre alles viel einfacher gewesen«, sagte sie wie selbstverständlich.

»Nach dem Lottogewinn sind Sie gierig geworden und wollten nicht mehr warten?«, fragte Fenna.

»Nein«, erwiderte Rosemarie. »Es war anders. Als Lene plötzlich Millionärin war, war sie von heute auf morgen wie besessen von der Idee, das zu finden, was ihr bisher so wenig bedeutet hatte: die große Liebe. So konsequent, wie sie auf ihren Lottogewinn hingearbeitet hatte, hat sie in den letzten Wochen ihres Lebens alles darangesetzt, den Mann fürs Leben kennenzulernen. Sie hat sogar von einer Hochzeit geträumt. Da stand zu befürchten ...« Sie führte den Satz nicht zu Ende.

»Sie hatten Angst, Ihr Erbe an Magdalene Paulsens zukünftigen Mann zu verlieren«, sagte Fenna.

»Stellen Sie sich vor, der hätte auch noch Kinder mit in die Ehe gebracht«, ereiferte Rosemarie sich. »Ein Witwer mit Kindern und Enkeln, dann wäre ich doch abgeschrieben gewesen. Sie hätte das Testament widerrufen oder vernichtet und ein neues aufgesetzt. Da musste ich handeln, und zwar schnell.«

»Logische Schlussfolgerung.« Der Sarkasmus in Tammos Stimme war nicht zu überhören.

Fenna fröstelte innerlich, während sie den nüchternen Ausführungen dieser Frau folgte. »Sie haben sich mit Frau Paulsen auf Maleens Knoll verabredet?«, fragte sie.

»Ja, Lene und ich wollten uns am Dienstagabend auf der Aussichtsplattform treffen. Wir sind getrennt dahin gegangen, sie von ihrem Haus aus und ich vom Geschäft aus. Ich hatte im Reisebüro noch einiges zu tun.«

»Sicher wollten Sie auf dem Weg auch nicht mit ihr zusammen gesehen werden«, mutmaßte Fenna.

Rosemarie starrte vor sich hin und sprach unbeirrt weiter. »Lene wollte mir von einem Mann berichten, den sie für interessant hielt, und sie wollte meine Meinung dazu wissen. Ich habe ihr zugehört und gesagt, das sei doch eine Perspektive, die wir feiern sollten. Ich hatte Kaffee dabei, Pappbecher und Mannos Gebäck. Sie hat mich noch gefragt, was da drin sei. Ich hab ihr gesagt, ich wisse doch, was sie nicht essen dürfe.« Rosemarie Uthoff lächelte versonnen. »Da hat sie zugegriffen.«

»Den Rest vom Fest haben Sie eingesteckt und mitgenommen«, sagte Tammo, dessen Stimme vor Wut heiser war. »Herrn Dethlefsens Pappbecher haben Sie mit dem von Frau Paulsen in den Abfalleimer geworfen.«

»Jetzt verstehe ich«, sagte Fenna, »warum Sie zuerst so versessen auf ein Erinnerungsstück aus der Wohnung von Magdalene Paulsen waren und dann, als Sie es sich aussuchen durften, auf einmal doch lieber darauf verzichteten. Sie hatten darauf gehofft, alleine in Frau Paulsens Arbeitszimmer gehen und das Testament herausholen zu können. Ein Gegenstand zum Hinstellen, der sie an Ihre Freundin erinnert hätte, hätte Sie auch an Ihre Tat erinnert. Daran hatten Sie verständlicherweise kein Interesse. Und daher kam auch die Migräne. Es war der Druck, unter dem Sie standen, der die Beschwerden ausgelöst hat.«

»Sie sollten Psychologin werden«, meinte Rosemarie zynisch.

»Sie wussten«, sagte Tammo, »in welchem Ordner das Testament abgeheftet war. Bei dem Rundgang durchs Haus am Sonntagmorgen haben Sie ihn im Arbeitszimmer gesehen. Sie haben Dethlefsen informiert, wo er ihn finden würde. Was sie nicht wussten, war: Wir hatten das Testament entdeckt und den Ordner wieder dahin zurückgestellt, wo er ursprünglich gestanden hatte.«

Rosemarie lächelte süffisant.

Fenna fuhr fort. »Ihren Schlüssel zu Frau Paulsens Haus haben Sie uns auf die Wache gebracht, weil Sie gehofft haben, dass wir das Testament finden und es Ihnen als große Überraschung überbringen. Dann wären Sie aus allen Wolken gefallen und hätten gesagt: ›Ach, die gute Lene.‹ Als das nicht passierte und als die Vernichtung sämtlicher Akten drohte, mussten Sie handeln. Da haben Sie die desolate finanzielle Situation von Manno Dethlefsen ausgenutzt und ihn mit einer kleinen Erpressung dazu überredet, Ihnen zu helfen.«

»Dann wissen Sie ja nun alles«, erwiderte Rosemarie.

»Noch nicht ganz«, sagte Fenna. »Das Lebkuchenherz haben Sie gebacken?«

Rosemarie nickte. »Es hat mich wirklich Mühe gekostet. Zum Backen hab ich kein Talent. Und dann auch noch der Schriftzug mit den Liebesperlen ...«

»Damit wollten Sie uns auf die falsche Spur führen«, sagte die Kommissarin ihr auf den Kopf zu. »Sie haben uns von Magdalene Paulsens Wunsch nach einem Lebensgefährten erzählt, damit wir denken, dass dieser Gruß von einem Mann stammt, dem sie das Herz gebrochen hat. Ein Racheakt aus verletzter Eitelkeit.«

»Es war ein perfektes Motiv. Sie sind nur leider nicht darauf angesprungen.«

Fenna schüttelte den Kopf, entgeistert über so viel Kalkül. »Die Indizien haben dafür nicht ausgereicht. Ein gebrochenes Lebkuchenherz mit einem Gruß aus Liebesperlen ist kein Beweis für einen Mord aus nicht erfüllter Liebe.«

Tammo hielt erneut die Abschrift des Testaments in die Höhe. »Was hätten Sie eigentlich mit dem Wisch anfangen wollen?«, fragte er. »Wollten Sie ein paar Wochen nach der Beerdigung Ihrer lieben Freundin an uns vorbei auf dem Nachlassgericht erscheinen und sagen: ›Ach übrigens, ich hab da was gefunden, das lag zufällig bei mir in der Besenkammer herum.‹?«

»So ungefähr«, sagte Rosemarie. »Und warum auch nicht? Es hätte doch sein können, dass Magdalene mir 2015 einen verschlossenen Briefumschlag ausgehändigt hat mit den Worten, dass eine Überraschung für mich darin liege, dass ich ihn aber erst nach ihrem Tod öffnen dürfe. Ich könnte ihn in einer Schublade deponiert und über die Jahre vergessen haben. Im ersten Schock nach Lenes unerwartetem Tod sowieso.«

Rosemarie sah die Ermittler mit einem entwaffnenden Selbstbewusstsein an. »Der Plan war gut.«

Tammo schüttelte den Kopf. »Nicht wirklich.«

28

»Jonah ist da!«, kreischte Magda durch die Leitung.

»Wer ist da?«, fragte Fenna irritiert.

»Jonah. Euer erster Enkel. Unser Urenkel.«

»Ach, du meinst Dennis-Janine.« Müde lehnte Fenna sich in ihrem Bürostuhl zurück. Dann auf einmal begriff sie, was Magda ihr gerade berichtet hatte. »Jonah? Wir sind Großeltern? Yippiiiieh!«

Sie sprang auf. Mit dem Smartphone in der Hand tänzelte sie um die beiden Schreibtische herum und fiel Tammo um den Hals.

Er hatte dem Gespräch mit einer Miene gelauscht, als führte Fenna ein Telefonat mit einem Wesen von einem anderen Stern.

Fenna führte das Handy wieder ans Ohr. »In welcher Klinik ist das Kind zur Welt gekommen? In Husum?«

»Nein«, sagte Magda. »Keine Klinik. Es war eine Hausgeburt.«

»Eine waaas? Ist meine Tochter denn von allen guten Geistern verlassen?«

»Nein«, erwiderte Magda im selben stolzen Ton wie zuvor. »Im Gegenteil. Sie hatte eine tolle Hebamme, einen echten guten Geist, und die Geburt ist wunderbar verlaufen. Jetzt sind Mutter und Kind auf dem Weg in die Klinik, um nachsehen zu lassen, ob alles in Ordnung ist. In zwei Stunden werden sie wieder zurück sein.«

»*Wenn* alles in Ordnung ist«, sagte Fenna.

»Es *wird* alles in Ordnung sein.«

Fenna beschloss, an das Gute zu glauben. Magda hatte einen sechsten Sinn, was Kinder betraf. Warum sollte der sich nicht auch auf Urenkel beziehen? »Wir kommen so bald wie möglich nach Hause«, sagte sie zu Magda. »Stell schon mal den Schampus kalt.«

»Was meinst du«, sagte Magda, »was seit Stunden im Kühlschrank steht? Bis nachher also. Und passt auf euch auf, wenn ihr nach Hause geht. Nicht dass ihr mir noch unter die Räder kommt, weil ihr vor lauter Freude keine Augen mehr für Autos und Radfahrer habt.«

»Ein Junge also«, sagte Tammo erleichtert, als Fenna das Smartphone weglegte. »Dann ist das Gleichgewicht in unserer Familie endlich hergestellt.«

Fenna guckte skeptisch. Drei Mal rechnete sie im Kopf nach. »Magda, Fenna, Fee, Fiona – das sind vier Frauen. Frido, Tammo, Jonah – drei Männer.«

Tammo lächelte smart. »Irrtum. Oder auch: weibliche Logik.« Er hob die Finger und zählte auf: »Magda, Fenna, Fee, Fiona – vier Frauen. Frido, Tammo, Buddy, Jonah – vier Männer.«

»Du ewiger Rechthaber«, erwiderte Fenna lachend.

Voller Ungeduld vervollständigten sie die Akten zum Fall Magdalene Paulsen. Als endlich Feierabend war, gingen sie eilig nach Hause.

Magda öffnete ihnen die Tür. Sie legte den Finger an die Lippen. »Pssst. Fee stillt gerade.« Sie deutete auf die gemeinsame Wohnhalle der nunmehr vier Generationen. »Lasst uns in der Küche warten.«

Sie ging voraus. Auf dem Küchentisch hatte sie verschiedene Speisen angerichtet. Tammo naschte davon und schielte auf den Prosecco.

»Den könnt ihr ruhig schon aufmachen«, sagte Frido, der die Delikatessen streng bewachte, damit Buddy, der lechzend neben seinem Stuhl hockte, sich nicht als Erster davon bediente. »Fee muss noch eine Weile abstinent bleiben. Auch wenn Jonah ein strammer Kerl ist, für alkoholisierte Muttermilch ist er noch zu jung.«

Magda schielte drohend auf Frido. »Sein erstes Bier wird der Junge noch früh genug trinken.«

»Und kommt mir bloß nicht auf die Idee«, mahnte Frido mit todernster Miene, »den Jungen als süß oder goldig zu bezeichnen. Alle winzigen Würmchen sind süß und goldig, das müsst ihr meinem Urenkel nicht gleich am ersten Tag schon um den Bart schmieren.«

»Wie ich die spröde Fee kenne«, sagte Fenna, »wird sie solche Sprüche sowieso nicht mögen.«

Plötzlich stieß Fiona die Tür auf und schritt feierlich in die Küche, gefolgt von ihrer Schwester Fee, die Jonah, in eine gelbe Decke gewickelt, auf dem Arm trug.

Fenna fühlte sich schrecklich sentimental, als sie in das kleine zerknautschte Gesicht sah. »Oh, ist der ...«

»Sag es nicht«, fauchte Magda und stieß ihrer Tochter sanft den Ellenbogen in die Rippen.

»Lasst uns alle zusammen in die Wohnhalle gehen«, schlug Frido vor. »Dann können Fee und Jonah sich bequemer hinsetzen. Wir nehmen die Gläser mit rüber. Essen können wir nachher, wenn ihr den jüngsten Stern gebührend bestaunt habt.«

Die ganze Familie nahm um den großen Couchtisch im Wohnraum Platz. Fee erzählte von der Geburt.

Buddy wurde unruhig. Er sprang auf, lief zu seinem Körbchen und apportierte seinen roten Quietscheball. Er legte ihn vor den Füßen der jungen Mutter ab und kläffte leise, als wollte er Jonah zum Spielen auffordern.

Als nichts passierte, schleppte er nacheinander noch seinen Plüschelch und seine Kuscheldecke heran, hockte sich vor Fee und bettelte sie mit treuen Augen an.

»Oh nein, ist der aufdringlich«, rief Tammo. »Fee, entschuldige bitte.«

»Wieso?«, erwiderte Fee. »Ist doch goldig, wie er sich um Jonah bemüht.«

Als wäre sie in Trance verfallen, ließ Fenna ihren Enkel keine Sekunde aus den Augen.

»Ich sehe es schon kommen«, zeterte Fiona. »Nicht mehr lange, und ihr nehmt euren Enkel im Maxi-Cosi mit zu euren Ermittlungen.«

»Gute Idee«, rief Tammo aus und zückte sein Smartphone. »Ich bestell sofort so ein Teil im Internet – für den neuen Mann in unserem Team.«

Bücher der Autorin

Reihe ›Ein Fall für Molly Bleck‹
1. Der Herzmuschelmörder
2. Der Strandhexenmord

Reihe ›Ein Fall für die Kripo Wattenmeer‹
1. Der Pfauenfedernmord
2. Jaspers letzter Flirt

Reihe ›Kripo Wattenmeer ermittelt‹
1. Flaschenpost vom Mörder
2. Mord auf der Hallig
3. Countdown in Westerland
4. Die Tote im Dünenhaus
5. Der Stalker von List
6. Der Seenebelmord

Reihe ›Anders und Stern ermitteln‹
1. Mordsrevanche
2. Mordsverrat
3. Mordsherz
4. Mordsblues
5. Mordssand

Reihe ›Kripo Greetsiel ermittelt‹
1. Tod am Deich
2. Mordskuss
3. Mordsleben
4. Mordsschwestern
5. Mordsfinale

Weitere Bücher
- Himmelhochjauchzendhellblau
- Leichte Mädchen haben's schwer
- Der Blaue Stern
- Tod auf Juist

Nachwort der Autorin

Liebe Leserin, lieber Leser,

schön, dass Sie mir bis hierhin gefolgt sind! Wenn Sie über meine Neuerscheinungen informiert werden möchten, bestellen Sie doch meinen Newsletter. Die Anmeldung dazu finden Sie auf meiner Website:

https://ulrike-busch.de/

Sobald ein neuer Titel erschienen ist, erhalten Sie eine Mail mit Informationen dazu.

Auf meiner Website finden Sie zudem Informationen über mich und meine bisher erschienenen Titel.

Gerne lade ich Sie auch auf meine Seiten bei Facebook und Instagram ein:

https://www.facebook.com/Autorin.Busch

https://www.instagram.com/ulrikebuschautorin/

Und wer weiß: Vielleicht begegnen wir uns einmal an einem meiner Lieblingsorte an der Nord- oder Ostsee?

Bis dahin, Ihre
Ulrike Busch